U0450715

文艺复兴
现代文明的晨光

文聘元◎著

浙江工商大学出版社
·杭州·

图书在版编目（CIP）数据

文艺复兴：现代文明的晨光 / 文聘元著 . — 杭州：浙江工商大学出版社，2025.2
　ISBN 978-7-5178-5843-0

Ⅰ. ①文… Ⅱ. ①文… Ⅲ. ①文艺复兴－普及读物 Ⅳ. ① I109.31-49

中国国家版本馆 CIP 数据核字（2023）第 249323 号

文艺复兴：现代文明的晨光
WENYI FUXING: XIANDAI WENMING DE CHENGUANG

文聘元　著

策划编辑	郑　建
责任编辑	高章连
责任校对	韩新严
封面设计	尚书堂
责任印制	祝希茜
出版发行	浙江工商大学出版社 （杭州市教工路 198 号　邮政编码 310012） （E-mail：zjgsupress@163.com） （网址：http://www.zjgsupress.com） 电话：0571-88904980，88831806（传真）
排　　版	浙江大千时代文化传媒有限公司
印　　刷	杭州钱江彩色印务有限公司
开　　本	710 mm×1000 mm　1/16
印　　张	18
字　　数	223 千
版印次	2025 年 2 月第 1 版　2025 年 2 月第 1 次印刷
书　　号	ISBN 978-7-5178-5843-0
定　　价	88.00 元

版权所有　侵权必究

如发现印装质量问题，影响阅读，请和营销发行中心联系调换
联系电话　0571-88904970

目 录
Contents

第一章　文艺复兴到底复兴了什么……………………………… 001
　　文艺复兴的历史必然性……………………………………… 002
　　人文主义与文艺复兴的三个阶段…………………………… 006

第二章　风流浪子写了一部很好看的小说…………………… 010
　　薄伽丘：曾经的风流浪子…………………………………… 011
　　最好看的文学名著——《十日谈》………………………… 013

第三章　一个苦命人写了一部巨著…………………………… 018
　　塞万提斯的苦难人生………………………………………… 019
　　最幽默的巨著——《堂吉诃德》…………………………… 023

第四章　莎士比亚与《哈姆雷特》…………………………… 030
　　小屠夫如何成为文坛泰斗…………………………………… 031
　　最伟大的剧作——《哈姆雷特》…………………………… 034

第五章　多纳泰罗：文艺复兴第一雕刻专家………………… 047
　　优雅且富有美感的《大卫》………………………………… 048
　　如画一般的浅浮雕——《圣乔治》………………………… 049

了不起的《加塔梅拉塔骑马像》……………… 052
　　震撼人心的《抹大拉的马利亚》……………… 054

第六章　文艺复兴初期的三个绘画大师……………… 056
　　马萨乔：第一个伟大的文艺复兴艺术家……………… 056
　　十分独特的弗朗切斯卡……………… 064
　　波提切利：文艺复兴早期最著名的画家……………… 069

第七章　提香和最著名的画家家族……………… 082
　　贝利尼：最有名的画家家族……………… 083
　　提香：威尼斯的太阳……………… 092

第八章　小小的尼德兰大师辈出……………… 106
　　扬·凡·艾克：油画之父……………… 107
　　独特的博斯……………… 115
　　勃鲁盖尔：最伟大的冬天风景画家……………… 122

第九章　丢勒：最伟大的德国艺术家……………… 128
　　幸运又不幸的人生……………… 128
　　爱画自己的版画大家……………… 132

第十章　达·芬奇：伟大的天才与全才……………… 141
　　无与伦比的绘画……………… 151
　　兴趣广泛的天才设计师……………… 158

第十一章　神圣的米开朗琪罗 …… 166

在佛罗伦萨的早年岁月 …… 166

伟大的雕刻 …… 169

和雕刻一样伟大的画作 …… 174

《摩西》的永恒之怒 …… 181

重归佛罗伦萨 …… 183

《最后的审判》与最后的辉煌 …… 187

第十二章　天妒英才拉斐尔 …… 193

拉斐尔的早年岁月 …… 193

拉斐尔的天才之作 …… 196

荣耀、繁忙与英年早逝 …… 209

第十三章　哥白尼与日心说 …… 220

教士与天文学家 …… 221

《天体运行论》艰难面世 …… 224

日心说 …… 226

第十四章　第谷、开普勒：天文学革命的最佳拍档 …… 230

第谷：天空中最明亮的眼睛 …… 230

天空的立法者与著名占星家 …… 235

星星运动的法则 …… 237

第十五章　文艺复兴时期的数学复兴 ⋯⋯⋯⋯ 242
　　一场难忘的数学争斗 ⋯⋯⋯⋯⋯⋯⋯⋯⋯ 242
　　"代数学之父"韦达 ⋯⋯⋯⋯⋯⋯⋯⋯⋯ 244

第十六章　伽利略：物理学真正的创始人 ⋯⋯⋯ 248
　　年轻的发明家 ⋯⋯⋯⋯⋯⋯⋯⋯⋯⋯⋯ 248
　　反驳亚里士多德 ⋯⋯⋯⋯⋯⋯⋯⋯⋯⋯ 250
　　天文大发现 ⋯⋯⋯⋯⋯⋯⋯⋯⋯⋯⋯⋯ 253
　　向地心说宣战 ⋯⋯⋯⋯⋯⋯⋯⋯⋯⋯⋯ 255
　　一部杰作带来了苦难 ⋯⋯⋯⋯⋯⋯⋯⋯ 258

第十七章　两个乌托邦 ⋯⋯⋯⋯⋯⋯⋯⋯⋯⋯ 261
　　托马斯·莫尔的《乌托邦》⋯⋯⋯⋯⋯⋯ 262
　　康帕内拉的《太阳城》⋯⋯⋯⋯⋯⋯⋯⋯ 270

第十八章　布鲁诺：被烧死的伟大思想家 ⋯⋯⋯ 272
　　走上火刑场的哲学家 ⋯⋯⋯⋯⋯⋯⋯⋯ 272
　　从宇宙无限到对立统一 ⋯⋯⋯⋯⋯⋯⋯ 275

第一章

文艺复兴到底复兴了什么

从文学与艺术的角度看，中世纪是一个有些令人失望的时代。在这个时代，原本光辉灿烂的古希腊与古罗马文明没有被发扬光大，反而西方人像一个败家子一样，把文明之父留给他们的华丽的宫殿砸了个稀烂，然后栖身在破旧的茅棚里。

但中世纪又是一个充满希望的时代。在这个时代的后期，西方人像回头浪子一样，终于发现了父辈的光辉，于是痛改前非，在废墟上重建了一座辉煌的宫殿，差不多像帕特农神庙和万神庙一般壮丽。

这座新的文明之大厦就是文艺复兴。

文艺复兴像罗马城一样，不是用一天，也不是用一个月创造出来的。中世纪的西方人像在一条漫长的地道里爬行，他们先在伸手不见五指的黑暗里爬了许久，终于看到黑暗尽头有一星点亮光，遥远而朦胧，但他们毕竟为自己找到了出路。他们又跋涉了许久，历经千辛万苦，终于走到了黑暗的尽头，眼前一片光明。

那点亮光，那片光明，就是文艺复兴。

◎ 文艺复兴的历史必然性

文艺复兴，顾名思义，是指文学与艺术的复兴。用更通俗一点的话说，文学与艺术曾经"死了"，现在又"死而复生"了。这意思与文艺复兴的真实含义大体一致。

文艺复兴的英文是"Renaissance"，拉丁文是"Renascor"，意大利文是"Rinascimento"，这几个词的意思都是一致的，即"死而复生"。死而复生的概念西方与东方都有。在中国民间传说中，因为吃了神药，或者遇到了仙人，人死而复生的事时有发生。西方也一样，最著名的当属耶稣基督死后三天复活的故事。《圣经》有言："复活在我，生命也在我。信我的人，虽然死了，也必复活。"西方人认为，不但人可以死而复生，文学与艺术同样可以。所以，当中世纪那没有伟大的文学与艺术的漫漫黑夜过去之后，西方人又见到了如同希腊、罗马古典时代文艺一样光辉灿烂的新文艺，他们便认为这是古希腊与古罗马文艺的死而复生，称为"文艺复兴"。

称那个时代为文艺复兴的另一个原因，是当时的人们对古希腊与古罗马文明的敬仰。当他们有了自己辉煌的文明时，便很乐于称其为他们所崇尚的希腊、罗马古典文明的嫡系后裔。

文艺复兴时代的文艺与古希腊罗马时代的文艺确有许多共同之处。文艺复兴时代的各家各派，不论是文学家还是艺术家，都熟悉古希腊与古罗马经典作家们的作品。他们一边学习，一边借鉴，从中汲取丰富的文化资源和创作灵感。正是在这个基础上，他们才创造了自己的作品。因此，他们合情合理地认为自己的作品与古希腊罗马文艺有血缘关系，是它们的精神之子，于是便称他们所创造的新文艺为复兴的古希腊罗马文艺。

讲完了什么是文艺复兴后，关于文艺复兴的其他问题马上就来了：为什么会有文艺复兴呢？古希腊罗马的文艺为什么会在"死了"之后又能"复生"呢？

简而言之，文艺复兴的产生有三个重要原因。

第一个重要原因是城市的发展。

古希腊和古罗马都有过伟大的城市，这些城市向来是文化创造的中心，伟大的作品往往诞生在这些伟大的城市，比如雅典和罗马。

罗马帝国崩溃之后，这些伟大的城市都湮没在荒草之中。代之而起的是没有文化的蛮族，其中一个日耳曼蛮族汪达尔人的态度就是他们对文化的典型态度，以至于"汪达尔"（Vandal）在英语里成为恶意破坏文物的专用词。继之而来的是基督教会对自由思想的残酷压制，有独立思想的人被迫害，甚至被当成异端而活活烧死。这样的结果就是，在古希腊和古罗马那些伟大城市的废墟上，贵族君主们建立了一座座城堡。这些城堡只是用来保护他们一家老小平安的，既没有发达的经济，更没有优秀的文化。

过了好久，慢慢地出现了一些新型城市，这些城市兴起于商业。贵族老爷和夫人们需要某些奢侈品，比如中国的丝绸、阿拉伯的地毯等。所以就有商队从遥远的地方而来，在当地开展贸易活动。就这样，做买卖的人越来越多，使得一些小地方慢慢变成了城市。其中著名的城市有威尼斯、佛罗伦萨、佛兰德斯等。

新型城市的产生、商业的发展等，都是文化与艺术得以发展的基础。因为在一个经济落后、人们为吃饱穿暖而终日奔波的地方是没办法发展文艺的。也就是说，文化与艺术的发展需要一个强大的经济基础。文化艺术最发达的地方往往也是经济最发达的地方。

第二个重要原因是出现了一大批支持文艺发展的人。

城市人多，生活方便，于是大量贵族、地主慢慢地也迁到城市居住。农民们因为在城市里能找到工作，收入比种地多，也纷纷进城。城市里的人多起来以后，因为大家要穿鞋穿衣、用铜器铁器、吃面包等，于是就有了各行各业，后来还分别成立了行会。许多人因为技艺精湛、头脑精明成了富翁。这些人有时被说成是一个新阶级——资产阶级的萌芽。他们是文艺复兴的主要赞助人。

这些人主要有两类：第一类是城市里的富人，他们是城市实际上的统治者，这些城市里的富人不但识字，而且爱好文艺；第二类人是高级教士，尤其是教皇，他们喜欢用一些伟大的艺术作品来表达对神的崇拜，因此他们赞助艺术创作，乐于邀请一些著名的艺术家雕刻一些神像，拉斐尔的许多圣母像、米开朗琪罗的《最后的审判》等就是这么来的。尼古拉斯五世、庇护二世、朱利乌斯二世、利奥十世等教皇都在赞助艺术上花了大量时间与金钱。

值得一提的是，这些教皇不但不排斥古希腊罗马那些非基督徒艺术家，还十分尊敬和崇拜他们。因此，他们一方面尽可能多地收集古代艺术作品，另一方面奖励同时代人进行艺术创作。进一步地，由于他们的地位如此崇高，他们的行为也为世人所效仿，使爱好艺术蔚然成风。这对于艺术发展的影响是不可估量的。

第三个重要原因是古希腊罗马伟大作品的再发现。

文艺创作也像登楼梯一样，是难以一步从一楼登上三楼的。虽然有发达的城市经济和热衷于赞助艺术的人们，但是艺术家们如果只能从头开始去创造艺术，那么他们肯定不能一下子就创作出如《蒙娜丽莎》《大卫像》那样美妙无比的作品。

古希腊罗马伟大的文学与艺术作品的再发现，为艺术家们的一步登天提供了最好的梯子。

古希腊与古罗马文明的辉煌过去后，西方陷入了一片混乱，群雄混战、蛮族入侵，古希腊罗马的伟大文艺作品在战火中被掩埋。中世纪来临后，一方面因为见不到古典艺术家的伟大作品，另一方面因为教会严格控制人们的思想，人们如何敢、如何能阅读古代"异端"写的东西呢？几百年过去了，人们逐渐忘却了他们曾经有过一个伟大的古典文明时代，逐渐忘却了在那个时代曾有过的光辉灿烂的文化。在这忘却之中，西方也就沉沦在缺少文明之光的黑暗中。

中世纪后期发生的几件事，使人们重新见到了湮没许久的古希腊罗马伟大的经典之作。

首先是十字军东征。为了夺取圣城耶路撒冷，骑士和教士先后组织了八次十字军东征耶路撒冷，虽然他们的结局都是失败，但那些为首的君主贵族却收获颇丰，劫掠了大量金银财宝，其中包括不少文化典籍。特别是第四次十字军东征，发生在1202年，教皇英诺森三世与当时拥有最强大海军的威尼斯人合作，不过他们没有首先去打异教徒，而是向自己的同教兄弟东罗马帝国发动了进攻。措手不及的东罗马人被迅速打败，君士坦丁堡被占领了。这些西方的基督徒对东方的基督徒展开了残酷屠杀，他们疯狂的掠夺令君士坦丁堡这座当时世界上最繁华的城市遭到了空前浩劫。

在十字军从君士坦丁堡掠夺来的大批珍宝中，有许多是古希腊罗马的经典之作。此外，在君士坦丁堡陷落前后，许多有文化的东罗马人，包括许多出色的学者，带着他们的珍藏逃到了西方。这些珍藏中不乏古希腊罗马的经典之作，如柏拉图的哲学著作、西塞罗的文学著作等。

以上就是文艺复兴产生的三个原因：一定的经济基础、乐于赞助艺术的人、可供艺术家们学习借鉴的伟大经典之作。三者俱备之后，在西方产生伟大的文学家与艺术家及伟大的文学艺术作品就合情合理了。

说完文艺复兴的起因之后，再来谈谈文艺复兴的基本特点与它的几个发展阶段。

◎ 人文主义与文艺复兴的三个阶段

文艺复兴的基本特点可以用四个字来概括——人文主义。

人文主义，又称人本主义，顾名思义，就是指以人为本的主义。所谓以人为本，就是把人自身而不是别的什么东西作为中心。但这里的把人作为中心并不是说要人自私自利，以自我为中心。我们必须回到中世纪去看它的意义。

中世纪是一个以神为中心而非以人为中心的时代。人们对上帝的崇拜无以复加，人的一切行动皆以神为中心，人们甚至可以毫不犹豫地为神献出自己的一切，包括生命、财产。

这些话绝不是危言耸听，而是不折不扣的事实。例如，中世纪有大量的"殉道者"，这些人就是为基督而献身的人。还有所谓的苦修士，他们住在荒无人烟的地方，有的连续多天不饮不食，有的用鞭子狠狠抽打自己，还有的睡在钉满尖铁钉的床上，用种种使自己痛苦的方式来表达对上帝的虔诚。还有更多的人用奉献财产的方式来表达对上帝的忠诚。在当时，所有人，无论贫富，都要把自己收入的十分之一交给教会，名"什一税"。许多人还把大量土地奉献给教会。所以中世纪最大的地主不是贵族、国王，而是教会；最有权威的人往往不是国王而是教皇。国王如果想要他们的王位合法，登基时就得由一位主教把一顶王冠给他们戴上才行。虽然谁也没见过上帝，但上帝在凡间却有数不清的"妻子"——修女。她们把自己的一生都奉献给上帝，终身不嫁，到死都是处女。

由此可见，中世纪完全是一个不以人为中心而以神为中心的时代。人文主义首先要打破的就是这样的观念，把人的地位从上帝的压迫之下解放出来，让人成为中心。

与以上帝为中心相对应的是，中世纪的人们摒弃了理性，不追求知识，而是以对上帝的信仰代替理性。他们认为知识是信仰的奴仆，认为理性应该服从信仰。

与此相反，人文主义宣扬理性高于信仰，认为人应该追求知识与理性，而不能为了信仰牺牲它们。

总而言之，以人为中心，以人的理性为本，是人文主义的特色。

文艺复兴始于14世纪初，以但丁《神曲》的诞生为标志；终于17世纪中叶，以伽利略被囚为标志。文艺复兴大体上可以分为三个阶段。

文艺复兴的第一个阶段始于14世纪初，终于15世纪中叶。

这时意大利是文艺复兴独一无二的中心。这个美丽而多灾多难的国家出现了许多因商业繁荣而闻名遐迩的城市，如佛罗伦萨、米兰、威尼斯等。这些城市里有许多因商业而发达的阔佬，他们奖掖文学艺术创作，把诗人和艺术家奉为上宾。当时的意大利也诞生了许多伟大的文学家与艺术家，他们是文艺复兴的先驱。

就文学而言，这一时期诞生了"三杰"：但丁、彼特拉克、薄伽丘。这三个人我们都不陌生，他们都是西方文学史上鼎鼎大名的人物，尤其是但丁，他的《神曲》一向与荷马和莎士比亚的作品齐名。彼特拉克大家可能稍微陌生一点，他的主要作品叫《歌集》，但他常被认为是第一位地道的文艺复兴巨匠，因为他提出了人文主义的第一宗旨——人本，提出了"人学"与"神学"的对立。薄伽丘的作品大家可能更熟悉一些。《神曲》诚然伟大，但并不好读，读的人不多。而薄伽丘的《十日谈》却再好读不过了，一则文字通畅，二则内容吸引人，里面有许多故事，属于读起来叫人心痒痒的那种，在这点上我们不妨将它比作西方的《聊斋志异》。

就艺术而言，这一时期最伟大的艺术家是乔托。他是第一个让绘画走向生活的人。在他之前，中世纪的绘画大都是对上帝进行歌功颂德，上帝在画家们的笔下是个抽象的、完美的、超人的神。画家们用这样的心态画出来的作品从艺术角度看当然好不到哪里去。所以艺术走向复兴，也可以说就是离开完美的神，重新走向现实生活中不完美的人，将他们的灵魂在作品中表达出来。

文艺复兴的第二个阶段始于 15 世纪中叶，终于 16 世纪末。

这是文艺复兴的全盛时期。其有两个标志：一是文艺复兴由意大利扩展到了全欧洲；二是产生了文艺复兴时期最伟大的文学家、艺术家，并且诞生了许多无与伦比的佳作。

在这个时期，西班牙出现了塞万提斯的《唐吉诃德》。这本书想必大家都读过，真是幽默至极。法国出现了拉伯雷的《巨人传》，也是一本非常有趣的书。最伟大的当属莎士比亚的作品了，他的三十七部悲剧、喜剧、历史剧，几乎部部都是精品。

这一时期伟大的艺术家更是灿若群星，最有名的三位是达·芬奇、米开朗琪罗和拉斐尔，他们是亘古少有的大师。

除这些文学家与艺术家外，这一时期在政治学与历史学等方面也出现了杰出人物。最有名的是马基雅维利，他是篇幅虽短但仍堪称巨作的《君主论》的作者。还有康柏内拉，他写了《太阳城》，描述了一个没有剥削和压迫、没有私有财产、人人平等的社会，这是较早的共产主义乌托邦设想之一。

文艺复兴的第三个阶段是从 16 世纪末到 17 世纪中叶。

这一时期的标志不再是伟大的艺术家与文学家，而是伟大的科学家和哲学家。科学家的代表是哥白尼、布鲁诺和伽利略。哥白尼是日心说的提倡者，他的《天体运行论》拉开了近代天文学序幕。布鲁诺则因为传播哥白尼的日心说被活活烧死了。伽利略对亚里士多德的权威提出了挑战，在比萨斜塔上做了著名的实验。他还发明了望远镜，发现天上的星星是像地球一样的天体，而不是像教会所说的那样是上帝给人们点的蜡烛。哲学家的代表是笛卡尔和斯宾诺莎。笛卡尔提出"我思故我在"的观点,认为理性是知识的源泉。斯宾诺莎是伟大的无神论者。

至此我们就漫谈完了文艺复兴的起源、特点与发展过程等一般内容,后面将接着讲文艺复兴的具体内容。

第二章

风流浪子写了一部很好看的小说

  虽然文艺复兴不单单属于意大利，但意大利无疑是文艺复兴无可争辩的发源地，也是为文艺复兴贡献了最大力量的国家，所以谈文艺复兴必先谈意大利。下面我们来谈谈这个轮廓像只靴子的美丽国度。

  中世纪时意大利商业十分发达，出现了大量富庶的商业城市。这些商业城市与从前军事堡垒式的城市不同，不是用来供君主贵族一家子享乐的，而是为了商业利益存在的。米兰、佛罗伦萨、威尼斯等一度控制了几乎整个地中海的贸易。这些城市不但有发达的商业，也有发达的工业。例如当时佛罗伦萨就有几百家呢绒工厂，有几万名工人在纺呢绒。威尼斯有约20万市民，光商船就有3000多艘，水手有几万人。

  意大利成为文艺复兴鼻祖的另一个原因是，意大利毕竟是昔日罗马帝国的心脏所在。意大利人也自认为是古罗马人的嫡系后裔，因自己高贵的身世得意扬扬。这使得他们在许多方面竭力保留一些古罗马的传统，例如有些学校仍沿袭古罗马时代的学校教学，这与欧洲其他被教会管得严严实实的学校完全不一样。在教会管制的学校里，除《圣经》和一些被歪曲了的亚里士多德的思想之外，什么也不讲。但意大利的学校仍讲法律、修辞、医学之类的知识。这使得许多意大利人仍保持着自由的心灵——这也是一个人能进行伟大创作的必备条件。

在这些进行伟大创作的人物之中，第一个要讲的是薄伽丘。

◎ 薄伽丘：曾经的风流浪子

薄伽丘是佛罗伦萨人，生于1313年。他的父亲是一个大富翁，在巴黎做生意时碰上了一位贵妇人，两人一见钟情，后来生下了薄伽丘。贵妇人当然不能把孩子带回家，她的意大利情人便将孩子带回了家。

由于是爱情结的果子，富翁父亲十分宠爱这个私生子。薄伽丘就在父亲的呵护下平安长大了。薄伽丘自小被娇惯，养成了一股纨绔习气，

薄伽丘肖像

不过同那些成天吃喝玩乐的阔少不同，他喜欢读书，尤其喜欢读希腊与罗马的古典作品。

薄伽丘15岁时被父亲送到了那不勒斯，父亲在这里开了间商行，要他学做生意。然而薄伽丘不喜欢干这个，仍然不是出去吃喝玩乐就是埋首故纸堆，根本不理会父亲的反对。

由于父亲是有名的富翁，年轻的薄伽丘在那不勒斯很吃得开，连王宫也可以自由出入。当时的那不勒斯是独立的王国，国王像薄伽丘父亲一样是个风流浪子，他有个已经结了婚的美丽的私生女。一天薄伽丘和国王的私生女相遇了，两人都是天生的风流种子，一拍即合。

这个私生女名叫菲亚美达，自此成了薄伽丘早期作品的主人公。但她的情人比她更风流，几天后就把她甩了，另觅新欢。

这时薄伽丘早已爱上了文学，那不勒斯也是个当时人文气息浓厚的地方，文人雅士不少。薄伽丘同他们交上了朋友。这些人中有许多是当时一位大诗人彼特拉克的崇拜者，受他们的影响，薄伽丘对那位大诗人也景仰起来。

在那不勒斯待了整整十二年后，1340年，他被父亲召回了家乡。不幸的是，这年他父亲破产了，不久辞世。这令过惯了衣来伸手、饭来张口的生活，从不用为生计发愁的薄伽丘陷入了危机。

虽然困顿，但他尚不至于饿死。一则他当时已经是小有名气的作家了，写过不少优美的诗歌和爱情小说；二则父亲毕竟留下了少许遗产。但要再过以往那种一呼百诺、锦衣玉食的奢侈生活是不可能的了。在此后的许多日子里，他只能埋头写小说、诗歌，并且开始研究但丁，后来写了《但丁传》。

薄伽丘在佛罗伦萨的生活相当贫困，创作却取得了丰硕的成果，完成了大量诗歌、散文、小说，如史诗《苔塞伊达》、小说《菲亚美达的哀歌》等等。

靠写诗是不能糊口的，他后来便从了政，当上了外交官。1351年前后，薄伽丘还在佛罗伦萨政府做官时，曾力邀已经名震天下的彼特拉克来佛罗伦萨大学执教。虽然彼特拉克没有答应，但薄伽丘见到了这位自己仰慕已久的伟大诗人，同他建立了亲密的友谊。这对他以后的人生有相当大的影响，例如他本来像但丁一样用意大利语写作，这时却转而用起了拉丁文。

这段时间薄伽丘做的另一件重要的事是关注古希腊文学作品。他有一个朋友叫彼拉图，通晓希腊文，在薄伽丘的推荐下担任佛罗伦萨大学的希腊语教师。彼拉图翻译了一些古希腊文学作品，例如《荷马史诗》，这可以说是文艺复兴时期大师们接触古希腊经典的开始。薄伽丘和彼特拉克等人正是从他的译文中才读到了《伊利亚特》。

由于身体一日比一日差，1360年薄伽丘从佛罗伦萨退隐到了附近一座小城。据说曾有一个教士劝说他放弃尘世的事，专注于上帝，否则会短命。被这预言吓着了的薄伽丘有一段时间放弃了文学创作，专心研究起上帝来。彼特拉克听到这事后，特地给他去了一封信，说他这样固然也不错，不过学问还是要做的。薄伽丘便又听从了他尊敬的人的话，重新拾起了文学创作。

他晚年所做的最后一件重要的事情，是1373年10月开始在佛罗伦萨的一座教堂讲授《神曲》，这也标志着但丁已经成了像维吉尔和荷马一般伟大的经典作家。

总的说来，薄伽丘的晚景十分凄凉，据说一度到了没饭吃的程度，他不得不替人家干些抄写的杂活，勉强糊口。

1375年底，这位贫病交加的伟大作家在凄冷的寒风中结束了他的一生。

◎ 最好看的文学名著——《十日谈》

《十日谈》是一部比较特殊的作品，从命名、体裁、写作方式，到作品中情节发生的时间以及小说内容都相当独特。

例如故事发生的时间，是当代，而非古代。

从写作的方式看，它是一部小说，准确地说，是一部短篇小说集，然而它又不同于现在所谓的短篇小说，而是一种十分独特的文体。

从写作的内容看，这部作品大体是歌颂男欢女爱与抨击教会，因此遭到了势力强大的教会的猛烈攻击，教士们后来甚至将薄伽丘的墓都掘了。

不过正是因为这些与一般文学作品甚至经典作品迥然相异的特色，

《十日谈》才吸引了古往今来那么多读者热切的目光，被称为最好看的文学名著之一。

《十日谈》的故事背景是 1348 年佛罗伦萨发生的大瘟疫。

这次大瘟疫确有其事。它不仅仅发生在佛罗伦萨，而且席卷整个欧洲，这就是著名的"黑死病"。黑死病是鼠疫的俗称，在 14 世纪中期一度横行欧洲，杀死了近 2500 万人，超过当时欧洲全部人口的 1/4，是欧洲也是人类历史上的一次重大灾难。

薄伽丘在《十日谈》的第一天里就生动地描绘了那恐怖的情景：无论是白天还是晚上，都有很多人倒毙街头，城里到处都是尸体。很多人死在家里，直到尸体腐烂发出了臭味，邻居们才知道他们已经死了。要是能找到脚夫，邻居们就会叫脚夫帮着把尸体抬到门口；要是找不到脚夫，他们只好自己动手。他们这样做并不是出于恻隐之心，而是唯恐腐烂的尸体威胁到他们的生命。一副担架上常常装着两三具尸体，往往是夫妻两个或者父子两个，有时候甚至有更多人被放在担架上一起被抬走。

在一个星期二的早晨，七个姑娘，个个容貌美丽、仪态万方，到一座教堂里去做弥撒。这时候人们死的死、逃的逃，佛罗伦萨差不多已经成了一座空城。弥撒过后，她们没有马上离开，而是聊了起来。

这七个姑娘的名字如下：第一个是帕姆皮内娅，她年纪最大；其他六个分别叫菲亚梅塔、菲洛美娜、埃米利娅、劳蕾塔、内伊菲莱、埃丽莎。她们都为眼前的情景感到伤心绝望。这时帕姆皮内娅提出了一个建议：离开可怕的佛罗伦萨，住到她们乡下的别墅去。

她的话得到了大家的赞同。然而她们七个姑娘往外跑，既不安全又不体面，应当有几个小伙子陪着才对。也是天缘凑巧，此时刚好有三个小伙子走进了教堂，他们分别是潘菲洛、菲洛斯忒拉托、迪奥内奥，个个英俊且温文尔雅。

以《十日谈》为题材的绘画（塞维林·福克曼，1870年）

更巧的是，他们三个的情人都在这七个姑娘当中。这样他们就顺理成章地成了七个小姐的伴侣，一起到了乡下。

第二天星期三，为了让大家把忧伤丢到脑后，帕姆皮内娅提出了一个想法，每天在十人中选一个人来决定一天行乐的法子。她的话得到了大家的赞同，并公推她为当天的女王。女王想出了一个主意，午睡过后，太阳红火，不宜玩耍，大家便轮流来讲故事。故事讲完，夕阳便会收起她最后一抹余晖，大家便可以重新开始嬉戏游乐了。

这当然是个好主意，于是大家便在当天下午开始讲故事了，一共讲了十天。一天十个，总共是一百个故事。

第一天的故事里最值得读的是第一个，故事的主人公绰号叫夏泼莱托。

夏泼莱托是个公证人，可他的拿手好戏是编造假文书，如果他写的一篇文书中没有假话，那他反而会羞愧得无地自容。他还特别爱给人作假证，甚至主动求着给人作假证。他还喜欢在朋友和亲戚之间挑拨离间，传播流言蜚语，散布秘事丑闻，煽动仇恨。如果有人求他谋财害命或是干别的坏事，他总是满口答应，从不推辞，而且卖力地去干，甚至屡屡得手。

就是这样的一个人，死后竟然被教会尊为圣徒，称为"圣夏泼莱托"。他是如何做到这一点的呢？就是靠临终忏悔时对教士编了许多谎言，把自己赞美得天衣无缝，简直比圣人还要圣贤。那教士竟然听信了他的这些谎话，一番操作之后，他就成了"圣夏泼莱托"。

第六天的故事也很有趣。有一个叫奇波第的教士，十分狡猾，经常用花言巧语欺骗老实的信众。有一天他又来到了信众面前，宣称他要给

《十日谈》插画（Maître de Mansel，15世纪）

大家看天使加百列的一根羽毛,好趁机狠敲一笔。他预先准备了一根鹦鹉的漂亮羽毛,那时鹦鹉还是很稀罕的动物,这里的信徒都没见过。奇波第觉得他们一定会相信这就是加百列天使的羽毛。有两个教士得知了这事后,就恶作剧地把羽毛偷了去,然后顺手把一些木炭塞进原来装羽毛的盒子里。

弥撒过后,信徒们听说奇波第教士要给他们看加百列天使的羽毛,就成群结队地来了。奇波第打开盒子一看,发现羽毛不见了。这下难办了!

不过,奇波第不慌不忙地拿出盒子,先给大家乱吹了一通他的神奇经历:他到了印度,那里的剪刀会飞;然后又到了圣城耶路撒冷,在那里碰上了一个最受人尊敬的教长,教长送了他许多圣物,其中包括一根加百列天使的羽毛,还有一盒曾烤死圣劳伦斯的木炭。这时他才把木炭拿出来,说是上帝的意思,是上帝要给他们看神圣的木炭而不是天使的羽毛。那些天真的信众听到他这番话,大为感动,一拥而上来看那盒神圣的木炭,并送给他比往日多得多的东西。

那两个捉弄他的教士就在旁边,他们先是听得目瞪口呆,继而笑得前俯后仰。他们也不得不佩服奇波第的机智。

第八天讲的尽是些捉弄人的故事。例如第一个故事里,有位绅士爱上了一位美丽的女人,向她求欢,想不到那个女人竟然向他要两百个金币,他顿时感到十分厌恶,但也假意答应了。他事先找到那个女人的丈夫,向他借了两百个金币。然后当那个女人趁丈夫不在约他时,他就把借来的两百个金币带上,同朋友一起到了那个女人家,当着朋友的面把钱交给了那个贪财的女人,朋友走后他就同那个女人幽会。不久女人的丈夫回来了,他便又叫上那位朋友一起再到女人家,当着她的面对她丈夫说:"我向你借的那笔钱已经还给你太太了。"由于有证人在场,那个女人没有办法,只好认了,就这样吃了哑巴亏。

第三章

一个苦命人写了一部巨著

　　中世纪的西班牙是被天主教控制得最严的国家，举国上下都沉浸在宗教的狂热之中。对那些不信天主教的人、异教徒和发表"异端邪说"的人，宗教裁判会给予残酷的惩罚。据说西班牙在中世纪时以异端罪名判罪的人多达三十万，其中被处死的人数以千计。西班牙在 15 世纪末曾经驱逐过大批犹太人。

　　由于众多原因，西班牙文艺复兴的成就较少。西班牙本可以有更大的成就，因为这时它是欧洲最富有的国家，它征服了几乎整个南美洲。殖民地带给它无数的金银财宝，这些本来都可以成为文艺复兴最好的经济基础。然而西班牙的王亲贵族却不愿像意大利的权贵那样，把他们的财富用来奖掖艺术。他们大肆挥霍浪费，挥金如土，不断消耗了他们从印第安人那里掠夺来的巨额财富。这些财富被耗尽了之后，西班牙又加入了欧洲贫困国家之列。

　　然而在西班牙文艺复兴的荒漠上，开出了一朵灿烂的奇葩，那就是塞万提斯的《堂吉诃德》。

如果要问在西方文学史上哪一部经典大作可以称为"最"幽默的作品，那答案一定是《堂吉诃德》。它在西方文学史上可以说是独树一帜。

◎ 塞万提斯的苦难人生

1547 年，塞万提斯生于西班牙的埃那雷斯，那是一座距首都马德里大约三十公里的小城。他的父亲当过江湖郎中，主要治疗手段是用剃头刀替病人放血。这是中世纪时人们最相信也最常用的疗法。他们相信，无论什么病，从感冒发烧到瘟疫都可以用放血来治，只要医生在病人手臂上划一刀，流一大摊血，病灶就会随血流走。由于放血用的是剃头刀，治疗的大夫往往由理发匠来兼任。

塞万提斯肖像

塞万提斯从小就跟随父亲浪迹江湖，从这个城镇走到那个城镇，父亲到处帮人放血、理发。他没有条件上学，大部分时间什么也不干；但小时候也上过几天学，会拼写单词。这就是他未来文学创作的基础了。

这样的经历让他见多识广，熟悉各地风情，深谙普通人民之间的幽默对话。这对他以后的写作大有帮助。

18 岁之后塞万提斯开始独立谋生，他保留了爱到处跑的生活习惯，甚至离开西班牙跑到了遥远的意大利。到了意大利后，塞万提斯先给一个红衣主教当随从。据说在这期间他跟着一个学究又读了一段时间书，于是他不但会拼单词，还会写句子，于是有了更"深厚"的写作功底。

1570 年前后，塞万提斯加入驻扎在意大利的西班牙军队。当时意大利的威尼斯共和国拥有一支强大的舰队，与更加强大的土耳其海军争霸地中海。实际上，这不只是威尼斯人和土耳其人之间的战争，而是欧洲的基督教世界和东方的伊斯兰教世界之间的宗教大战。1571年双方爆发了一场著名的大海战，也就是西方历史上最有名的海战之一——勒班陀战役。

塞万提斯也参加了这场战役，他在战斗中极其勇敢，尽管他在战役开始之前已经染上了可怕的热病，但他仍坚持战斗。这般英勇令他付出了惨重的代价，他身中三弹，左手受到重创，落下了终身残疾。

受伤后的塞万提斯仍待在军队，驻防意大利的那不勒斯，也到其他地方参加过战斗，直到1575年才离开军队。

天有不测风云，人有旦夕祸福。正当他满怀希望要衣锦还乡时，厄运又一次降临。他乘坐的商船在快靠近法国马赛港时，被海盗船拦截了。双方经过一番厮杀，商船最终抵挡不住，塞万提斯和他同船的弟弟都成了俘虏。

这些海盗信奉伊斯兰教，是非洲的柏柏尔人，经常在地中海游弋，捕捉俘虏，并向俘虏的家人索取大笔赎金。

塞万提斯被俘后，海盗将他送往北非的阿尔及尔。这里是当时最兴旺的奴隶买卖市场，许多奴隶都是被俘的欧洲基督徒。由于塞万提斯身上藏有当时基督教联军统帅以及另一个大人物为他写给西班牙国王的推荐信，那些精明的奴隶贩子以为他是个值钱的人物，于是向塞万提斯的家人索要巨款赎金。但塞万提斯和他的家人哪里有这么多钱呢？塞万提斯只好留在北非当奴隶了。

他先后有过两个奴隶主，他们都是杀人不眨眼的家伙，经常虐待甚至杀死奴隶。塞万提斯是个勇敢的战士，哪会安心做奴隶？从当俘虏的第一天起他就不断地设法逃跑。可惜运气不好，他一连逃了四次都被抓了回来。值得庆幸的是，他竟然没有被杀掉。一般来说，奴隶主对待逃亡奴隶通常都很残酷。塞万提斯之所以这样走运，也许是因为在奴隶主眼里他不是一个人，而是一大笔金子。

与塞万提斯一同被俘的弟弟两年之后就被赎回去了，因为他身上没有推荐信，赎金也就少得多。塞万提斯可就不同了，他当了足足五年奴隶。后来他的父母四处哀求，费尽千辛万苦，终于得到教会的帮助，1580年总算把塞万提斯赎了回来。

回到家乡时，塞万提斯已经年过三十，而立之年的他一无所有。他已经残疾，很多谋生的活都做不了。他曾在勒班陀战役中立下战功，然而谁还会记得他过去的功绩？他一次次向国王祈求谋个一官半职，但希望都落空了。

经过一番痛苦思索，对自己能干什么、不能干什么进行客观分析之后，塞万提斯终于找到了适合自己的谋生方法——写作。当时西班牙已经有了不少剧院，需要剧本来排戏。塞万提斯看到一些人靠写一些俗不可耐的剧本甚至骑士小说发了财，他相信自己的能力比那些人强得多，于是便加入了挣稿费者的行列。他出版的第一部作品是小说《加拉苔亚》，挣了一笔不错的稿费。

1584年，塞万提斯在37岁时总算娶了个老婆，她比塞万提斯小了差不多20岁。她还给塞万提斯带来一笔陪嫁：一个果园、四箱蜜蜂、五株葡萄、四十五只鸡、一堆干草和一副锅灶。

但这些陪嫁可养活不了一家子，他还得写下去。写完第一部小说后，他开始写来钱比较快的剧本。到1587年，他已经写了二三十个剧本。但他的剧本不那么合乎潮流，挣的稿费少得可怜，他还经常要东奔西跑，求剧院上演他的作品，即使这样他也无法弄到足够的钱来养家糊口。

他只得另找法子挣钱，后来总算成功谋到了一个差事——为"无敌舰队"搞采购。这是个大美差，要是落到某些人手里非大捞一笔不可。但书呆子塞万提斯在采购时经常同他人争吵，而且他写作是内行，算账却是外行，老弄错账目，受到上级指责。1592年，他因竟敢向粮食满仓的教堂"非法征收"而被革除教籍，送进了牢房。

两年之后他又找到了一份新差事——收税。这又是一个美差，但他实在不是干这行的料，账目还是乱七八糟，更不用说挣外快了。更不幸的是，他存税款的银行的老板卷款溜之大吉，这又让塞万提斯进了牢房，他被关了差不多一年，直到1598年4月才出狱。

此后塞万提斯迁居到了瓦阿多里德城，这是他童年跟父亲浪迹江湖时生活过的地方。这时他几乎山穷水尽，却要养活一大家子，甚至还要接济一群比他更穷的亲戚。

他住在贫民窟，楼下是饭堂，楼上是妓院。

在楼道里做饭的浓烟中，在孩子的哭闹声中，在泼妇的骂街声中，他开始写作《堂吉诃德》。

早在第二次坐牢时他就开始构思这部作品。第一卷于1605年出版。这时他已经58岁了。《堂吉诃德》出版之后，在西班牙一时洛阳纸贵，几个月内仅马德里就出了两版，里斯本也出了两版，巴伦西亚出了一版，这部小说还被迅速翻译成欧洲各国文字，一印再印。上到国王，下至平民百姓，无不争相阅读，一睹为快。据说西班牙国王在王宫的窗前，看到外面大街上有个小伙子边看书边笑得前俯后仰，就断定他读的是《堂吉诃德》，派人出去一

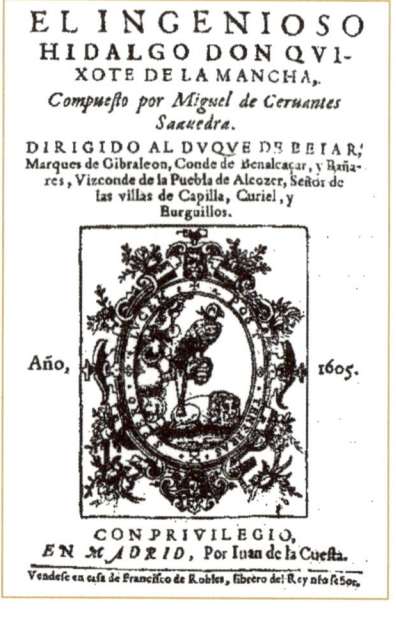

1605年版《堂吉诃德》封面

问果然如此。

按理说塞万提斯应当挣了一大笔稿费,从此可以摆脱吃了上顿愁下顿、有了柴米没油盐的日子了。然而事实并非如此。他没想到这部小说会引起如此大的轰动,将版权一次性卖给了出版商。结果是塞万提斯只出了名,却没挣到多少钱。

但就在这时,塞万提斯又一次遭到了不幸。他家门口的大街上发生了一件凶杀案,不知什么原因他一家全成了疑犯。他被送进了监狱,这已经是塞万提斯第三度入狱了。

此后几年他的日子更加难过。他债台高筑,债主像猎狗追赶野兔一样咬紧不放,让他终日惶惶不安。他被迫一次次地搬家,搬到房租更加便宜的房子里。

找不到别的办法谋生,他只好快马加鞭地写作。这段时间他又写了不少小说和戏剧,最重要的是赶写出了《堂吉诃德》第二卷。该卷于1615年出版。

写完《堂吉诃德》,塞万提斯已是风烛残年,虽仍笔耕不辍,但"夕阳无限好,只是近黄昏"。1616年4月19日,塞万提斯在病床上写完了最后一部小说的献辞,4天之后溘然而逝,终年70岁。

他死时一文不名,家人只好把他草草收葬,连墓碑也没有立,所以人们至今不知塞万提斯葬于何处。

◎ 最幽默的巨著——《堂吉诃德》

了解塞万提斯生平的人很难想象他能写出如此幽默的著作。常言道,创作是生活的反映。也许人们初看《堂吉诃德》时会觉得它是一部喜剧,然而再读时或许就觉得这不是喜剧而是悲剧,它讲述的是一个为理想而奋斗的人一次次被命运无情打击、愚弄,最终失去了生命的悲剧故事。

塞万提斯是以喜剧的形式表达悲剧的内核。

《堂吉诃德》的开篇是这样的：堂吉诃德是生活在拉曼查地区的一个绅士，他瘦得像根竹竿，不过身体还算强健；他家里面有一支长枪插在架子上，还有一面古老的盾牌、一匹瘦马以及一条猎狗；因为牛肉比羊肉便宜，他平常吃的砂锅里牛肉总比羊肉多些。总而言之，无论从哪方面来看他都是一个再普通不过的绅士，这样的人在西班牙的乡村里随手可以抓出一大把来。

然而这位堂吉诃德绅士有一个与众不同的特点，就是他酷爱读骑士小说，渐渐走火入魔了，竟然认为里面所说的都是真事，甚至认为现实的世界就是骑士小说里的那个世界，充满了游侠骑士、魔鬼、待拯救的贵族小姐和待伸张的正义。终于有一天，他彻底把两个世界混淆了，决心去做一个真正的骑士。

他找来一套曾祖父穿过的盔甲，盔甲上已经长满了铁锈，因为没有了面甲，他便用硬纸板做了一个。他那匹马已经瘦得像他自己一样，身上的毛病比毛还多，但在堂吉诃德的眼里它却是比关公的赤兔还难得的千里马，他给它取名叫"驽骍难得"。骑士还得有个情人，堂吉诃德想啊想，终于想起了邻村他曾经爱过的一个漂亮姑娘，但那个姑娘并不知道这事儿，要是知道了一定会嘲笑他的。堂吉诃德可不在乎，他把那个姑娘当作他的情人，决心为她行侠仗义，成为伟大的骑士。与堂吉诃德随行的还有同样幽默天真的桑丘·潘沙。

他之后的经历举世闻名，可以说无论哪个伟大的骑士也没有他那么名扬四海。例如他第一次著名的侠行是与风车的战斗。他先是虔诚地向他那位情人小姐祷告一番，求她在紧要关头保佑自己，然后用盾牌遮掩身体，托定长枪飞马向第一架风车冲杀过去。结果被"巨人的手"一扫，长枪顿时变作几段，他像秋天的落叶一般掉到了地上，动弹不得。类似

《堂吉诃德》插画（Apel·les Mestres i Oñós，1879年）

的事他还遭遇了许多。家人为了让他不再当游侠骑士，便让他一个最好的朋友出面，扮成游侠骑士同他决斗，并约定倘若堂吉诃德被打败了，那么他在一年之内不得再出门做游侠。这个计划顺利进行，堂吉诃德为了证明自己是天下第一骑士，便同扮成"白月骑士"的朋友打了起来，结果被掀下马来，大败而归。被打败了的堂吉诃德遵守了自己的诺言，回到了家乡，直到死前他才醒悟过来。

《堂吉诃德》最大的特色当然是幽默，书中随处可以找到令人捧腹的句子。例如堂吉诃德跟一群牧羊人去参加葬礼，路上牧羊人问堂吉诃德是干啥的，堂吉诃德谦逊地答道："惭愧得很，我是一个微不足道的游侠骑士。"他还说，辛勤劳苦、披坚执锐是他的本分，如此等等。那群牧羊人立即知道他是一个疯子。接着，为了了解他疯到了什么程度，他们又问堂吉诃德什么是游侠骑士。堂吉诃德便从亚瑟王被魔术师变成乌鸦开始引出了一大段妙论，他那认真的样子令人忍俊不禁。

除了这些，《堂吉诃德》里面还有一类幽默，不但让人发笑，而且蕴含着哲理，这就是谚语。如"单有一只燕，还成不了夏天""只要是人，就能做到教皇""只要把指头放在我嘴里，就知道我咬不咬"等。这些句子不但幽默，而且耐人寻味。

书中这类谚语经常鱼贯而出、绵延不断。例如一位公爵大人耍弄桑丘·潘沙，对他说堂吉诃德的梦中情人杜尔西内娅小姐被魔法魇住了，要他为她挨鞭子好摆脱魔鬼缠身。桑丘·潘沙便一连用了四个谚语来回应："背上驮着金银，驴儿上山就有劲""礼物碾得动岩石""求上帝保佑你，也得自己努力""许你两件，不如给你一件"。这几句话的意思一听就明白，桑丘·潘沙不想白替小姐挨鞭子，得有好处。

前面提过堂吉诃德著名的历险之一就是风车大战，类似这样的情节

《堂吉诃德》插画（Jakob van Schley，1745年）

书里还有很多。例如有一次堂吉诃德把盛酒的皮袋当成巨人，挥剑与之大战，结果搞得酒浆四溅。

这里还要给大家讲一个非常有趣的故事中的故事，就是桑丘·潘沙跟堂吉诃德讲的一个故事。

有位牧羊人爱上了一个又胖又野的牧羊姑娘，这姑娘本来一点儿也不爱牧羊人。后来，由于"魔鬼是不睡觉的，什么事儿都捣乱，他挑拨一番，把牧羊人对牧羊姑娘的爱情变成了厌恨"。但是，牧羊姑娘过去从来不爱罗贝——那个牧羊人的名字，现在她却由于罗贝不爱她而疯狂地爱上了罗贝。罗贝只好躲开她，甚至准备赶着一群羊越过国境到葡萄牙去。那个姑娘已经从后面追过来了。桑丘·潘沙说："她赤脚步行，远远地跟在后面，手里拿一支杖，脖子上搭一只褡袋，据说里面带着一面镜子、一只梳子，还有一瓶搽脸的油膏。且不去管她带些什么东西吧，我这会也懒得和她追根究底了。"

面前有一条河，罗贝急得不行。桑丘·潘沙说道："他四下寻找，找到了一个渔夫，渔夫只有一条小船，小船只容得下一个人和一只羊。渔夫答应把他和三百只羊送过河。他先把一只羊渡过去。渔夫摆渡了几只羊，先生可要记清楚了，要是漏掉一只，故事就完了，一句也讲不下去了。我接着讲，虽然对岸都是烂泥，很滑，可是他回来又摆渡一只，又一只，又一只……"

堂吉诃德说："你就算全都过去了吧，别这样去一趟、来一趟的，讲一年也摆渡不完。"

桑丘·潘沙说："这会儿已经摆渡几只羊了？"

堂吉诃德说："我哪里知道？"

"我早就说过，你得记清楚了。现在，天晓得，这个故事就此完了，讲不下去了。"

堂吉诃德说:"哪有这种事?记清楚摆渡的羊数,对这个故事那么要紧吗?数错一只,故事就讲不下去了?"

桑丘·潘沙答道:"讲不下去了,先生,怎么也讲不下去了。因为我问您渡了几只羊,您说不知道,就在这个当儿,底下的事都从我脑子里跑了。底下的事实在很有意思,也很有趣味呢!"

胃口被吊起来了,但又无可奈何的堂吉诃德说:"你这种讲法和这种结尾是从来没有过的。"

第四章

莎士比亚与《哈姆雷特》

英国在 1588 年消灭了一度横行海上、不可一世的西班牙无敌舰队，成了海上霸主。英国的养羊业十分发达，每年产出大量羊毛，供应给佛兰德斯等地的毛纺工场。这一切使英国迅速强大起来。16、17 世纪时英国终于一跃成为欧洲强国。

跟同样富有的西班牙人不同，英国人拿了钱后没有一味挥霍浪费，而是投资工商业，为英国的进一步强大奠定了牢固的基础。不仅如此，迅速强大起来的英国人有着强烈的民族意识和民族自豪感，他们爱戴自己的君主，如伊丽莎白一世。君主也爱护自己的人民，不像西班牙的暴君只知道压榨自己的人民，让他们过着暗无天日的生活。

当时意大利的人文主义春风早已吹遍英伦三岛，英国便也掀起了一股强劲的文艺复兴浪潮。

在这期间，英国诞生了一位伟大的作家——威廉·莎士比亚。

◎ 小屠夫如何成为文坛泰斗

关于莎士比亚,即使不说他是最伟大的作家,但至少有两点是可以肯定的:莎士比亚是西方古往今来作品上演最多的剧作家,也是作品被改编成电影最多的作家,且多部改编的电影夺得奥斯卡奖;莎士比亚也是作品被引用最多的作家,无论是文学大师、哲学巨匠,还是普通人,都在他们的作品和言语中一次又一次地引用莎士比亚的字句。

人们这样做的原因很简单,因为的确能从莎士比亚那里找到所要引用的最恰当的句子。

人们对莎士比亚的作品是如此熟悉,对他的生平却非常陌生。

我们所说的陌生,并不是说人们对莎士比亚的人生知之甚少,而是说人们不能判断其中的真假。那些流传的有关莎士比亚的生平事迹几乎都遭到过怀疑,到最后连莎士比亚其人的存在与否都成了争论的话题。甚至出现了这样的说法:莎士比亚的戏剧都是哲学家弗朗西斯·培根写的,威廉·莎士比亚只是弗朗西斯·培根的笔名而已。

这里简单介绍下人们对莎士比亚生平的主流认知。

莎士比亚于 1564 年 4 月 23 日出生在英格兰的斯特拉福镇。他是家中的长子,从小就淘气,7 岁时上了学,16 岁时因为父亲破产结束了学生生涯。他先到了一个屠夫那里当学徒。这个屠夫是个讲道理的人,每当他要杀猪了,他就会发表一通演说,向那头可怜的猪证明他有充分的理由杀它。

当了两年学徒后,莎士比亚结婚了,妻子叫安妮。她为他生下了三个孩子,其中一个叫哈姆雷特。有一次莎士比亚偷偷潜入一个贵族的森林猎杀了一头鹿,结果被发现了。贵族便派人狠狠揍了莎士比亚一顿,临走时还对他说:"还没完呢,你等着瞧!"贵族是个地头蛇,莎士比亚非常害怕,于是三十六计走为上计,跑伦敦去了,这时他不过 22 岁。

到伦敦后他进了一家剧院打杂。此前丝毫没有显示出写作才能的莎士比亚竟然开始写起剧本来了，而且第一次提笔就写出了经典名著！

莎士比亚第一部戏剧上演的时间是1590年，这时他来伦敦才四年，年仅26岁，来伦敦前他对戏剧一窍不通。

他的第一个剧本《亨利六世》大获成功，他从此跻身一流戏剧家行列，而且不久后就用太阳般的光辉盖住了其他人，用他如涌泉般的新作统治了当时的剧场与舞台。

莎士比亚肖像
（John Taylor，1610年）

也就在这个时候，莎士比亚认识了对他一生颇有影响的南安普顿伯爵。这位年轻英俊的伯爵很受伊丽莎白女王的宠爱。他以文艺的保护人自居，当莎士比亚如太阳一般在文学界升起时，他怎会注意不到呢？莎士比亚对这个年少英俊的贵族也充满了敬意，专门写了一首长诗献给他，就是《维纳斯与阿多尼斯》。听说伯爵对莎士比亚的这首长诗十分满意，赏了他足足1000英镑。这在当时可是笔巨款，莎士比亚后来在伦敦市内买了一幢房子也只花了140英镑。

莎士比亚认识他的这位保护人是1592年左右的事。那段时间伦敦在闹瘟疫，一周要死上千人，莎士比亚就躲在保护人富丽堂皇的宅邸内写他的剧本和十四行诗，这些诗后来成为诗史上的顶峰之作。

当然莎士比亚的主要精力还是用来写剧本。从1594年起的四年内他一口气写了七部喜剧、四部历史剧、两部悲剧。也就是说，平均每三个月他就写出一部不朽剧作。

1596年发生了一件不幸的事，莎士比亚的儿子哈姆雷特死了，年仅11岁。因为这件事，与故乡阔别11年后，莎士比亚这位游子终于回乡了。

但这时的他已今非昔比了。就在这一年他被册封为贵族，第二年又在家乡买下了当地最大的一座宅子，准备将来叶落归根。

此后莎士比亚不但有了自己的剧团，甚至建造了属于自己的剧场，就是后来很有名的环球剧场。莎士比亚是剧场的大股东，每年都有不少分红。

有一天，几个贵族来到环球剧场，点名要看莎士比亚的《理查二世》，并且愿出10英镑的酬金。这在当时也是笔不小的钱，演员们答应了。第二天，伦敦街头出现了一群手持武器的家伙，号召市民们起来造反、杀了女王。莎士比亚的保护人南安普顿伯爵也在其中。他们立即被逮捕法办了。环球剧场的职员们也被带到法庭接受审判。他们这才弄清楚那几个贵族叫他们演《理查二世》的用意：剧本里有国王被推翻的场景。他们也明白了，当演到这个场景时，为什么台下有那么多人起劲地欢呼。好在他们事先对此一无所知，不知者无罪，法庭就把他们包括莎士比亚全放了。至于那些叛乱者，则被送上了断头台。

1603年，带领英国成为欧洲第一强国的伊丽莎白一世女王去世了，被她处死的苏格兰女王玛丽·斯图亚特的儿子登上了英国王位，他就是詹姆士一世。这位新王很爱看戏，刚登上王位便将当时最有名的莎士比亚的剧团更名为"王家供奉剧团"，莎士比亚等人也被任命为"王后寝宫近侍"。给莎士比亚这个头衔可不是要莎士比亚去侍候王后睡觉，那只是一个低级宫廷职位。

成了王家剧场的环球剧场生意更加兴隆，莎士比亚分红得来的钱也一天比一天多了。这时莎士比亚40多岁，他不但是著名作家，而且是大富翁了。他花了440英镑在家乡买了一大片土地，他的女儿也嫁了一个好丈夫，是个远近闻名的大夫。他的人生可谓顺风顺水，他也乐在其中。

1609年，已经发了大财的王家供奉剧团买下了另一个叫黑花的剧场，专用于冬天举办私家演出。这些私家演出的观众都是些富翁，舍得买高价票，剧场当然更有钱了，莎士比亚也更富有了。

然而莎士比亚的事业在这时遭到了第一次也是最后一次打击。

为了让演出多样化，剧团又请了两个人来写剧本。这两个家伙出身贵族，谈不上有什么戏剧天才，却熟悉权贵们锦衣玉食的生活，也熟悉他们的种种癖好，他们写的剧本就正投其所好，充满了精雕细琢、曲折无比的情节。这些戏剧对那些趣味低级的权贵与小市民都有很大的吸引力。于是就有人开始贬低莎士比亚了。

莎士比亚没有反驳，他只是回到斯特拉福去了，生活从此与戏剧无缘。这大约是1613年的事，这年莎士比亚49岁。

后来莎士比亚立下了这样的遗嘱：他把大部分财产给大女儿和她的医生丈夫；二女儿也得到了300英镑和一只名贵的银杯；连他在剧团里的朋友们也都得到了一笔钱。唯有他的妻子比较惨，莎士比亚只给她留下了这样一些东西：一张"质地较差"的床，床上的被子、枕头、床单。仅此而已！看来，莎士比亚本人的爱情故事也颇具戏剧色彩呢！

莎士比亚是1616年4月23日去世的，这天是他的52岁生日。

◎ 最伟大的剧作——《哈姆雷特》

莎士比亚的剧本通常被分成六类：第一类是早期戏剧，包括三部《亨利六世》、《错误的喜剧》和《驯悍记》等；第二类是历史剧，包括《理查三世》《约翰王》《亨利六世》等；第三类是"大喜剧"，包括《无事生非》《威尼斯商人》《仲夏夜之梦》《第十二夜》等；第四类是"大悲剧"，包括《哈姆雷特》《奥赛罗》《李尔王》《麦克白》《雅典的泰门》等；第五类是"阴暗喜剧"，包括《特洛伊罗斯和克瑞西达》《终成眷属》等；第六类是晚期戏剧，包括《辛白林》《泰尔亲王佩力克里斯》

《冬天的故事》等。

这些剧作中最重要的是第四类——"大悲剧"。莎士比亚之所以被尊为最伟大的剧作家，主要就是因为它们。当然他的"大喜剧"也是杰作，和"大悲剧"可谓交相辉映。

在莎士比亚的戏剧中，《哈姆雷特》无疑是最震撼人心的，堪称最伟大的剧作。

哈姆雷特是丹麦王子，他的父亲是前国王，现在的国王则是他的叔父，也就是他父亲的弟弟。他父亲在不久之前死去，据说是被毒蛇咬死的。弟弟便继承了兄长的王位，更进一步地，继承了兄长的卧榻，卧榻的另一边睡着他过去的嫂子。这一切几乎发生在同一时间，就如剧中所言：葬礼上剩下的残羹冷炙接着便用来做婚礼的佳肴了。

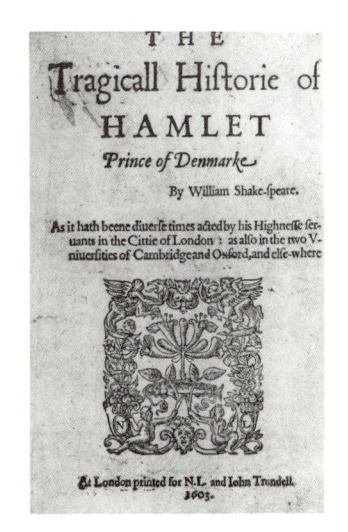

1603年版《哈姆雷特》封面

这就是《哈姆雷特》的背景。

在第一幕中，第一场开始的地点是王城的城头，两个军官相对而上，另外还有王子哈姆雷特的朋友霍拉旭。他们谈起了近两夜在此处发生的惊人一幕：一个鬼魂，披盔戴甲，形貌酷似前王，在这里游荡。这时鬼魂又来了，霍拉旭想同他说话，但鬼魂没有搭理他；当鬼魂第二次出现，好像正要与霍拉旭说话时，鸡已晨啼，鬼魂消失了。

第二场移到了城堡之内，国王、王后、哈姆雷特及剧中其他重要人物大都在场。

此时最引人注目的就是国王，他的言语无懈可击，一开始就在三个方面表现出他是一个贤明的君主：一则对前王——他的兄长表达了哀悼之情；二则表达了对国家的关心，要派人去制止挪威王子的妄行；三则

《哈姆雷特》插画(威廉·布莱克,1806年)

表达了对侄子哈姆雷特的深切关爱。他要哈姆雷特把自己当作父亲,还扬言要让全世界知道哈姆雷特是王位直接的继承者,要给他的尊荣和恩宠不亚于一个最慈爱的父亲之于他亲生的儿子。

哈姆雷特此时并没有怀疑他,只是仍感到悲伤,主要是因为母亲。他哀叹母亲在她丈夫尸骨未寒时就嫁给了小叔子。哈姆雷特叹道:"脆弱啊,你的名字就是女人!"

霍拉旭同前面的两个军官来了,他们告诉哈姆雷特鬼魂的事。哈姆雷特顿时嗅到了阴谋的气味,他叮嘱他们绝不要将鬼魂的事泄露出去。

第三场发生在波洛涅斯家中。波洛涅斯是丹麦王的重臣,他的儿子雷欧提斯正要到法国去,父子俩一起叮嘱奥菲利娅,叫她不要理会哈姆雷特,因为哈姆雷特的地位太高,他的爱靠不住。

奥菲利娅是一个极美丽、温柔、贤淑的女子,她的结局却令人心碎。

第四和第五场,哈姆雷特见到了父亲的亡魂,父亲告诉了他死亡的真相:他的弟弟趁他睡着时,把一种毒汁灌进他的耳朵里;毒汁一进入他的身体,他全身光滑的皮肤上便立刻冒出无数的疱疹,像害着癞病似的满布着可憎的鳞片。

然而更可怕的是,这样被谋杀令他连临终的忏悔都没有做,因此他要背负着全部的罪恶,在地狱忍受骇人听闻的煎熬。他告诉儿子:"最轻微的几句话,都可以使你魂飞魄散。"

听到这些惊心动魄的言语,哈姆雷特悲愤至极,他起誓要替父复仇。然而他也知道复仇十分困难,因为他要面对的是强大的一国之君。他想出了一道计策。

什么计策呢?接下来便是第二幕。

这幕的第一场,在波洛涅斯家,奥菲利娅道出了哈姆雷特王子的新消息——他疯了。

波洛涅斯老人家自以为聪明，狗颠屁股地跑去找国王，说哈姆雷特是因为得不到他女儿的爱而发疯的。

第二场又回到了王城。来了两个丹麦王的臣子，他们是哈姆雷特的旧同窗。他们的到来是国王的主意，国王看到哈姆雷特闷闷不乐、神经兮兮，特意请他们回来宽慰他。

他们了解自己的使命，特地找来一个剧团，想用看戏来调节王子的心情。接下来便在他俩与哈姆雷特之间展开了一场有趣的对话，疯了的哈姆雷特变成一个十足的哲学家，满口玄言奥语。

其实，他暗自高兴来了这帮戏子，想出了一个计策来验证叔叔是不是杀人凶手。

这一幕的最后，哈姆雷特有一段著名的自白，表达了他此时矛盾而痛苦的心境。弗洛伊德对此曾有一番令人震惊的论述。

第三幕一开始，国王、王后同奥菲利娅等都来了，他们决定用奥菲利娅一试，看王子是不是为了红颜而疯。他们让奥菲利娅站在那儿读书，假装偶遇王子。王子来了后，道出了一段也许是古往今来最伟大的台词："生存还是毁灭，这是一个值得考虑的问题……"还对奥菲利娅说了一大段疯话。

他的疯狂令实际上已经深深地爱上了他的奥菲利娅心碎。

接下来的一场仍发生在王宫内。哈姆雷特带了一帮戏子进来，这时他好像完全正常了。他指导戏子们演戏，还请他的老朋友霍拉旭好好看着国王，看他对这个剧有什么反应。

国王的反应是这样的：当他看到扮演凶手的演员将毒药灌入公爵的耳朵时，立即站了起来，拂袖而去。

哈姆雷特立即明白了，鬼魂没有骗他。

这场戏令国王既惊又怒，他觉得哈姆雷特可能已经发觉了自己的阴谋，决意采取措施。

那出戏也令王后不高兴，她叫那两个臣子来找王子，让王子去见她。哈姆雷特到达时，看到了正在跪着祷告的国王，这是一个杀他的机会。但哈姆雷特没有下手，因为国王正在虔诚祷告时被杀也许会令他升入天堂，而哈姆雷特的父亲却因没有在临死前祷告而下了地狱。

见到母亲后，母子俩展开了一场深入的交谈。哈姆雷特明白地指责母亲，改嫁给一个如此不堪的家伙。这些话像刀子一样扎进王后的心里，她央求儿子不要说下去了。不过她也开始意识到自己的可悲，决心保护儿子。

然而在这之前，刚进入母亲的寝宫时，哈姆雷特已经杀死了波洛涅斯——他热爱的奥菲利娅的父亲。因为当他与母亲对话时，发觉帘幕背后有人，便一剑刺去。他以为是国王，然而他杀死的只是可怜的老臣——老家伙正在那儿准备偷听母亲怎样责备儿子。

第四幕一开始，国王便向王后索问哈姆雷特，王后告诉他哈姆雷特在疯狂中杀死了波洛涅斯。国王一听大惊，感觉事情不妙。如果是他躲在幕后，那死的不就是他吗？他立即决定将哈姆雷特送到英国去，又想好了一个借刀杀人之计。

奉国王之命，那两个双胞胎一样从来不分开的臣子又来找哈姆雷特了，他们要带哈姆雷特去见国王。

国王叫哈姆雷特立即启程去英国，并让那两个臣子跟随他。

下面是第四幕第四场了。哈姆雷特在路上碰到了挪威王的侄儿福丁布拉斯，他正带领一队兵假道丹麦去攻打波兰，目的只是要夺取一小片毫无价值的不毛之地。但为了荣誉，他义无反顾。对手波兰人基于同样

《哈姆雷特》插画（罗伯特·埃奇·派恩，1784年）

的理由极力捍卫他们的领土。这一切震撼了哈姆雷特，他感觉到自己的懦弱。

第五场先在城堡之中，这里传出了一个令人痛苦的消息：奥菲利娅疯了！

她前面刚看见爱人发疯了。她曾迫于父兄的命令有意回避哈姆雷特，然而她的内心早已情根深种；接着又得知老父亲被哈姆雷特杀死，这叫她如何不痛苦得发疯？

奥菲利娅对着国王和王后唱了许多莫名其妙的歌，飘然走了。

这时宫外一阵喧闹,进来的正是雷欧提斯,波洛涅斯之子,奥菲利娅之兄。他在国外听到了自己父亲不明不白去世的消息,怒发冲冠,领着一队叛军杀进王宫。

然而狡猾的国王很快就把激动的雷欧提斯安抚下来,告诉他,杀他父亲的并非他,而是另有其人,他们应该共谋惩凶。

这时奥菲利娅又来了。雷欧提斯看到她始而兴奋,继而心碎,因为妹妹现在是他世上唯一的亲人,但她疯了!

奥菲利娅又对着众人说了一些既像无意义又似充满了哲理的言语,正如雷欧提斯所言:"这一种无意识的话,比正言危论还要有力得多。"

看得出她实在是痛苦至极。

这一切令雷欧提斯内心的复仇之焰更炽。

接下来的第六场很简单:霍拉旭收到了哈姆雷特的信,叫他把一封信交给国王,然后"像逃命一般的火速来见我"。

第七场到了王宫之中,国王已经让雷欧提斯相信不是他杀死其父的。这时他收到了哈姆雷特派人送来的信,说自己"已经光着身子回到您的国土上来了"。国王正满心盘算着告诉雷欧提斯他是如何巧计除掉哈姆雷特的,这消息犹如晴天霹雳。不过比狐狸还狡猾的他立即眉头一皱,计上心来。他把计谋告诉雷欧提斯,说这样就有把握除掉他的杀父仇人了。

他们刚计议停当,王后奔进来,报出了一个不幸的消息:奥菲利娅死了!她这样描述了奥菲利娅之死:

在小溪之旁,斜生着一株杨柳,它毵毵的枝叶倒映在明镜般的水流之中;她编了几个奇异的花环来到那里,用的是毛茛、荨麻、雏菊和长颈兰……她攀上一根横垂的树枝,想要把她的花冠挂在上面;就在这时候,一根心怀恶意的树枝折断了,她就连人带花一起落下呜咽的溪水里。她的衣服四散展开,使她暂时像人鱼一样漂浮水上;她嘴里还断断续续

《奥菲利娅》(约翰·埃弗雷特·米莱斯,1852年)

唱着古老的歌谣,好像一点都感觉不到处境的险恶,又好像本来就是生长在水中一般。可是不多一会儿,她的衣服被水浸得重起来了,这可怜的人歌儿还没有唱完,就已经沉到泥里去了。

第五幕也就是最后一幕,地点来到了奥菲利娅将要永眠之地,两个小丑携锄而上,要为她挖掘坟墓。他们实际上都很聪明,还会作诗唱歌。下面这首诗就是一个小丑唱出来的:

> 年轻时候最爱偷情,
> 觉得那事很有趣味;
> 规规矩矩学做好人,
> 在我看来太无意义。
> 谁料如今岁月潜移,

> 老景催人急于星火,
> 两腿挺直,一命归西,
> 世上原来不曾有我。

这样的诗虽然通俗,但既合情景,也深蕴人生哲理,读来不由令人感叹又悲伤。

这时哈姆雷特同霍拉旭来了,他们与小丑又进行了一场充满哲理的对话。雷欧提斯、国王和王后也来了。哈姆雷特先躲到了一边,可当他看到雷欧提斯跳到墓坑里,得知那被埋葬的是他倾心爱恋的人儿时,他跳出来了。哈姆雷特大喊着:"哪一个人的心里装得下这样沉重的悲伤?"他也跳进了墓坑。

所谓仇人相见,分外眼红,雷欧提斯一把揪住了哈姆雷特。若不是国王暗示雷欧提斯他们的计谋,他说不定马上就要杀了哈姆雷特。

第二场在王宫中,哈姆雷特同霍拉旭交谈。他告诉了一件令霍拉旭目瞪口呆的事。他说,他原来是同那两个臣子一起到英国去的,晚上不知为何突然感觉不妙。他知道那两个旧同窗、现在国王的忠仆带着一封给英国国王的书信,他偷偷将那封书信打开来,发现国王命令英国国王接信后马上就杀了他。

哈姆雷特不声不响地另写了封冒名的新书信,命令英国国王在接到书信后立即将送信的两个人杀掉。

为什么丹麦王能命令英国国王呢?这是因为那时英国还是丹麦的附庸国,英国要年年向丹麦进贡,贡钱有一个专有名称,叫"丹麦金"。

这坚定了哈姆雷特立即复仇的决心。

此时又来了国王的一个使臣,他告诉哈姆雷特,国王对雷欧提斯说要是他同哈姆雷特比剑,十二个回合之中最多赢三个回合,可雷欧提斯说他起码可以赢九个回合。国王不信,他已经同雷欧提斯打了个十匹骏马的赌,就等哈姆雷特"是骡子是马,拉出来遛遛"了。

哈姆雷特立即应战。

比剑在王宫举行。就在他们即将出剑时,国王告诉他们,他在桌上斟好了两杯酒,如果哈姆雷特占了上风,他要亲自把这杯酒端给他,并把一粒"比丹麦四代国王戴在王冠上的还要贵重的珍珠"放在酒杯里。

二人一交手,果然哈姆雷特占了上风,接连刺中雷欧提斯两剑。国王看到这情形,便把预先斟好的那杯酒端给哈姆雷特,让他喝。但哈姆雷特说要等比赛完再喝。王后看到儿子出了汗,就把手绢给他,要他擦汗,并代儿子喝下了国王斟的酒。

为什么雷欧提斯一再被哈姆雷特刺中,自己却一剑也刺不中对手呢?这并不是雷欧提斯真的剑术差,而是他的良心不赞成他干这种事。

这时可以告诉大家前面第四幕第七场中国王向雷欧提斯提到的计谋:这场比赛其实是一个陷阱,哈姆雷特用的剑只是普通比试用的伤不了人的钝剑,雷欧提斯拿的却是可以杀人的利剑。更可怕的是,雷欧提斯的剑尖上涂了烈性毒药。国王为了保险起见,在亲手端给哈姆雷特的酒里也下了最厉害的毒药。

哈姆雷特看到雷欧提斯明显没有使出全力同他比试,就责备了他,雷欧提斯听闻,终于提起剑来,一下刺中了哈姆雷特。哈姆雷特也进行了还击,比赛顿时激烈起来,争斗中他们互相夺掉了对方手中的剑,哈姆雷特用抢来的剑也刺中了雷欧提斯。

这时王后倒下了,她对跑过来的哈姆雷特说:"那杯酒里有毒。"说罢便死了。

受了哈姆雷特两剑的雷欧提斯也倒下了,临死时他把自己同国王的阴谋告诉了哈姆雷特,并告诉他国王就是一切的罪魁祸首。

《哈姆雷特》插画（欧仁·德拉克洛瓦，1843年）

哈姆雷特一听，得知手中的剑涂了毒，便立即一剑向国王刺去，接着又把剩下的毒酒全灌进了国王的喉咙，大声喊道："你这败坏伦常、嗜杀贪淫、万恶不赦的丹麦奸王！"

国王立即一命呜呼，到地狱受那永无希望的煎熬去了。已被毒剑刺伤的哈姆雷特也随即死了。

这时打败了波兰人，取道丹麦回国的挪威王侄福丁布拉斯正好赶到，他被拥立为丹麦新王。他隆重地安葬了哈姆雷特。

第五章

多纳泰罗：文艺复兴第一雕刻专家

文艺复兴时期，意大利不但在文学上取得了杰出的成就，更在艺术上成就巨大，诞生了许多艺术巨匠。

这些巨匠人数众多，灿若群星，在这里不能一一述说，只能挑选几个具有代表性的来讲。

即便如此，也不能一章讲完，这里我们分为四章来讲。

第一个要讲的是杰出的雕刻家多纳泰罗。

多纳泰罗是文艺复兴时期只从事雕刻的艺术家。米开朗琪罗的雕刻作品虽然更加伟大，但他并非专职雕刻家，而是一个艺术的多面手，而多纳泰罗则只搞雕刻，并在这一行取得了仅次于米开朗琪罗的伟大成就，因此可以称他为文艺复兴时期最伟大的雕刻专家。

多纳泰罗是佛罗伦萨人，约1386年出生。他是纺织作坊主的儿子，但他所在的家族却是佛罗伦萨著名的银行业世家。他很年轻时父亲就去世了，只能独立谋生。据说他本来想当金匠，17岁时投到了当时最有名的雕刻家之一——吉贝尔蒂门下。由于天资聪颖，没几年他就成了吉贝尔蒂的得力助手。

1407年，多纳泰罗20岁出头就离开了师傅，到了一间雕刻作坊，开始独立创作。

不久他就巧遇对他一生创作产生重要影响的人——著名的建筑家和先进透视法的创立者布鲁内莱斯基。受他的影响，多纳泰罗开始超越吉贝尔蒂一味追求精巧与形式完美的风格，由以美为尊过渡到了以力为先。1408年，他就创作了他的第一件杰作——大理石雕像《大卫》。

◎ 优雅且富有美感的《大卫》

大卫和歌利亚的故事在西方流传已久。大卫是以色列人的王，带领以色列人建立了统一的国家，成就了犹太人历史上的黄金时代。大卫的众多英雄功绩之一就是杀死了巨人歌利亚。这一事迹见于《圣经·撒母耳记》。非利士人与以色列人开战，从非利士人的营中出来一个好战的人，名叫歌利亚。他是迦特人，他的身高折合成现在的尺寸大概是2.7米，盔甲重57千克，枪头重7千克。以色列人很害怕，不敢迎战，于是歌利亚天天站在以色列人的军营前骂阵，前后达四十日之久。这时以色列人的王是扫罗，他也是一个著名的勇士，但他也不敢出战。他的子民中有一个叫耶西的，耶西有八个儿子，其中三个儿子正跟随扫罗出征，而最小的儿子，也就是

多纳泰罗大理石雕像《大卫》

大卫，在家里替父亲牧羊。这天大卫受了父亲之托带几个饼来探望哥哥们。在军营前他听到了歌利亚的叫骂，于是奋勇出战。由于从来没穿过盔甲，他不习惯，就把盔甲脱了，赤身迎击歌利亚。他把一块石头放在射石机里，将石头像箭一样朝歌利亚射去，打中了歌利亚的额头，一直打进他的脑袋，非利士人的勇士就这么被大卫杀死了。后来大卫在以色列人中的地位节节高升，终于在扫罗死后成了以色列人的王。

这个故事后来成为许多艺术家的灵感之源。关于大卫的艺术作品很多，多纳泰罗的《大卫》就是其中最著名的作品之一。多纳泰罗最著名的《大卫》是后期创作的"青铜雕像"。在这里我们要介绍的是他早期的"大理石雕像"。

大理石雕像《大卫》现藏于佛罗伦萨的巴杰罗博物馆。只见少年大卫，前胸袒裸，背挂披风，下系长衣。他右手稍曲，搭在小腹前，左手则捋起裙子一角，叉在腰间。再往下看，他的脚下有块石头样的东西，仔细一瞧原来是颗人头，长发长须，这就是巨人歌利亚。大卫的脸上看不出什么表情，不像英雄，倒像个普通的英俊少年，他满头卷发，身体各部分被雕塑得相当细腻，例如披风和衣裙上的褶皱，还有胸前隐约凸起的肌肉。他稍微侧倾的姿势也显得优雅且富有美感。

创作完《大卫》的次年，即1409年，多纳泰罗和布鲁内莱斯基一起到了罗马。在这里，他们终日徜徉在众多伟大的古典巨作之中，不停地观赏、临摹甚至复制，汲取大师们的艺术精髓。

后来多纳泰罗先回到佛罗伦萨，为佛罗伦萨奥尔圣米凯尔教堂制作了雕像《圣乔治》。

◎ **如画一般的浅浮雕——《圣乔治》**

传说乔治本是罗马帝国时代一位信奉基督教的武士。某一天他到利比亚去，那里有一片沼地，盘踞着一条毒龙，这条龙逼迫人们每天供给它两只羔羊，后来羔羊都吃完了，人们只好用活人来供养他，每天抽签决定谁去牺牲。有一天国王的女儿被抽中了，正当她走近沼泽准备供毒龙吞噬时，乔治赶到了。他提起利矛，把毒龙刺倒在地上，并用腰带把它缚住，牵到城里，当众将它杀死。人们十分欣喜，乔治乘机向大家宣扬基督教，于是当时就足有一万五千人受洗入教，成为基督徒。

多纳泰罗《圣乔治》

那时罗马帝国正在残酷迫害基督教徒，乔治看到许多信徒已经心生恐惧而信仰动摇，就站在广场上，当众高呼："外教人的神道都是假的，唯有我们的天主，才是创造天地万物的真主宰。"当地的罗马总督就拘捕了他，用乱棒重打一顿，再用烧红的烙铁烫他。但当天晚上，耶稣便向他显圣，治愈了他的伤痕。

第二天，又有一个巫师准备了一杯毒酒给他喝。他喝了，一点事儿也没有。再往后乔治甚至被放在两个有尖刺的巨轮中碾，被放在熔化的铅汁里煮，但他都毫发无损。

罗马总督见无计可施，便用甜言蜜语诱骗乔治向其他教的神献祭，乔治将计就计，假装有些动摇。这时神庙里挤满了看热闹的人，大家都想看看这个倔强的基督徒是怎么屈服的。乔治到了神庙后，便立即祷告上帝，天上顿时降下烈火，把庙宇、神像等一股脑儿都烧了。总督的妻子见状，也立即信了基督教。只是总督仍执迷不悟，下令将乔治斩首，但他在回家途中便被天火烧死了。

乔治的事迹不久便传遍了基督教世界，后来基督教成了罗马帝国的国教。人们开始搜集圣人的各种事迹，乔治便被称为"圣乔治"。英、法、德等国家的人都尊奉圣乔治，其中英国人对圣乔治的礼敬尤为普遍，圣乔治被奉为全英国的主保圣人，直至现在。

多纳泰罗的雕像可以说是对圣乔治的特点恰如其分的表达。只见圣乔治扮作武士，站在神龛中，全身披盔戴甲，背罩一领披风，双腿叉开，身前竖着一块盾牌，高及腹部。圣乔治的左手抚在盾牌之上，右手自然下垂，紧握拳头，他的头微微昂起，极目向前。这一切组合起来让我们分明看到了一位已经披挂妥当、正准备挥剑上阵的战士。

观者注视圣乔治的面容时，从他紧抿的嘴唇、圆睁的眼睛、镂刻着抬头纹的额头，不但可以看到一个有武士外表的圣乔治，而且可以看到一个内在英武的圣乔治。

除雕像本身外，他所站立的神龛的基座也是很有名的，基座上的浅浮雕描述的正是他屠龙的故事。浅浮雕上，圣乔治骑在毒龙身上，毒龙狂跳不已，像要将背上的骑士摔下来，在他的身后有一个窈窕淑女亭亭玉立，她就是圣乔治从毒龙嘴里救下的美丽公主。

这幅浅浮雕的特点是刀法很浅，一刀一笔仿佛是在大理石上轻轻划过，如画笔在纸上掠过一样，然而却并不显得轻浮无力。相反，它能够表达出丰富的内涵且使画面看起来十分优美，甚至有深远的空间感。之所以如此，是因为多纳泰罗运用了一种崭新的雕刻技法，即通过浮雕面很微小的起伏来表达深远的空间感。

《圣乔治》的创作使多纳泰罗声名鹊起，订单纷至沓来。他此后创作了许多雕刻名作，如《莎乐美》、青铜雕塑《大卫》等。

到了1443年，这时多纳泰罗的事业已经达到了顶峰，声誉传遍意大利。这一年他到意大利的另一座大城帕多瓦,创作了又一件惊世名作——《加塔梅拉塔骑马像》。

◎ 了不起的《加塔梅拉塔骑马像》

加塔梅拉塔是艾拉斯莫·纳尔尼的外号,他原来是威尼斯的雇佣兵队长,一位杰出的军人,以果敢著称,在意大利颇受崇敬。帕多瓦人要为他建造一座纪念雕像,邀请了多纳泰罗。为了准确地表现这位英勇的军人,多纳泰罗可谓煞费苦心。他终于又一次在古人那里找到了灵感。

在古罗马的雕刻艺术中有一件名作叫《马可·奥勒留骑马像》。在这件艺术作品中,马可·奥勒留这位古罗马的哲学家皇帝骑在一匹高头大马上,既手无寸铁,又像在麾军前进,恰如其分地表现了他作为智者与帝国军队统帅的有机统一的特征。多纳泰罗曾几次去罗马,这尊雕像给他留下了深刻的印象。于是当他要为加塔梅拉塔雕像时就自然产生了联想:两位都是伟大的战士,都适合这种表现手法。

《加塔梅拉塔骑马像》雕塑的就是加塔梅拉塔骑在马背上。因此整个雕像可以人为地分为两部分来看:一是马;二是人。

这马是一匹高头大马,长得膘肥体壮,看得出是匹千里良驹。它三条腿着地,只有左前腿提了起来,像是蓄势待发,又像在前进之中突然被勒住。马上的骑士就是加塔梅拉塔。

据说加塔梅拉塔在意大利语中的意思是"狡黠的猫",这说明了加塔梅拉塔不但是名勇敢的战士,更是位足智多谋的统帅,多纳泰罗在这里也极为出色地表现了这一点。应该说,作者雕刻的手法是相当简练甚至粗犷的,没有过多雕刻细节。例如头发并没有根根分明地精雕细镂,只有相当稀薄的几团罩在头上。他虽然穿着盔甲,但看得出来艺术家同样没有在这里着力。雕像的出众之处主要在于面容。加塔梅拉塔的面容

多纳泰罗《加塔梅拉塔骑马像》（Maxima Susana Gómez Lotito 摄）

并不像前面的圣乔治或者大卫一般俊美，相反倒有些难看：硕大的鼻头甚至大得有些不成比例，眼睛凸了出来，不像古希腊与古罗马雕像中那种深陷的眼睛显得盛满了智慧。他面容清瘦，嘴唇紧抿，仿佛要发怒的样子。但通过这些看似平凡的模样，多纳泰罗却塑造出了加塔梅拉塔军人的灵魂——他的意志坚强、勇敢无畏甚至有些残忍的性格。此时的他虽然处于静止之中，但仍然显示出他的内心激情澎湃，体现了他为了达到目的将果断地、毫不犹豫地踏着敌人的尸体，蹚着敌人的鲜血前进的决心。

这些正是当时意大利人所崇尚的品格，多纳泰罗也正是将他作为具有这样品格的人物来雕刻的。他塑造的是一个英雄，是现实中活生生的英雄。可以说这既是一种罗马式的古典作品，又是一种"冷酷的"自然主义作品。在这里，艺术家对模特几乎没有进行任何艺术加工，更没有美化，而是直接地表现对象的灵魂。

《加塔梅拉塔骑马像》前后花了多纳泰罗四五年的光阴，直到1450年才完工。

1454年他回到了佛罗伦萨。这时他发现自己仿佛不是回到了家乡，而是到了异乡。他仍受到佛罗伦萨人包括美第奇家族的尊敬，被尊为大师，有许多学生和朋友，过着舒适的日子。他自己对朋友也极为慷慨大方。例如他从来不看重金钱，他把钱放在篮子里，用绳子把篮子拴着挂在天花板上，他的学生和朋友都可以从那里拿取自己想拿取的数目。

但是，在艺术上多纳泰罗发现自己已经与当时佛罗伦萨正流行的艺术格格不入了。此时的佛罗伦萨人最崇拜的是吉贝尔蒂，他的《天堂之门》使他成了佛罗伦萨人心目中的艺术之王。那种轻松、优雅的精雕细琢是多纳泰罗的艺术作品所不具备的，也是不为他所重视的。他注重的是雕刻出灵魂，而不是完美的形式或者外表。

让多纳泰罗走上艺术之巅的是这段时期的代表作——《抹大拉的马利亚》。

◎ 震撼人心的《抹大拉的马利亚》

抹大拉的马利亚是一位基督教女圣徒。《圣经》记载，她曾经是一个大罪人，耶稣曾从她身上赶出了七个魔鬼，当耶稣被钉在十字架上时，她一直站在十字架下。她也是耶稣复活的第一个见证人，在基督教的诸圣人当中她是极独特的一个。

一般人初见这尊木雕时，可能会仿佛受到了猛的一击，不敢相信自己的眼睛。

只见这是个干瘦得已经皮包骨头的老妇人，直立着，双腿微微叉开，费劲地站在地上，仿佛已经不能承受她身体微小的重量了。她双手合十，头微微仰着，稍向左偏。再看看她的脸吧，那是一张怎样的脸啊！已经没有多少肉了，唯有凸起的骨头，深陷的眼窝里两只眼球无神地望着，嘴唇微微张开，仿佛竭力想要祈祷，但已经没有力气了。

多纳泰罗《抹大拉的马利亚》（局部）

这一切已经够令人震撼了，但再看看她的头发和衣服吧！它们已经不是什么头发和衣服了，全成了一片片的破布条，凌乱地挂在身上，仿佛苔藓一般长在身上，几乎无法用笔墨描述那种可怕又可怜的褴褛。

如果将《抹大拉的马利亚》给一个不熟悉多纳泰罗的人去鉴赏，他很可能以为这是一件现代派作品，是19或20世纪的现代派艺术家的大作，例如毕加索或者罗丹的作品，不重视对象的外表，而是用独特的手法直接探寻、表现对象的灵魂。事实上，它是几百年前文艺复兴早期多纳泰罗的作品。这时候那些伟大的古典大师，如达·芬奇、米开朗琪罗等，都还没有登上西方艺术的舞台呢！

也许正因为太超前了，当时的多纳泰罗没有艺术的知音，只能在落寞中死去。这是1466年底的事。

第六章

文艺复兴初期的三个绘画大师

在文艺复兴的诸多领域中,艺术的复兴涌现出了最多巨匠。

总的来说,刚一起步,意大利就展现出它作为文艺复兴中心的迷人风采。在建筑、雕刻与绘画三个领域意大利人都取得了伟大的成就,尤其是绘画。

文艺复兴时期意大利的画家可谓璀璨若群星。这里只能选择一些代表人物来讲。我们先讲文艺复兴初期的三位大师:马萨乔、弗朗切斯卡和波提切利。后面将用三章来分别讲文艺复兴盛期的三位大师:达·芬奇、米开朗琪罗和拉斐尔。最后再讲以提香为代表的威尼斯画派。

◎ 马萨乔:第一个伟大的文艺复兴艺术家

马萨乔对于现在的人们而言是一个有点陌生的名字,但对达·芬奇或者米开朗琪罗来说就不一样了。在整个文艺复兴时代,几乎所有伟大的画家都或多或少地将马萨乔尊为宗师,他的画也成了那些名声远比他响亮的大师学习的对象。

马萨乔1401年生于意大利南部的一个小城。他出身于小康之家,祖父是个手艺人,据说专门制作人们结婚时装嫁妆的箱子,父亲则是个公证人。他原来的名字并不叫马萨乔,而叫托马索·迪·瑟·乔凡尼。马萨乔这个名字还有一番来历。原来马萨乔小时候是个懒鬼,也不讲卫生,邋遢得很,大家都喊他"马萨乔",意思就是"懒鬼"或者"邋遢鬼",慢慢地他自己也接受了这个绰号,真名反倒不用了。

马萨乔的童年相当不幸,5岁时父亲就死了,不久母亲也改嫁了。艰难长大后,他16岁左右就离开家乡到了佛罗伦萨,在这里遇到了达帕尼卡莱,两人成为艺术上的良伴。他还把当时已经很有名的雕刻家多纳泰罗和建筑家布鲁内莱斯基当成老师,把他们在雕刻和建筑上创造的艺术规则运用到绘画上,取得了创造性的成果。

1422年马萨乔画出了《圣乔万尼三联画》,这是他现存最早的作品之一。初露锋芒的他定居佛罗伦萨,并于这年加入了当地的"圣路加画家公会",说明他的才华已经得到了同行的认可。这时他不过21岁。

到1424年前后,他已经成了当时意大利最出色的画家之一。1424年他画出了《圣母子和圣安娜》,这幅画作现藏于乌菲齐美术馆。

《圣母子与圣安娜》是马萨乔的成名之作。这幅画从人物造型到姿态,一笔一画均具有雕刻般的力度与美感,与以前哥特式美术那种富于装饰性的华丽外表形成了鲜明对比。而且,在这幅画中马萨乔采用了一种全新的技巧——单一光源,即绘画时有意将光源定于一点,光线从这点照射下来,照在画家的模特上,这样体现在画面上,就使得整个画面有了一个鲜明的中心,也就是光线最强烈之处。这与焦点透视一样,使整个画面有了中心与支柱,堪称西方绘画技艺的一个重大飞跃。

马萨乔最大的一项绘画工程是从1424年起,花了4年时间为佛罗伦萨的圣马利亚·德尔·卡迈纳教堂绘制大型壁画《逐出乐园》和《纳税

马萨乔《圣母子与圣安娜》

钱》。此外他最有名的一幅作品是《圣三位一体》，它与《纳税钱》一起，成为马萨乔两幅最伟大的杰作。

完成上述杰作时马萨乔才20多岁，但此后他的人生成了谜。我们只知道他于1428年就去世了，当时他只有27岁。后来有人说他是被仇人毒死的，又有人说他是被强盗谋财害命了，但究竟怎么回事不得而知。

现在来介绍一下马萨乔两幅有名的作品：《纳税钱》和《圣三位一体》。

结构宏大的《纳税钱》

这幅画描绘的是关于耶稣基督的故事。有一天，罗马收税官来向耶稣收税。耶稣就命令门徒彼得去湖里捕条鱼，从鱼肚里取出金币来缴税。鱼肚里怎么会有金币呢？彼得到了湖边后，果真捕到一条鱼，而且在这条鱼的肚子里果真有金币！这也是耶稣行的神迹之一。画面分三个部分：中间是主体，站着一大群人，包括耶稣和他的十二个门徒以及收税官。最前面的是穿短裙子、露出半截大腿的收税官，他不客气地拉着头上有光轮的耶稣，向他要钱。耶稣则从容地指着前面，好像在对他旁边的彼得说着什么。彼得的手也指向耶稣指的同一个方向，好像在问："是那边吗？那湖里真有鱼吗？那鱼肚里果真有金币吗？"其他门徒站在更靠后的地方，表情各异。

这幅画的特色是鲜明的。首先是结构宏大。全画面上有十七个人，中间的主体画面上就有十四个人，这些人各有不同的形象，从面容到衣着都有所不同。例如收税官穿着短袍，只在腰间系了根带子。其他弟子大都披着罗马人的长袍，但颜色与式样各有不同。所有人从面容到头发的颜色、胡子的式样都不同，且各具特色，使画面更加复杂。然而，这复杂的画面却没有一丝凌乱，众多的人物也个个站得稳如泰山。这是为什么呢？原来，当马萨乔作画时，他将那些主要人物，例如耶稣、彼得、

马萨乔《纳税钱》

收税官，从头顶到两脚中间画了一条直线，再根据这条线来确定人物的重心，这样画出来的人物都有了一个坚定而明确的重心。有了这个重心后他们自然就站得稳了。这也是马萨乔的创造之一，现在如果凑近仔细地看，还看得到这条线呢！

这幅作品就结构之复杂、气势之宏伟而言，是马萨乔作品之最，但如果讲到更能体现出马萨乔绘画特色的，还得看他的另一名作——《圣三位一体》。

死亡的绝望与永生的希望：《圣三位一体》

《圣三位一体》创作于 1425 年，是马萨乔为一座坟墓所创作的祭坛壁画，与下面的坟墓直接相连。这座坟墓也颇有意思，它就像壁画下面的一个大基座，中间雕刻着一副人骨，侧躺着，上面镌刻着一行意大利文，意思是"我曾经是你现在的样子，你将变成我现在的样子"。

看了这幅画和读了这句话的人可能都会打一个冷战，令人想起《红楼梦》里的句子——"昨日黄土陇头送白骨，今宵红灯帐底卧鸳鸯"。

坟墓上面就是壁画了，画面上共有六个人，最显眼的是中间的耶稣。他被钉在十字架上，浑身惨白，毫无血色，低垂着头，披散着头发，下身系着的一块布快要掉下去了。他后面有一个男人，斜披着一领黑袍，露出穿红上衣的右臂，伸出双手捧着钉耶稣的十字架，正对着观者，一脸的神圣庄严。这位就是最神圣的上帝。在耶稣下面站着两个人，右边是一个披着黑色衣服和头巾的女子，伸出右手，好像在祈祷着；左边是一个披红袍子的男人，他两手互握，也像在祈祷着，脸朝向十字架上的耶稣。穿黑袍的女子是圣母玛利亚，穿红袍的则是施洗约翰。在他们下面还跪着两个人，一个穿红袍，一个穿黑袍，都双手合十，一脸虔诚，他们是佛罗伦萨伦齐家族的两个成员。这些人中最下面的是此画的赞助者。

在西方，虽然画着耶稣和圣母天使等的作品有无数幅，但画了上帝面目的却少之又少。因为西方世界往往因为太过尊崇上帝而产生了一种倾向，认为画他的形象也是一种对其神圣性的亵渎。即使是但丁，经过千辛万苦之后，也只能在惊鸿一瞥间看到神圣的三位一体的"最后的幻象"。

然而，在这里马萨乔却胆敢将上帝以人的形象明确地画了出来，不能不说是一种大胆甚至冒犯。

马萨乔《圣三位一体》

与前面所有的画作比起来，这幅画有以下两个主要特点。

一是笔触精确细致，色彩也十分丰富。

二是画面结构谨严，空间感强烈。整个画面有一个明确的中心，就是耶稣。从其他五个人物的站位分布来看，倘若顺着十字架的长竖臂画一条纵线，就会看到画面左右呈现一种巧妙的对称：上帝与耶稣都将双手展开，正对着欣赏者。下面的四个人左右分列，其中圣母和圣约翰分别站在耶稣左右两侧，他们与耶稣之间的距离大体相同。再往下，两个赞助者又分别站在圣母与圣约翰两侧更往外一点，且分别与圣母和圣约翰的距离差不多，这样他们的站位都以十字架为中心呈左右对称。

不仅如此，连画面的背景也是对称的。背景是一个拱门，它两侧的柱子分别位于画面两侧，与中心十字架的距离也是一样的。也就是说，整个《圣三位一体》的画面构成了一个对称的整体。虽然画面有多达六个人物，但整体布局极为整齐，富有美感。加上耶稣的垂死、上帝的庄严、圣母与圣约翰的安详、下面两个小人物的虔诚，整个画面充满了一种神圣而庄严的气氛、美妙而磅礴的气势，这是在西方绘画中前所未有的。

◎ 十分独特的弗朗切斯卡

弗朗切斯卡也是佛罗伦萨人，1420年接受了一些基础教育，19岁时被当时颇有名气的韦内齐亚诺收为弟子，进了他的画坊。一开始他既学习绘画，又学习雕刻甚至建筑。弗朗切斯卡进步很快，入门不久就成了师傅的合作者，一起在教堂绘制壁画。

1445年时弗朗切斯卡已经独立创作了。这年他绘制了壁画《圣母像》。这是一幅与前面看到过的所有圣母像颇不一样的作品，在画里圣母高大无比，戴着冠冕，披着一领大黑袍。最有意思的是她的动作，只见她往两边伸开双手，黑袍大大张开，简直像一间小屋子。下面罩着的好几个信徒只及圣母膝盖，他们正跪在地上抬头仰望圣母，双掌合十，虔诚祷告，气氛相当感人。

1459年，已经成名的弗朗切斯卡接到庇护二世的邀请，到了罗马，为教皇作画。但他最主要的作品是在乌尔比诺公爵那里完成的，如为了纪念在分娩时死去的夫人，他创作了《圣母子与众圣徒》，还有为乌尔比诺公爵的宫殿完成的壁画《鞭笞》，等等。这时他已到了晚年，由于受到乌尔比诺公爵的庇护，又获得了大量画酬，他的晚年相当幸福。

弗朗切斯卡《圣母像》

1492年他在故乡逝世，享年72岁。

除绘画之外，弗朗切斯卡还有多方面的才能。他在家乡担任过政府官员和议会议员，还是一个有名的艺术理论家，对数学尤其是几何学也深有研究。他撰写过两部绘画理论著作，第一部叫《绘画透视学》，第二部叫《论五种标准人体》，甚至写过数学和几何学论文。在这些著作里，他着重分析了科学的透视学原则及其在绘画中的应用，以及讲解在绘人体时头、上身、腿部等各应该依照什么比例。这些著作语言精辟、逻辑严密，称得上优秀的散文作品，对后世的许多伟大艺术家都产生了很大的影响。

卓有特色的《基督受洗》

《基督受洗》是弗朗切斯卡最独特的作品之一。它甚至独特得有点怪。

画面上，中间站着耶稣基督，他披散着金色长发，长着略带灰色的胡子，肤色如大理石般白皙，上身和脚都赤着，只在下身围一块布，这是耶稣的标准行头。他双手合十，双目朝下，表情十分凝重。他的头上有一只碗，正淋着水，是圣约翰在为他施洗。耶稣的头顶还有只鸽子。《圣经·马太福音》第三章中说：

> 当下，耶稣从加利利来到约旦河，见了约翰，要受他的洗。约翰想要拦住他，说："我当受你的洗，你反倒上我这里来吗？"耶稣回答说："你暂且许我，因为我们理当这样尽诸般的义。"于是约翰许了他。耶稣受了洗，随即从水里上来。天忽然为他开了，他就看见神的灵仿佛鸽子降下，落在他身上。

圣约翰正侧身给耶稣施洗，他左侧朝向观众，披着一头褐色长发，胡子也一样颜色。他个子同耶稣差不多高，装束则颇为不同，全身罩一领暗红色短袍，长度到膝盖上面，腰间还系着根黑色的绳子。他们两位是整个画面的主体。

在耶稣的右侧还有三个天使，她们并肩而立，一个将纤纤玉手搭在另一个的肩头。令人有些茫然的是在她们后面还有一个人，左侧对着观众，看上去是个男人。他正在干嘛呢？仔细一看不禁令人啼笑皆非，原来这个人正在脱衣服呢！他正将上衣从头顶脱下来，因为费力的缘故，弯下了腰。在他的面前有一个池子，他显然是准备脱了衣服后跳下去游个痛快。

弗朗切斯卡《基督受洗》

《基督受洗》的第一个特色是它那令人惊奇的复杂而细致的背景，有山水、草木，也有人，可以说，凡一幅画中可能有的背景它几乎占全了。

例如画面中除上述五个人物之外，耶稣旁边还有一棵树，这是最醒目的背景了。树上长着密密麻麻的椭圆形叶子，树荫遮蔽着耶稣。在这棵树的下面是路，路的中间是赭黄色的，两侧是白色的边，边上生长着一棵棵小草。

更远处还可以看到这条路在耶稣等人的背后时隐时现，曲折向前。路的两边有墨绿的草地，上面长着株株花草，观者能感受到这独特小径的蜿蜒之美。而在那个弯腰脱衣服的人前面有一个池塘，这是轻易看不出来的。从这个人往后看去，有几个僧侣模样的人，戴着修士的帽子。在他们面前我们能看到他们的倒影。于是，通过这倒影，画家将水与池塘生动地表现出来了。

再往远处有一座山，山上有树有路有人家，分布疏密得当，从耶稣的头顶一直延伸到远山之巅。天空是蓝蓝的，飘着朵朵白云。

这些背景连同画面主体，产生了令人惊奇且精确的透视效果。马萨乔第一个让绘画具有了科学的透视效果，这种效果我们从他的《圣三位一体》中已经看到了。现在，弗朗切斯卡把这种透视效果发挥到了新境界。

《基督受洗》的第二个特色是色彩。我们可以看到耶稣的皮肤如大理石般雪白，旁边那个正在脱衣服的人也一样，肤色都不像真人的，倒像大理石雕像的颜色。如果从整体上看，我们会感到这幅画十分耀眼。弗朗切斯卡采用冷色调，使画面耀眼且给人一种宁静悠远的感觉。这种风格几乎是所有文艺复兴画家中独一无二的。也许正因为太过独特，弗朗切斯卡在世时没有得到应有的承认，然而到了近代，特别是印象派诞生之后，他的名声大大超过了生前。画家们从这种明朗耀眼的冷色调里看到了印象派所要表达的东西——对于阳光的感觉。

下面要讲的这位,算得上文艺复兴早期最著名的画家。他就是波提切利。

◎ 波提切利:文艺复兴早期最著名的画家

波提切利是佛罗伦萨人,生于 1445 年,比弗朗切斯卡小 25 岁。他生活的年代属于文艺复兴即将由早期进入盛期之时。

结局悲惨的人生

波提切利的父亲是一个皮革匠,家底颇为殷实。父亲本来希望儿子经商发财,但儿子对那些东西没兴趣,父亲只好把他送到了一个金银匠那里,学做金银器皿和首饰。这时波提利切已经 15 岁了。但这仍然不是他的所爱,最后他得偿所愿,进了画坊学画。他的师傅是修道士利波利比,在当时小有名气。波提切利在这里待了好几年,一开始是学徒,由于他天资出众,闻一知十,不久便能独立作画,成了利波利比的得力助手。后来他觉得老师那里已经没东西可学了,便投到了另一个画家门下,这个画家就是韦罗基奥。

韦罗基奥是著名的画家兼雕刻家,比波提切利大 10 岁。他最著名的作品是《B·科莱奥尼青铜像》,极富神韵。韦罗基奥不但是出色的画家,更是一位名师,培养出了许多高徒,波提切利便是其中之一,最著名的则是达·芬奇。据说当波提切利还在韦罗基奥门下时,达·芬奇就来了,因此他们一度是"同窗共读"的师兄弟。

1470 年,25 岁的波提切利正式出师,开设了自己的画坊。他最早的作品之一是《坚毅》。

波提切利出师后不久就遇到了一个重要的保护人——佛罗伦萨的美第奇家族。

美第奇家族富甲一方，多年来是佛罗伦萨的实际统治者。家族巨额的金钱赞助是文艺复兴首先在意大利萌芽的重要原因之一。意大利文艺复兴时期几乎所有的大师们，包括达·芬奇、米开朗琪罗与拉斐尔，甚至马基雅维利，都与这个家族关系密切。美第奇家族收藏的美术珍品不计其数。实际上，著名的乌菲齐美术馆就是美第奇家族私人藏品的展览馆，美术馆的馆址也是家族统治佛罗伦萨时的办公厅。

不久，波提切利就成了美第奇家族最倚重的艺术家了。与他关系最密切的乃是洛伦佐·美第奇，即"庄严的洛伦佐"，他是美第奇家族中最了不起的人。

波提切利为美第奇家族创作了大批作品，主要用来装饰他们的宫殿、别墅之类，其中包括《春》和《维纳斯的诞生》。他的另一幅名作——《三王来朝》，也是一个富翁向他订购献给美第奇家族的。

1477年时，波提切利创作了两幅名作——《三王来朝》和《春》，大获成功。这些美妙的作品令他声名远播，一直传到了远在罗马的教皇那里。于是，1481年他接到了教皇的邀请，去了罗马。在那里他为教皇绘制了三幅壁画，就画在新落成的西斯廷教堂的墙上，分别叫作《摩西的青年时代》《可拉的惩罚》《麻风病者的清洁礼》，描绘的都是有关摩西的故事，场面浩大，情节复杂，人物众多。波提切利将这一切都处理得很好，而且其中的每一个人物都精雕细琢，是顶好的肖像画。

第二年，波提切利离开罗马回到了佛罗伦萨。罗马之行标志着他已经登上了当时艺术界的巅峰，请他作画的人接踵而来，令他应接不暇，他的口袋也鼓了起来。这段时期（1485年前后）的佳作是《维纳斯的诞生》，它与《春》并称为波提切利的两大杰作。

波提切利还有另一项伟大成就，那就是为《神曲》创作了许多插画。它们是些异常精美的线描画，纯粹用有如毫发般的细线条勾勒而成，其

波提切利《三王来朝》

形式精确而富于美感，内容也震撼人心，堪称整个西方艺术史上最精美的插图，而《神曲》其文与波提切利之图的结合可谓"双绝"！

这时候，佛罗伦萨发生了一件大事。

我们知道，中世纪是神权最盛的时代，同时也是基督教会最腐败的时代，教皇甚至普通修士都过着穷奢极侈的生活，而这与基督教的教义是大相背离的。于是许多人站出来反对教会的腐败，其中有一个叫萨伏那洛拉。

萨伏那洛拉不是佛罗伦萨人，但长期在佛罗伦萨生活，他抨击教会

波提切利《神曲》插画：地狱（局部）

的腐败，力图改造它使之获得新生。他也深知佛罗伦萨是意大利的奢侈之都，其中最奢靡者就是美第奇家族，特别是这时候的族长"庄严的洛伦佐"。"庄严的洛伦佐"其实也可译为"豪华的洛伦佐"，是佛罗伦萨最阔气且最爱摆阔的人。萨伏那洛拉于是将洛伦佐当作靶子，拼命攻击他，并且预言美第奇家族的统治将会终结，终结者是正对佛罗伦萨甚至整个意大利虎视眈眈的法国国王查理八世。果真，两年后查理八世来了，并且正如萨伏那洛拉所预言的那样，他轻而易举击败了美第奇家族。这使萨伏那洛拉更加声名大噪，本来他在佛罗伦萨已经有大批的追随者，现在整个佛罗伦萨都拜倒在他的脚下，他终于成了佛罗伦萨的统治者。当政后，萨伏那洛拉最先做的几件事之一就是发动了"焚烧虚妄"活动。

所谓"焚烧虚妄"，就是指将那些他认为虚妄的异教徒的东西统统付之一炬，其中包括金银首饰、纸牌赌具、裸体淫画等，也包括一些艺术品和书籍。后来萨伏那洛拉由于与教皇对立，以及失去了佛罗伦萨人的支持等原因，终于被赶下台，最终被异端裁判所判处两次死刑，包括一次绞刑和一次火刑。这是 1498 年的事。

萨伏那洛拉的热烈追随者之一就是波提切利。

由于信奉萨伏那洛拉的主张，波提切利甚至烧掉了他以前的许多非宗教作品以及画有裸体女人的作品。萨伏那洛拉被处死后，波提切利受到沉重打击，再也不能画出以前那种充满轻灵之气、被贵族们欣赏的作品了。他这时候的作品画面沉郁神秘，线条刚劲有力，与以前的轻柔优美形成了鲜明对比。

一则由于追随萨伏那洛拉，二则因为画风的改变，贵族们都不再从他这里订购作品了，波提切利渐渐陷入贫困之中，他晚年主要靠微薄的津贴勉强度日。

1510 年，已经 65 岁的波提切利在贫困中孤独地死去，死后被草草地葬在佛罗伦萨的圣徒教堂墓地。

以上就是波提切利始而幸福、终而不幸的一生。现在来欣赏他的两幅作品——《春》和《维纳斯的诞生》，它们被并称为波提切利的代表之作。

西方美术史上最独特的作品之一——《春》

《春》创作于 1477 年前后，称得上波提切利的第一幅不朽之作。

一眼望去，《春》给我们很鲜明的第一印象就是画面极为优美。画面的主体是人，共有九个。最右边是一个飞翔在空中的男人，他伸出双手，想要搂住前面一个美女，鼓着腮帮子向她吹气，似乎要将她像肥皂泡似的吹走。他有着蓝灰色的皮肤，全身都差不多是这个颜色，他即将抱住的美女则身着一袭素白、微缠金丝的轻纱，轻纱紧紧地包裹在她身上，还有一串花朵从她口里飘然而出。

波提切利《春》

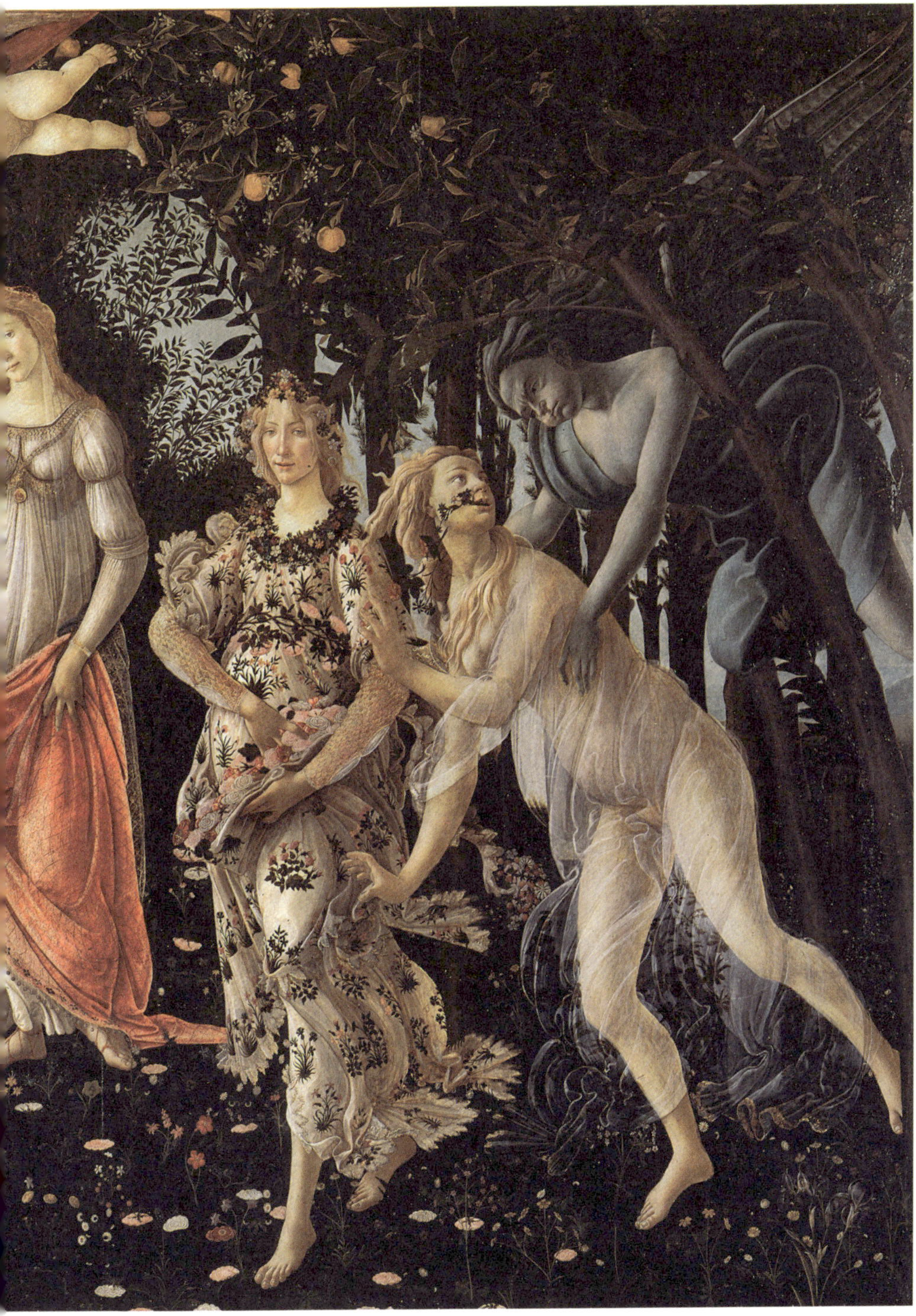

在这位素衣美女前面有另一位美女，她的衣裳缀满了花朵。她左手提着裙裾，像兜着什么东西，如果仔细看的话，会看到她兜着的是花朵。她右手伸进花朵里，正准备将它们撒向大地。在撒花朵的美女前方有另一个美女，看上去要成熟一些，也裹着轻纱织成的衣裳，将美丽的乳房轮廓凸现出来。她似乎还披着件红色披风，她将披风的下摆挪到前面，用左手轻轻地提着，右手则稍稍伸出，好像在捏着面前的一片绿叶。她的头微微侧着，像在倾听。

再往前有三个披着白色薄纱的美女，应该说是美少女，她们另构成一个单元，手拉着手围着一圈，在快乐地舞蹈。

在他们的上方有一个小天使像小鸟似的飞在空中，长着一对小翅膀，手里执一把小弓，正张弓搭箭。

背景则是一片树林，每棵树上都挂着金黄的果子，掩映在片片绿叶中。他们脚下是一片芳草地，缀满各色小花，犹如夏夜繁星。据说有人曾经做过详细统计，发现这些花草共有约50个品种，每种都很写实，足见艺术家的用心。

与前面我们欣赏过的甚至后面将要欣赏的名画比起来，《春》可谓卓有特色。

首先，当我们一眼看去，就会感到《春》具有一种奇特的轻灵感，整幅画仿佛在翩跹起舞，但这种轻灵绝非笔触无力，而是具有一种即使用千钧之力也无法画出的美感。

这种美感几乎是无法直接描摹的，只能感受。我们在这里除感到它的轻灵之美外，仔细品来，还可以在画面上感觉出一种柔弱与淡淡的哀婉，令人想起《红楼梦》里黛玉《咏菊》诗中的句子："满纸自怜题素怨，片言谁解诉秋心？"

这就是《春》给人的整体感受。它为什么会有这样的特色呢？这与波提切利绘画的法子相关。波提切利绘画时最重视的是线条，最擅长的也是线条。他不是用浓墨重彩来绘画的，而是用纤细的线条来描绘。这就产生了两方面的艺术效果。一是笔触十分细腻。从《春》可以看出，画里的每一样东西都描绘得十分细致，每一寸肌肤、每一片叶子，乃至衣服上的每一根纱线，都刻画得精细无比，我们在维纳斯的衣裳上可以看到这个鲜明的特色。二是具有轻灵的感觉。可以想象，波提切利在绘画时是用细细的线条仔细地也是轻轻地描绘的，由于运笔很轻，这就使得《春》里的人物具有一种浅浮雕般的特点，有点像是"浮"在画布上，又像是天际飘过的一缕白云。

展现极其遥远的美——《维纳斯的诞生》

在某种程度上说，《维纳斯的诞生》是《春》的姊妹篇，作于1485年前后，是波提切利为美第奇家族一座别墅而作的，创作风格与《春》基本上没有差别。

《维纳斯的诞生》原作是长方形大画，宽近3米，高约1.8米。画面内容比《春》要简单一些，共有四个人：左边是西风之神泽弗洛斯，他有着褐色的长发，只穿一件蓝色的披风；与他紧紧缠绕在一起的是他的妻子春神弗洛拉，她则只披一件褐色的披风，一头金色秀发，面庞秀美。她伸开双手，紧紧地搂着丈夫。他们正使劲地吹气，隐约可以看到口中呼出的气息，气息像一条细线，射向他们的前边，也就是画面中间的爱与美之神维纳斯。

只见维纳斯站立在一片贝壳之上，一头金光灿烂的长发。她的眼睛里似乎含着一丝淡淡的忧郁，她的右手轻轻地抚着胸脯，左手捏着一缕

078 | 文艺复兴：现代文明的晨光

波提切利《维纳斯的诞生》

第六章　文艺复兴初期的三个绘画大师　｜　079

金发，遮掩住羞部，身体稍向左倾。

画面的背景是一片大海，大海上波光粼粼，美丽的花朵从天空飘下。画面右边则是海岸，海岸上长着笔挺的树，片片叶子都看得清清楚楚。如果更加仔细地看，会在画面的左下角看到几株小草，它们仿佛生活在海里，也显得那么柔弱，与维纳斯纤弱而秀美的身躯很是相衬。

《维纳斯的诞生》的艺术特色与《春》基本一样，波提切利都采用了独特的线描手法，使画面极为细腻。在这里甚至看得到微风正从西方吹来，因为风神的衣袂正轻轻地往东飘呢！用这种手法所描绘出来的东西都极为细腻、生动感人。但也有一个不是缺点的缺点，就是缺乏立体感。

立体感是文艺复兴时期艺术家们一贯努力追求的东西，它令画面更加真实地反映实际生活中所见之物。但波提切利没有这样做，而是采用了另一种手法，一种超越真实的新手法。在他的画面上我们不会追问它是否真实，只会沉醉于他笔下的另一个世界——一个完美的、神的世界。

在这里，一切都是那么优美而完美，甚至会令我们普通的观者感动得想哭。因为它太美了，而这种美又遥不可及，不禁让人想起了李白的诗："美人如花隔云端。上有青冥之长天，下有渌水之波澜。天长路远魂飞苦，梦魂不到关山难。"

据说这幅画的背后还有一个令人心碎的故事呢。原来，这个维纳斯是有蓝本的，她就是当时名闻意大利的美人茜蒙奈塔。她16岁时就嫁人了，但不久就被美第奇家族的一个重要成员看中，将她据为情妇。在美第奇家族举行的一次盛大选美会上，她被选为"女王"。但正所谓红颜薄命，第二年她便香消玉殒，魂归天国，年仅22岁。据说，出殡之日，她没有按惯例被装在棺材里，而是仰卧在花车之上，佛罗伦萨万人空巷，争相目睹她的如花美貌。看到如此美貌片刻之后就要烟消云散，观者无不叹息。茜蒙奈塔的美也久久地徘徊在佛罗伦萨人的心中。

两年之后,她的情夫也遇刺身亡,他正是波提切利的保护者之一。这两件事都在波提切利心中留下了难忘的印象,终于促使他画下了《维纳斯的诞生》。

第七章

提香和最著名的画家家族

西方艺术史上的艺术家,尤其是画家,通常以两种方式出现在世人面前。一是作为个人,艺术家以个人的成就而标榜于世,成为名家大师。西方艺术史上绝大多数艺术家都是这样的情形,前面所提到的那些艺术家也大都如此。二是作为集体,形成画派。在这种情况下,艺术家个人诚然是重要的,但要探讨个人的艺术成就,还必须了解他所属的画派。一方面是因为艺术家之所以取得伟大成就,从某种程度上说是集体的成果;另一方面是因为这一群艺术家组成的画派的确形成了一些共同之处,而这些共同之处是他们作为一个整体所独有的,正是这些特点使他们在艺术史上显得卓尔不群、自成一家。

这样的画派在西方艺术史上有许多,例如印象派、俄国巡回展览派、野兽派等。在文艺复兴时期也有这样一个画派,他们自始至终都是作为一个整体出现的,这个画派就是威尼斯画派,它堪称西方艺术史上最伟大的画派之一。

◎ 贝利尼：最有名的画家家族

就像乐坛的巴赫家族或者天文学上的赫歇尔家族一样，画坛上的贝利尼家族也可以称为最著名的画家家族。

贝利尼画家家族的老祖宗是雅各布·贝利尼。雅各布约生于1400年，比文艺复兴画家们的大宗师马萨乔还要大上一岁。他是地道的威尼斯人，早年师从当时的名画家秦梯利，后来又随秦梯利到了佛罗伦萨，在那里接触了当时最为先进的绘画技法，如透视法，也感受了那里浓郁的艺术氛围。这对他一生影响匪浅。1429年，他回到了家乡，从此在那里营造起他的艺术之家来，直至1470年左右逝世。

雅各布的绘画作品现存下来的很少，只有四件。但他留存下来两本厚厚的素描集，描绘的内容五花八门，涉猎广泛，包括建筑风景、古希腊神话、基督圣母等，几乎包括了当时画家们所画的所有内容，因此被后来的许多艺术家，当然首先是他的儿子与弟子拿来当样本。这两本素描集现在还在，一本藏于卢浮宫，一本藏于大英博物馆，都是它们引为自豪的重宝。

雅各布的长子也叫秦梯利，老贝利尼为了纪念老师而给儿子起了这个名字。秦梯利从小跟随父亲学画，最擅长的是肖像画和风景画，很早就在这些方面负有盛名，曾经为当时许多王室显贵画过像，后来被威尼斯总督作为威尼斯最好的艺术家派到万里之遥的土耳其，为当时已经占领了君士坦丁堡的土耳其苏丹穆罕默德二世画像，获得了巨额报酬。回到威尼斯后，他经常为威尼斯共和国官方作画，例如在总督府内描绘教皇亚历山大三世和西班牙斐迪南一世冲突的大型壁画，可惜后来都毁于大火。

秦梯利作品的特点是色彩华丽，有时甚至显得光辉灿烂，画中人物的描绘也很精确，许多人物是他熟识的人；但他的作品缺乏"灵气"，虽然画面宏大而华丽，却显得呆板，缺乏生命力。

乔凡尼·贝利尼的《阅读中的圣哲罗姆》

乔凡尼·贝利尼生于1430年,是老贝利尼的小儿子,可能是私生子。不过在当时的意大利这是常事儿,父亲常常把私生子当婚生子一样抚育,达·芬奇就是这样。

由父亲抚养长大后,乔凡尼·贝利尼就在父亲画坊当起了学徒,一直到30岁左右,之后他就开始独立作画了,很快声名鹊起,成了威尼斯共和国的官方画师。他在这期间为当时的总督罗列达诺画的肖像如今藏于伦敦的英国国家美术馆。

能成为威尼斯共和国的官方画师,表明他在当时威尼斯的众画家中已经被认为是首屈一指的了。乔凡尼·贝利尼并非浪得虚名,而是实至名归。正如1506年前后,另一位伟大的文艺复兴画家丢勒来威尼斯时感叹的那样,他的确是威尼斯最伟大的画家!

乔凡尼·贝利尼逝世于1516年,时年86岁,在画家中算是长寿的。

我们现在来欣赏一幅乔凡尼·贝利尼的作品——《阅读中的圣哲罗姆》。

这是一幅不大的油画,长约50厘米,宽约40厘米,作于约1480年,是乔凡尼·贝利尼初学油画时画的,现藏于华盛顿的美国国立美术馆。

这幅画的特点是人物在画面中所占比例很小,事实上整幅画中只有一个人物,就是一位老者。他长发如霜,雪白大胡子直垂到了胸口,身上只披着块破布。他手里执着一本书,正在全神贯注地阅读。

这个老者就是圣哲罗姆,他在基督教历史上是个名人。他是4世纪时的教父,将《圣经》翻译成了当时普通罗马人能读懂的拉丁文。在画中他只占了画面右下角,其他地方都被景物填满了。

圣哲罗姆前面是一口废井,石砌的井台边生长着几株草。在他身后是一堵高高的崖壁,分成一层层,像页岩一样,上面也长着小树小草。

第七章　提香和最著名的画家家族 | 085

乔凡尼·贝利尼《阅读中的圣哲罗姆》

画面左侧是一堵低崖，不及人高，有一棵小树傍着它顽强地长出来，生着几片大大的叶子。低崖上面有条路，路上长满了小草和荆棘，两只兔子在那里吃草。这是两只很有趣的兔子，一白一黄，很安详的样子。画面左上方看过去是个洞口，洞口顶部还往下垂着几根藤蔓。出了洞口就是外面的世界了，越过一片长有树的浅草地，有一座小城，里头屋舍俨然。

这幅画仿佛描述了另一个世界。这是圣哲罗姆的世界，是一个超然于世俗名利之外的精神世界。这世界给人以一种宁静而安详的感觉，令人在欣赏这珍贵艺术品的同时也感受到了圣哲罗姆追求上帝、知识与智慧时那种源自灵魂的欣悦。

《阅读中的圣哲罗姆》最令人赞叹的是它的色彩，无论圣哲罗姆的身体、他背后的高崖、小草和远处的蓝天，其色彩都异常明亮而逼真，令人赏心悦目。而且这些对象的色彩都是由一个个色块组成的。例如圣哲的白须白发，其身后的层层岩石堆起的崖壁，界限分明，黑色的环状山洞口与远处的蓝天白云的颜色也迥然不同。

对色彩的高度敏感正是由乔凡尼·贝利尼发展起来的特色，由他传给了弟子们，最终成为威尼斯画派的主要特色。威尼斯画派也正是由于对色彩的高度领悟与表达，在群英辈出的文艺复兴画坛乃至整个西方艺术史上居于鲜明而重要的地位。

但乔凡尼·贝利尼作为开山之祖，还没有将这个特点的优势发挥到极致，他的弟子们将继续前进。

乔尔乔涅：文艺复兴走向兴盛的标志人物

乔凡尼·贝利尼诚然是一位伟大的画家，但他更伟大的成就在于培养了几个伟大的学生，其中的佼佼者是乔尔乔涅和提香。

乔尔乔涅对于整个文艺复兴都是一个重要标志，标志着文艺复兴由初期走向盛期。

乔尔乔涅是威尼斯人，1477年生于一个普通农民家庭，从小就显示出了过人天赋，13岁左右就进了贝利尼的画坊。几年后提香也来了画坊，不久师兄弟成了好友，在相当长的时间里共同切磋，一起进步。

乔尔乔涅称得上典型的"文艺复兴人"。他不但是杰出的艺术家，还是名动一时的音乐家，并且在人文科学上也有广泛的涉猎和深湛的修为，与当时许多著名人文学者、教授都过从甚密。他长得十分英俊，经常在脂粉堆里摸爬滚打，欠下了很多风流债。这种放荡不羁的生活使他染上了许多恶习，他身边还老黏着小师弟提香。有一天两人终于触怒了师傅，贝利尼一怒之下，将"狼狈为奸"的师兄弟赶出了画坊。这大约是1507年的事。

被迫离开师傅后，师兄弟只得独立谋生了。对于他们，谋生倒不是难事。早在出师之前乔尔乔涅的天才就得到了时人的承认，订单源源不断，收入足以保证他们过上舒适的日子。

一开始师兄弟在同一间画室工作，彼此亲密无间。然而不久后就出现了矛盾，矛盾的起因全在乔尔乔涅。原来，提香作为师弟，无论是画技还是为人行事一直唯师兄马首是瞻，这样与一向自视极高的乔尔乔涅才能够和平共处。但渐渐地，提香的天赋显露出来了。他比乔尔乔涅更加灵敏地感受大自然色彩的变幻莫测，也更能深刻地将其表达出来。这使得乔尔乔涅始而惊奇，继而不服，当他发现自己经过努力之后仍无法达到师弟的境界时，便更加妒忌了。于是他便迁怒于师弟，事事刁难。本来，提香对师兄一直礼敬有加，唯命是从，并且说实在的，他很爱他这个师兄，只想同他这么一直合作下去。但随着他画技一日日地提高，师兄却一日日地容不下他。

于是，悲哀的提香只得黯然离去，远走他乡。

提香的出走并没有令乔尔乔涅感到轻松，这毕竟是他的错，是他背叛了友谊和兄弟情谊。为了洗去心中的郁闷，乔尔乔涅经常借酒浇愁，纵情声色。有一天，他遇到了一个美丽的姑娘，与她陷入了热恋。

1510年左右，一场可怕的鼠疫袭击了威尼斯。乔尔乔涅本来没事，但他热恋的姑娘却不幸染病，他大概在与姑娘幽会时也不幸被传染上了，并很快去世了，年仅33岁。

乔尔乔涅虽然只活了短短33年，但他在这33年里所做的事和在艺术上所取得的成就却超过了许多高寿的艺术家。

乔尔乔涅逝世10年后，威尼斯一名贵族兼收藏家编辑了一本画品收藏目录，其中列举了乔尔乔涅的作品共计油画十二幅和素描一幅。这些几乎可以肯定都是真迹，其中包括乔尔乔涅最伟大的三幅作品，即《暴风雨》《三个哲学家》《入睡的维纳斯》，此外还有《带箭的男孩》《吹笛者》等杰作。《暴风雨》被公认为乔尔乔涅的代表作，也是整个西方艺术史上至今仍被人们谈论不休的作品之一。这是一幅布板油画，长80多厘米，宽70多厘米。所谓布板油画，就是指在一块木板上蒙上画布进行创作的油画。乔尔乔涅的作品大都是布板油画。我们知道，一幅壁画是很难拿出去展览或者买卖的，但乔尔乔涅的作品就不同了，它们是乔尔乔涅在画架上画出来的，这样移动、买卖都方便了。乔尔乔涅是第一个大量采取这种方式创作的名画家。

《暴风雨》描述的是暴风雨来临前的样子。只见天空中乌云密布，其间闪电乍现，仿佛听得见雷声阵阵。乌云下面是一个建筑有些怪样的村庄，只见闪电将小村的建筑、建筑间的小树照得通亮。这些都是远景。再往近，过了一座小桥，沿着浅浅而干涸的河道往前来，有一堵矮墙，矮墙上面还支着两根银白的柱子，再往前就是画面的中心了。这里的地形分成两块：画面右边大概仍然是干涸的河道，已经长了茂盛的青草；

乔尔乔涅《三个哲学家》

乔尔乔涅《入睡的维纳斯》

左边则是低低的河岸，上面长着浅草。河岸下，也就是画面最下面的地方，是干燥的、金色的土壤，上面有小石子和一截树枝状弯曲的东西。

画面真正的中心是两个人物。一个站在干河道里，是个黑发男人，他的身份至今是个谜。只见他右手执一根细长的棍子，重心放在右腿上站立，身体稍稍偏向棍子，有点像倚靠着它的样子。他穿着红色短上衣，里头是白衬衫，下身穿着紧身花短裤，脚上穿着双黑鞋子。这大概是当时意大利人的普通装束。他的头向左偏，望着河堤上的另一个中心人物——一个金发女人。

这个女人坐在一块铺在草地上的白布上，几乎全身赤裸，只在背上披着块长不及腰的短白布。她怀里还有个小孩，正在吸吮她的奶头。如果更仔细看的话，还会看到她那令人惊奇的眼神。她的眼神里包含了太多的东西。有人说她在画中凝视着欣赏者，仿佛在问：你瞧什么呢？是瞧我美丽的身体呢还是我可爱的宝宝？你想知道什么呢？但如果更仔细地看，会感觉她其实并没有望着外面的世界，而是在凝视自己内心深处。她在沉思，但不知道沉思什么，是周围的荒凉，是对面的男人，还是怀中的孩子？难道是担忧这个小生命未来要面对的风风雨雨吗？

关于这幅画所描绘的内容直到今天人们还在争论不休。更有意思的也许是，人们在这幅画诞生几百年之后，竟然还对它所描述的内容感兴趣，这也从侧面说明了它在西方人心中的分量之重。

这幅作品是西方艺术史上划时代的杰作之一，它在两个方面取得了伟大的成就：色彩与诗意。

《暴风雨》在色彩运用上有两个特点。一是颜色的丰富多彩。从《暴风雨》上我们可以看到，它几乎集合了人们所熟悉的每一种颜色，赤橙黄绿青蓝紫，无所不有。例如男子的衣服是红色的，他的小腿呈橙色，小桥和侧面的小路是黄色的，小桥前面的干河道又是绿色的，妇人身后

乔尔乔涅《暴风雨》

高耸的树则是黑色的,天上的乌云却呈现一种乌蓝,还有男子身上的衬衫和妇人披的布是白色的。不过更重要的不是这些单色,而是在这些单色之外无法描绘的其他复合色。同样了不起的是,这缤纷的色彩复杂却不凌乱,它们有机地结合在一起,把整个画面渲染得绚丽无比。

乔尔乔涅在色彩运用上的第二个特点是能够在不同颜色之间进行巧妙的过渡，这就是所谓的"明暗转移法"。例如雷雨时天空的颜色看起来似乎是蓝灰色的，还可以看到乌云密布的天空在大地上形成了阴影，正是这些阴影使画面产生震撼性的效果。

《暴风雨》还富有诗意。这实际上是这幅画整体的意境。

当我们注视这幅画，看到画上的情景时，它给人的感觉是什么呢？它仿佛是一首诗。画面中的两个人物一个神情凝重，一个若有所思，衬在阴沉的天空的衬托下，和谐而忧郁，有如在合奏一首忧伤的曲调。

正是这色彩与意境令《暴风雨》成了西方艺术史上最伟大的风景画杰作之一，后世的许多艺术家都从它这里汲取宝贵的灵感。

对于威尼斯画派而言，提香犹如太阳一般，与他相较，贝利尼或者乔尔乔涅不过是月亮或者启明星。

◎ 提香：威尼斯的太阳

提香于1488年前后生于威尼斯共和国的皮耶韦-迪卡多尔。这是一座位于阿尔卑斯山下的小城，四周群山环绕，风景优美，山间一年四季色彩斑斓，变幻莫测，也许这一切早就在年幼的提香脑海里留下了深刻的印象。

提香在幼年时就展现出了对绘画的爱好与天赋。当他还只有9岁时，有一次他把花瓣揉碎，挤出彩色的汁液来画画。虽然只是一些小孩的涂鸦，但他的父亲惊喜地发现了儿子的天赋，立即决定送他去学画。几年后他投到了当时威尼斯最伟大的画家乔凡尼·贝利尼门下。

提香是一个很好的弟子，一丝不苟地学着师傅的画艺，并且很快就掌握了。除师傅外，画坊里还有一个人对他有重大的影响，那就是乔尔乔涅。他比提香大几岁，提香对这位师兄怀有一种崇拜之情，既由于他是师兄，也由于他的画艺，还由于他的风流倜傥。虽然乔尔乔涅年轻，但他的画艺很早就已经超过师傅，并确立了自己华丽而优美的艺术风格。这个师兄经常在艺术上指导他，提香听他的话比听师傅的更甚。

但跟着师兄走并非样样都是好处。前面说过由于乔尔乔涅放荡不羁，经常触怒师傅，而提香成天跟在师兄后面亦步亦趋，师兄干过的坏事他件件都脱不了干系，终于令师傅大怒，师兄弟被一起赶出了师门。

离开师傅后，师兄弟合开了间画室。但他们合作不久就出现了裂缝，起因前面已经说过了。提香被迫离开师兄后，也离开了威尼斯，但不久又回到了威尼斯。原因很简单，因为乔尔乔涅已经死了。

提香很快在威尼斯闯出了名堂，1513年继师傅贝利尼后担任了威尼斯共和国的国家画师。

又过了10年左右，一天，提香把一个来自故乡的姑娘切奇利亚带回了家，两人从此生活在一起。她先生下了两个儿子，其中次子奥拉齐奥后来也成了一名出色的画家，是父亲最得力的助手。后来她又生了两个女儿，只有一个存活了下来。女儿似乎终身未嫁，陪伴父亲度过了他漫长的一生。父亲也十分爱她，为她画了数不清的美丽肖像。

1530年妻子病逝，提香十分悲伤。虽然他此时正当壮年，有钱又有名，完全可以再娶个年轻美貌的妻子，但他终其一生没有续弦。

这年德意志的查理五世被加冕为神圣罗马帝国皇帝，提香前去参加盛典并为其作画，获得了巨额报酬。他在威尼斯买了一座富丽堂皇的巨宅，被时人称为"大宫殿"。

后来提香还为查理五世画了《牵猎狗的查理五世》《戎装的查理五世》等名作。查理五世非常高兴，因此封提香为骑士。这是一个艺术家极为难得的待遇。

这时候的提香不但是整个西方世界公认的最伟大的画家，还是社会显贵，其地位就是一般的王公也比不上。关于这一点有许多传说。

据说当时几乎没有一个显贵人物不和提香往来，而且几乎都是他们主动前来拜访提香。提香则足不出户，只在自己的豪宅里接待他们。他的客人包括法国、波兰的国王，在教廷地位仅次于教皇的红衣大主教们，其他王公贵族，威尼斯共和国的元老，欧洲各国的政府显要，著名的学者和艺术家之类就更数不胜数了。不过对提香影响最大的贵人还是查理五世。

查理五世是西班牙殖民帝国极盛期的君主，他的领土最广时不但包括西班牙及其庞大殖民地，还包括意大利南部、尼德兰（就是现在的荷兰、比利时等低地国家）、法国的勃艮第，以及神圣罗马帝国哈布斯堡王朝的所有领地，也就是现在的德国和奥地利等地。单就领地的面积而言，查理五世的帝国几乎不亚于极盛时期的罗马帝国。

关于查理五世是如何尊崇提香的也有许多传说。据说有一次提香应召去为查理五世作画，当皇帝听到提香来了后，立马叫人打开中门迎接，好像来的不是一个画师，而是一位红衣主教或者大国君主。他还先后封提香为骑士与伯爵。他十分尊重提香，允许他自由出入宫廷，甚至因此招来了得不到这种宠幸的王公贵族的嫉妒。例如有一次他请提香来宫廷看戏，皇帝先来了，但提香还没有来，查理五世便要大家耐心等待。当那些贵人不高兴时，皇帝微笑着对大家说："天下有很多王公，但提香只有一个。"还有一天，查理五世带着随从去提香的画室看他作画，恰好提香把画笔掉到了地上。皇帝居然弯下御体亲手为他拾笔，并且带着半开玩笑的口吻说："世界上最伟大的皇帝为最伟大的画家捡起一支笔。"

查理五世死后，他的儿子腓力二世对提香同样尊崇，他还是王子时提香就为他绘制过画像。

至于当时西方世界地位最为尊贵的教皇，也很早就听说了提香的大名。后来随着提香名声日盛，教皇保罗三世认为最伟大的艺术家都应当为他服务，于是终于打破沉默，直接命令提香去为他作画。教皇的命令自然不能违背，于是他创作了《无冠的教皇保罗三世》，这也是提香的名作之一。这幅画深刻地描绘了教皇的内心世界。

不久他还去了教皇的主要驻跸之地——罗马，在那里受到了热烈的欢迎。他住在梵蒂冈著名的观景楼。据说出面接待他的乌尔宾诺公爵为他派遣的随从队伍与王侯的一样多。提香第一次目睹了那些伟大的古罗马遗迹，还欣赏了当时已经名闻天下、人也在罗马的米开朗琪罗和拉斐尔的经典名作。他的到来使两位大师特别是米开朗琪罗十分高兴，据说他还亲自到了提香的住所去拜访他，对他的画作赞赏有加。

提香在罗马待了约一年，其间为教皇画了一些肖像，其中最著名的就是《保罗三世与其孙奥塔维奥和红衣主教法尔内塞》了。这幅画不但深刻地表现了教皇阴暗的内心世界，还通过对他们神情举止入木三分的描绘，清晰地展现了这三个亲人之间勾心斗角的可悲场面。也许正是由于这种无情的表达就像檄文一样刺痛了教皇，最后他没有让提香完成这幅杰作。

1546年提香离开罗马回到了威尼斯，两年后又再一次踏上了远行的征途，这次的目的地是神圣罗马帝国的哈布斯堡王朝都城——奥格斯堡。经过一番艰苦跋涉，他翻越白雪皑皑的阿尔卑斯山，到达了奥格斯堡。他在这里为查理五世画下了另一幅经典名作——《查理五世在缪尔堡》，画上的查理五世骑着骏马，一副凯旋的姿势。

这时提香的画艺已趋于巅峰。他也已经是一个老人了。在生命中的最后26年里，他除了偶尔在夏天回到同属威尼斯共和国的故乡避暑，再也没有离开过四面水波环绕、风光如画的威尼斯。提香是举世最受崇敬的画家，住着豪宅，家财万贯，求他作画的、来拜望他的贵人、名人络绎不绝。总之，他过着尊荣的生活。

提香自画像

提香在1555年左右的一幅自画像上，很好地表现了此时的自己。他正坐在一张桌子后，右手扶着桌面，五指张开，左手置于弯着的左腿上。他穿着黑色的背心，里面的上衣是橙红色的。他蓄着一脸大胡子，胡子从鬓角一直延伸到下巴，并且包围了整个嘴唇。胡子已经灰白。最突出的就是这张脸，满面红光，有宽阔的前额和锐利深邃的眼神，充满了庄重与尊贵。我们似乎知道为什么提香当时得到那么多贵人由衷的敬意了，不仅仅因为他是伟大的艺术天才，也因为他有超凡出众的仪表，望之令人肃然起敬！

提香死于1576年8月，这年又一场大瘟疫正在席卷威尼斯，年迈的提香虽然身体健壮，但怎抵挡得住瘟疫杀手？他很快就去世了。

本来，威尼斯想要为他举行一次盛大无比的葬礼，但由于瘟疫横行，只得便宜行事。提香被埋葬在威尼斯无数教堂的其中一座，那座教堂里如今还挂着他的两幅名作。

据说没几天，他的儿子也染上瘟疫死了，家里的人也作鸟兽散。原来终日"玉辇纵横过主第，金鞭络绎向侯家"的提香伯爵府顿时成了死屋一座。不久，知道里面财宝无数的小偷们一窝蜂似的翻墙越户，涌进了提香府，将里面所有值钱的东西一抢而光。

色彩的大行家

威尼斯画派的特点是重视色彩，这一特点在提香这里达到了巅峰。

提香《查理五世在缪尔堡》

提香《巴库斯与阿里阿德涅》

　　提香存世的作品众多,从题材角度看可以分成三类:神话、宗教、肖像画。

　　神话题材经常出现在提香的画作中,若讲在艺术上取得的成就,三类画中当以此类画为最高。其中《巴库斯与阿里阿德涅》被认为是提香作品中最伟大的一幅,甚至被称为"文艺复兴的奇迹之一"。

　　《巴库斯与阿里阿德涅》作于约1523年,是一幅相当大的布油彩画,长近1.8米,宽近2米,现在藏于英国伦敦国家美术馆。

罗马神话中的巴库斯就是希腊神话中的酒神狄奥尼索斯。酒神是古希腊人特别喜欢的神,关于他有大量的传说。而且在古希腊,酒神主要是女士们崇拜的对象。那时有一个专门为酒神而设的节日。一到这天,平时端庄稳重的淑女们就会大群大群地离开家,去到那深林之中,披着小羊皮甚至赤身裸体,在笛子和铜鼓等的伴奏下狂歌乱舞,十足像一群醉汉。阿里阿德涅则是克里特岛上著名的米诺斯王的女儿。米诺斯王是宙斯的私生子,他曾建了一座迷宫关他妻子和一头白公牛生的半牛半人的怪胎。这座迷宫里的道路极其复杂,人一进去就出不来。但这座迷宫后来被英雄忒修斯破掉了。他走进迷宫,找到怪物,杀死它,又顺利地走了出来。

他是凭什么做到这点的呢?就是因为阿里阿德涅爱上了英勇又英俊的忒修斯,给了他一根红线,让他循着红线走,这样他在迷宫里就不会迷失方向了。

忒修斯从迷宫出来后,阿里阿德涅跟心上人一起出逃。途中他们来到了一个叫迪亚的小岛。忒修斯在梦中突然见到了酒神巴库斯。酒神声称阿里阿德涅跟他早就订了婚,他威胁忒修斯,如果不把阿里阿德涅留下来就要降下灾难。忒修斯是一个敬畏神明的人,只得将悲哀的公主留在荒凉的孤岛上,自己乘船回去。就在这天夜里,酒神前来会见阿里阿德涅。这幅画描绘的就是这样的情景。

这个故事后面还有另一个故事,就是忒修斯因为失去了阿里阿德涅,极为悲伤。他在启程去迷宫之前曾与父亲雅典王埃勾斯约定,如果他顺利归来,就在归来的船上挂白帆,而原来船上是挂着黑帆的。这时他已经平安归来,没有被怪物所杀,因此应该改挂白帆。可因为失去了阿里阿德涅,他忘了改挂白帆了。那海船带着那悲哀的黑帆飞快地朝家乡的海岸驶去。埃勾斯正站在海岸上翘首盼儿,突然看到远方驶来的船上挂着黑帆，以为深爱的儿子已经死了，顿时绝望了，便纵身跳入大海。后来，为了纪念这位慈爱的父亲，这海就被叫作"埃勾海"，中文将之译为读音相近但更好听的"爱琴海"。

《巴库斯与阿里阿德涅》画面的情景是这样的：画面最左边是阿里阿德涅，她长着金色头发，斜披着一件蓝袍，露出左肩，还有一根红带子在她身上绕了两圈。她赤着脚，正迈开脚步。左侧就是蔚蓝的大海。她左脚已经着地，右脚快要从地面提起。但突然之间她像受了惊一样，猛地转过头来，望向右侧，好像看到了什么。她将右手远远地伸向前面，想要奔逃。原来，在她的右边，巴库斯来了！他是个年轻人，像个不足20岁的小伙子，只披着一块红布。他的动作有些怪，正从一辆小马车上跳下来，左脚还留在车上，右脚已经离开车子，正凌空而下。他有一头黑色鬈发，眼光朝向前面的阿里阿德涅。他的动作与阿里阿德涅的动作恰好相配合。人们仿佛看到，酒神本来正坐在马车上行进，突然看到了正在前面海边踯躅的美女，那正是他朝思暮想的未婚妻。他一时大喜，不顾一切地跳下正在行进中的马车，朝她扑去。阿里阿德涅也看到了正向她扑来的酒神，一时不知所措，本能地想要逃开。这就是画上那一瞬间的情形了。

除这两个中心人物外，画上还有其他丰富的内容。仅人物就有九个，最引人注目的是与车轮一样高的一个小孩子。若更为仔细地看会发现他的两条腿长满了毛，是两条不折不扣的羊腿呢！这就是萨提儿了。他是天天与酒神玩在一块儿的淘气的小仙童。他后面还有一个彪形大汉，长头发加满脸长胡子，赤身裸体，身上还缠着几条蛇。除了人，画面上还有动物：一条黑狗、一只羊和两只豹子。最有意思的是两只豹子，它们是为巴库斯拉车的。这是两只黑斑豹，因为知道主人要下车了，老老实实地站住了。它们双眼犀利而灵活，后肢比前肢长，显得异常矫健有力。

这幅画的第一个特点就是动作幅度非常大。

在这幅画里，可以看到几乎每个人物都处于剧烈的运动之中。例如那个被蛇缠住了的男人，有人说他是古希腊另一个有名的神话人物——拉奥孔。他因为在特洛伊战争行将结束时，向特洛伊人警告不要将木马拉进城来而触怒海神波塞冬，被海神降下的两条巨蛇活活缠死。但在这里显然不可能是拉奥孔，他与酒神凑不到一块儿。这个人在画中的动作也十分剧烈，更像是马戏团中的驯兽师在驯蛇。那个可爱的小萨提儿也在动，漂亮的大脑袋转向观众，水灵灵的眼睛朝我们一瞥，可爱极了。当然动作最剧烈的是整幅画的中心人物——巴库斯。他正从座驾上一跃而下，画上所描绘的是他腾空而下的一刹那。他的双腿有力地张开，双手因为身体猛往前冲而自然地向后甩，背上的红布也一起向后飘，仿佛因为前冲太快，快得激起了风。与之形成鲜明对照的是阿里阿德涅，她的动作不剧烈，像是突然发现了向她扑来的酒神，惊愕之下想跑开，但却迈不开脚步，那一瞬间人就像是钉在了大地上。她这种动中有静与巴库斯极度剧烈的动形成了强烈对比。

即使画中那两只安静的豹子，它们灵活的眼睛也闪动着生命的威力。它们的四肢紧张而沉静，恰恰通过它们那紧张而沉静的四肢，使人感到了运动的存在。

《巴库斯与阿里阿德涅》的第二个特点是色彩的绚丽丰富与强烈对比。

威尼斯画派的这个特点我们已经很熟悉了，在这幅画上同样极鲜明地体现了这一点。这幅画中人物与景物是以一条对角线为界的，对角线往下的一半是人物，而往上的一半是景物。在这下半部分里，众多人物交错缠接，而且每一个都处于运动之中；有裸体者，有着衣者，众多人物肌肤的色调有深有浅，有的呈橙红色，有的呈黄色，还有一个美少女则如象牙般乳白。这些不同色调、剧烈运动的身体组合在一起，对人的视觉产生了极大的冲击。景物也是如此。

《巴库斯与阿里阿德涅》第三个特点是画面的不对称性。

在一般情况下，对称是产生美感的条件之一。自然界许多美的事物，其基础就是对称。最明显的例子就是人了，人体是左右两侧对称的，这可以说是人体美的前提之一。前面看到过的那些画大都具有这种对称之美，例如乔尔乔涅的《暴风雨》，画面上两个人物一左一右，树也是左右分列，都给人一种对称与平衡之美感。但在这幅《巴库斯与阿里阿德涅》上看到的是另一种情形，即一种强烈的不对称。

这时，如果我们仔细思考的话，也许会产生这样一个问题：既然画面中的景物与人物如此不对称，那为什么我们并没有感觉画面杂乱而不平衡呢？答案就在这里：画家运用了极为丰富的色彩，从而在画面的不对称与大量的色彩之间产生了巧妙的均衡感。

宗教题材的作品在提香的绘画长廊中所占的数量与神话题材的不相上下。现在让我们来欣赏提香的《圣母升天》。

《圣母升天》称得上提香所有宗教题材作品中最有名的一幅。它作于1518年左右，虽然在年代上属于他从早期走向中期的作品，但在这幅作品里已经深刻地体现了提香高超的艺术创造力。

《圣母升天》长近7米，差不多有两层楼那么高，宽则不到4米，现高悬于威尼斯的圣玛利亚·代·弗拉瑞教堂（一般简称为弗拉瑞教堂）。

从整体上看，《圣母升天》的形状像一扇大门，顶上还有一个弧形的半圆窗。画面明显地分成上、中、下三层。最下面一层是一群正在欢呼的人，他们高举双手，仰望着圣母。而圣母处于中层，乃是全画的主体，只见这一层呈向上的月牙形结构，这月牙形是由无数小天使组成的，他们背后都长着一对小翅膀，动作姿态各异，十分活泼可爱。他们把圣

第七章 提香和最著名的画家家族 | 103

提香《圣母升天》

母围在中间如众星捧月。圣母全身上下包裹在红色的长裙里，外面罩着黑色的斗篷。她仰首向上，同最下层的人们一样仰望着什么，她的双手同样张开，像在朝什么人欢呼。再往上看，我们便知道她在为谁欢呼了。原来她为之欢呼的乃是上帝。上帝在两个天使的左右扶持下，正注视着下面。

这幅画之所以被称为不朽之作，其原因主要在于构图的新颖及规模的宏大。可以看到，《圣母升天》的整个画面好像在承受一股无法遏制的上升之力，正缓慢而坚定地往上升腾，升向一个更高的境界。这种动态之美可以说是《圣母升天》的第一大特征。还有，整个画面以红色、金色和黑色为主，特别是身着红装的圣母背后，一轮金光将她衬托出来，上帝也呈现在一轮金光之中，使画面显得异常辉煌。再加上下面那些人和小天使热情欢呼的姿态——甚至这些欢呼的手臂都是十分结实有力的，它们高举而上，仿佛可以托举天地。这一切聚合在一起令整个画面极为壮观。

我们再来看提香的人物肖像画。

从某个角度而言，提香主要是一个肖像画家，即使在他还活着的时候，他也是作为一位举世无双的肖像画家而闻名遐迩的。提香之所以受查理五世和教皇的器重，主要是因为他那无与伦比的肖像画技法。他们都希望通过提香的作品而永垂不朽。事实上也的确如此，通过那些不朽的肖像画，提香使许多人物的光辉形象流传至今。这些人中既有查理五世和保罗三世教皇等大人物，也有许多无名之辈，例如他的肖像名作《蓝衣绅士》《戴手套和礼帽的青年》等。尤其到了晚年，已经盛誉卓著的提香常常被贵人们请去画像，这成了他主要的收入来源，因此提香又被称为"肖像画之王"。

提香画肖像的杰出技法可以用一个词来概括：形神兼备。

这样的画作有很多，例如《查理五世在缪尔堡》。这幅画是为了纪念查理五世在缪尔堡战役中取得胜利而作的。画面上查理五世跨在一匹黑色的骏马背上，身披金光闪闪的铠甲，胸前佩戴红绶带，头戴一个有硕大红帽缨的钢盔，手执长矛，一脸的威风凛凛。他注视前方，仿佛要统率大军冲向敌人，夺取新的胜利。在这里，提香一方面通过对豪华的铠甲和骏马的装饰以及动作的描绘，展现了查理五世作为一个战场统帅的身份；另一方面通过对查理五世的面部的描绘，即那如神般傲慢的眼神、铁丝般的胡须，展现出一个掌握着当时半个欧洲，权力在整个欧洲无与伦比的皇帝那坚定的意志与目空一切的内心世界。由于这幅画如此真切地描绘了查理五世，据说当把这幅画放在走廊尽头时，许多人将之当作皇帝本人，对之鞠躬致敬。

与此相类的另一幅名作是教皇保罗三世的肖像。这位教皇的样貌可没有查理五世那样俊朗，相反，他已经是一个胡子花白的老头子了。只见他一张狐狸似的尖脸，背有些驼，头不自然地往前支着，身体也好像缩成一团。他披着一领极华贵的厚实的斗篷，从斗篷里伸出一双细长的手。最引人注目的还是他的眼睛，他分明用狡猾而警惕的眼神瞅着画作前的咱们呢！这些都将西方世界至尊的教皇的尊容刻画得入木三分。据说，当提香把这幅作品放在他在梵蒂冈居所的阳台上曝晒时，看见的人无不以为那就是教皇本人在阳台上，纷纷向他顶礼致敬！

提香《保罗三世》

第八章

小小的尼德兰大师辈出

尼德兰就是荷兰。荷兰的英文为"the Netherlands",音译就是尼德兰,这是荷兰官方的正式名称,而"Holland"只是尼德兰的别名而已。荷兰的面积相当于中国湖南省的五分之一,却一度称雄西方。

文艺复兴时期,在西方艺术史尤其是在绘画史有两个中心,一个是意大利,另一个就是尼德兰。尼德兰虽小,却在西方艺术史上占有重要的地位,诞生过一大批杰出的艺术家,尤其是画家。

这里说的尼德兰艺术,还包括佛兰德斯艺术。尼德兰是一个古老的地域概念,不但包括现在的荷兰,还包括佛兰德斯以及现在属法国的勃艮第等。佛兰德斯现在属于比利时,历史上比利时曾长时期属于尼德兰,直到19世纪才从尼德兰分离出来。像凡·艾克兄弟,他们既是尼德兰艺术家,也可以说是佛兰德斯艺术家。

文艺复兴时期的尼德兰艺术有着与意大利艺术迥然不同的特点,这可以从内容与形式两方面来讲。

在内容方面,尼德兰艺术有一个响亮的称号——现实主义。从这个名称我们就可以知道它的特点。与前面主要以宗教神话或者贵族王公为绘画题材的意大利画家不同，尼德兰艺术家把他们的目光更多地投向了普通民众，他们把描绘这些普通人当作艺术的主题。

与这个主题相关，尼德兰艺术家的作品也有一个鲜明的特点——亲切。它们既没有威尼斯画派的作品所具有的那种堂皇的色彩，也没有米开朗琪罗与达·芬奇的作品那种完美的构图与雷霆般的力度，却另有一种特色。这种特色可以用一个似乎与绘画无关的词来表达——亲切。这个词融合了不浓不淡的色彩、简单明了的构图和朴实自然的笔调。

◎ 扬·凡·艾克：油画之父

尼德兰艺术家取得的第一项伟大成就是发明了油画。

现在一般认为，油画是由凡·艾克兄弟发明的。

凡·艾克兄弟是佛兰德斯人，哥哥叫胡伯特·凡·艾克，弟弟叫扬·凡·艾克。关于哥哥现在知之甚少，最为确切的资料是现存著名的《根特祭坛画》的外框上刻的如下文字："举世无双的画家胡伯特·凡·艾克始作，其弟扬——仅次于他的艺术家——将此作最后完成。"另一个说法是他于1426年左右辞世，葬于圣巴韦教堂。还有关于他的传说：他在1425年因两幅画稿获得根特地方行政官的酬劳，连他的徒弟们都得到了根特市议会的赏金。但这些关于他的资料都有人提出了有力的质疑，于是就有许多人怀疑他的存在了，一般的艺术史也没有他的介绍。不过关于他弟弟扬·凡·艾克的存在却是确凿无疑的，因为他有好几幅作品闻名于世，上面签着他的大名。

扬·凡·艾克于1400年左右出生于尼德兰，比文艺复兴时期意大利绘画的先驱马萨乔要大上30岁，比透视法的创立者布鲁勒内莱斯基也要年长近10岁。

扬·凡·艾克早年的生平事迹很模糊，但从1422年起都有比较详细的记载。1422年他到了尼德兰的海牙，担任当时的荷兰伯爵约翰的侍从和私人画师，为他装饰海牙的宫殿。为了完成这个相当浩大的工程，扬·凡·艾克广招学徒来协助工作。他的名作之一——《都灵－米兰祈祷书》就出自这一时期。1425年，荷兰伯爵死后他又到了里尔，为那里的勃艮第公爵"好人菲力普"服务，担任公爵的私人画家。

据说公爵很器重他，不但让他作画，还将他视为心腹，委托他执行一些重要任务。1428年他与公爵的使团一起去了葡萄牙，为公爵与葡萄牙公主伊莎贝拉的婚事谈判。见到公主后，扬·凡·艾克立即为公主画了一幅肖像，并派人昼夜兼程送到了公爵手上。据说公爵看了画像后，不仅叹服艺术家高超的技艺，亦为公主非凡的美貌所迷，决定立即正式向公主求婚。

使命结束后，在从葡萄牙回里尔的途中，扬·凡·艾克顺路游历了英国和西班牙。回国后不久，1431年左右，扬·凡·艾克与一个叫玛格丽特的女子结婚了，玛格丽特当时还很年轻。这时候他已经从里尔搬到了佛兰德斯的布鲁日，并在那里购买了一栋住宅。看得出扬·凡·艾克很爱自己年轻的妻子，为她画过许多肖像，画像上充满了脉脉温情。在布鲁日，扬·凡·艾克继续完成已经由胡伯特·凡·艾克开始但未完成的工作，为一个叫维德的人创作《根特祭坛画》。该画大约于1432年完成。这幅作品现在还保存在根特的圣巴丰教堂。

这幅作品一炮打响，为扬·凡·艾克赢得了空前的荣誉。也许就是这个原因，从这年起他开始在自己的作品上签名题词。他的题词一般是"尽心竭力"，以表示他为完成这件订货费了很大的力气。不过这也是当时的成名画家的风俗，大约像今天那些商品上面印着类似"本公司竭力为您提供品质一流之产品"等词句一样。扬·凡·艾克保存至今的签名作品

胡伯特·凡·艾克、扬·凡·艾克《根特祭坛画》（打开）

共有约十件，都是价值连城的作品。

扬·凡·艾克于1441年逝世，是突然去世的，人们将他葬于布鲁日的圣多纳图教堂。

细节惊人的名画——《阿诺芬尼夫妇像》

扬·凡·艾克传世的作品，包括《根特祭坛画》《阿诺芬尼夫妇像》《圣母和罗林大主教》等，都称得上名作。我们先来欣赏他的《阿诺芬尼夫妇像》。

《阿诺芬尼夫妇像》能给人留下深刻的印象，不是因为画面有多么华丽。相反，它画面相当简单。画的内容就是一男一女站在屋子中间。男的身着一领棕黑色袍子，头戴一顶硕大的黑帽，脚蹬一双黑鞋子。他的身子骨相当瘦弱，面皮白净，鼻子、嘴巴、手和脚都很纤巧。他伸出左手，身旁的女子轻轻地将她的纤纤素手搭在他手上。女子挺着大肚子，显然已经怀孕数月了。她身着一袭绿袍，长长的裙裾拖在地上，长袍的袖子十分宽大。她的小手从袖口伸出，右手搭在男人的左手里，左手则轻轻地抚着自己的肚皮。她头上戴着一条缀着花边的白头巾，面色洁白如玉。

与人物同样有意思的是屋子里的物品，简直是前所未有的精美。画面的左下角能看到一双木拖鞋。木拖鞋直到今天都是荷兰的特产，是荷兰的标志之一。画面前面是毛茸茸的宠物狗，狗狗的毛发刻画细腻，一双黑溜溜的眼珠子非常有神。它在这个场景中象征着忠诚。在夫妇的头顶上，一盏黄澄澄的铜制吊灯悬着，造型相当精美。

最令人感叹的是画面后方墙上的那面镜子。镜子外框有青铜镶边，有十个角，每个角上面都雕刻着一尊耶稣受难像。最妙的是镜子里，如果仔细地看，会发现它清晰地映照出镜子前的影像，有窗子，有夫妇俩，还有一个就是画家本人。凭什么知道这是画家本人呢？因为在镜子上方清晰地签着一行潇洒的字，译成中文就是：扬·凡·艾克在此，1434年。这证明画家本人出席了这场婚礼。

这幅画鲜明地体现了扬·凡·艾克绘画的艺术特色，其主要特色就是尊重现实。这幅画描绘的既非神话人物，亦非宗教人物，而是两个最普通的人，并且是两个有名有姓的人，他们是阿诺芬尼夫妇。提香也画过不少肖像，但他所画的人基本上非富即贵，极少有普通市民。而扬·凡·艾克描绘的则是普通市民，是普通市民的现实生活。这对于艺术来说是一个崭新的方向。

扬·凡·艾克在这里不但描绘了普通人的现实生活，而且这种描绘异常精致，画中每一样东西都描绘得极为精细。例如那只长毛宠物狗，

扬·凡·艾克《阿诺芬尼夫妇像》

它身上的每根毛都被画家细致地勾勒出来了，以至于可以说这不是一幅画，而更像是照片！还有那结构相当复杂的吊灯、夫妇俩身上衣服的每一条褶皱，都被极为细腻地描绘了出来。如此细致的描绘是此前从来没有过的。

正因为扬·凡·艾克描绘的是现实生活中的普通人，又描绘得如此细致，他的作品充满了真实感。这种真实感几乎可以从画的每一处感觉得到。当人们欣赏这幅画时，仿佛看到了一种平常生活中都能看到的景象：一对夫妇，妻子已经怀孕了，她经常轻轻地抚摸着腹中的胎儿，感受着小宝贝的每一个轻微动作，做丈夫的则既高兴又有些担忧，高兴的是要做父亲了，担忧的或许是这孩子的未来，如此等等。

油画的发明

扬·凡·艾克对艺术最重大的贡献是发明了油画。

西方人的绘画极为丰富多彩，仅依据绘画材料的不同就可以分成好几种，例如水粉画、水彩画、钢笔画、铅笔画、粉笔画、蛋彩画、油画等等。其中蛋彩画是指用蛋黄或蛋清调和颜料绘成的画，一般画在表面敷有石膏的画板上。这是一种非常古老的画法，早在3000多年前古埃及人就会了，后来传到欧洲，在文艺复兴时期大为流行，成为整个文艺复兴时期主要的绘画方式。如果将蛋彩画画在预先打湿的墙壁上，则被称为湿壁画，这也是文艺复兴时期大师们偏爱的绘画方式之一。因为湿壁画画上去后颜料层不易剥落或者龟裂，它的色彩细腻而鲜明且能长久保持。此外，蛋彩画还有一个特点，就是它不像水彩画一样买来颜料画就是了，它的调配和绘制程序本身就堪称一门艺术，有着极为复杂的技巧，配方也很多，几乎每个画家都有自己的配方，配出来的效果也大不一样。那些大师，如达·芬奇、米开朗琪罗，配出来的颜料非常好，这也是他们能画出辉

胡伯特·凡·艾克、扬·凡·艾克
《根特祭坛画》（闭合）

煌杰作的原因之一。

虽然蛋彩画的配方很多，但其原料却都差不多，主要是蛋剂、亚麻仁油、清水、薄荷油、达玛树脂、凡立水、酒精、醋汁等，根据不同比例调制而成。蛋彩画有优点也有缺点，缺点主要是由于绘画时用石膏做底子，而石膏的吸水性很强，干得快，画画时难以进行精雕细刻，且技术较难掌握。因此当油画诞生之后，蛋彩画就渐渐消失了，现在已经少有人用。

油画是用透明的植物油调和颜料，在有底子的布、纸、木板等材料上绘画。到现在它简直等同于"绘画"了，我们平常欣赏的那些西方名画几乎都是油画。

由于蛋彩画有干得太快的缺点，这对于讲究慢工出细活的西方画家们来说是一种致命的缺点。于是他们便想找到一种新方法，既能保留蛋彩画的优点，又能去掉它的缺点。做过这种努力的人很多，例如一些意大利画家想用熬热的亚麻仁油与蛋黄蛋清混合在一起，再与颜料相配来画画，但这样的结果只是得到了一张"黏糊糊的蛋饼"。也有一些画家直接用亚麻仁油配合颜料来作画。但油这种东西是很不容易干的，为了干燥，得把画放在太阳底下晒几天才成，这样一来下面的木板就受不了了，噼里啪啦裂开了。最后，到了扬·凡·艾克这里，他终于找到了一种绝妙方法，配出了一种理想的调和剂，既有原来蛋彩画的优点，又能避免它的缺点，干得既不太快又不太慢，既有充足的时间让画家慢慢画，又不至于要将画板搬到太阳底下晒才能干。不过，扬·凡·艾克当时到底用的是什么样的配方现在已经成了一个谜。事实上，除了扬·凡·艾克自己，谁也不知道这个神秘的配方。因为在当时，画家的手艺是吃饭的家伙，谁愿意把这个吃饭的家伙让给别人呢？据说为了防止别人擅自闯入他的画室偷看，他在画室的门上高悬一把大刀，并且公开声称倘若有谁敢擅自闯进来就杀了谁。这个法子看来还真管用，直到扬·凡·艾克死去，谁也不知道他那个神秘的配方。

用他这个神秘的配方画出来的画就是油画，这也是世界上最早的油画。

幸运的是，即使当时的画家们都不知道扬·凡·艾克到底是怎么画出油画来的，但至少都知道它有诸如此类的优点。他们虽然不能直接从扬·凡·艾克那里学到，但可以自己摸索。有些杰出的艺术家看过扬·凡·艾克的画后，便能猜出大体的原料及配方，于是经过一番钻研，油画就这样形成并普及了。

◎ 独特的博斯

博斯是一个在西方艺术史上极为独特的画家。

1450年,博斯出身于荷兰一个绘画世家,祖父和父亲都是画家,父亲还是他的师傅。

他一生都没有离开过家乡。1486年左右,他成为一个以教规严格著称的圣母兄弟会成员。这个圣母兄弟会关心邪恶、死亡、魔鬼等,对人世间大体持一种悲观的看法。1490年左右,他为圣母兄弟会的一个礼拜堂画了祭坛画,后来又为它设计了窗户、枝形吊灯和十字架等。他死于1516年。

博斯现存的作品有约40幅,其中7幅有他的签名,是他确凿无疑的真迹。由于其作品的独特性,博斯在世时就受到了广泛赞誉,作品售价不菲。据说当时的西班牙国王腓力二世也很喜欢博斯的作品。他的作品中最有名的是《干草车》和《人间乐园》。

《干草车》上的人世百态

《干草车》是博斯典型的作品,也是此前人们从来没有见过的奇妙有趣的画作。

以前的画,无论出自何人之手,是何风格流派,都有一个共同特点:它们是严肃的艺术作品,有一个正经的主题,并且同样正经地表达这个主题。但在博斯的《干草车》上看到的是一片光怪陆离的景象,里面的人物一个个仿佛是舞台上表演的各种角色——其中大部分是小丑。

画面的中心是一辆装满黄色干草的大马车,堆的干草有几人高。在干草车的上面和下面都有许多人。

先来看看干草车的下面。我们首先会看到一群人正在打架斗殴。在干草车的两个轮子之间有三个教士模样的人正打得热火朝天,中间一个

博斯《干草车》

穿红袍子的正在狠揍一个已被他压在身下的瘦小得多的穿灰袍子的,而在红袍子的身后,有一个人牢牢地抓住了他挥起的右手。在他们的前侧有更惨的景象:一个戴黄帽子的家伙将一个穿红衣服的人压在身下,黄帽子左手死死地掐着红衣服的脖子,右手正将一把利刃扎进红衣服的喉咙,鲜血喷溅了出来,染红了地面。在侧面紧靠干草车的地方,几个人拿着像鱼叉一样的叉子,正要刺向干草车顶上,好像上面有一只烧鸡,他们要把它叉下来吃掉。画面再往左,另一个人正将一个梯子往干草车上靠,要往上爬。再往左就到了干草车后面,那里有几个人骑着马,衣着整齐华丽,还戴着冠冕,细看原来是主教与教皇,他们在一本正经地跟着干草车走,好像是它的跟班一样。而在干草车前面,可以看到一群

博斯《干草车》（局部）

怪物。其中一个怪物头和上半身像鱼，下面却长着两条人腿，腰间还挂了一柄剑，弓腰曲背，正奋力拉着身后的马车。他旁边还有许多这类令人感到惊奇的怪物，都在拉车，而一个人已经被碾在车轮下了。

以上就是干草车周围的部分场景。到了干草车的上面，又是另一番有趣的景象：上面有一棵硕大的树冠，从树冠里伸出了几根棍子，一根上面蹲着只猫头鹰，另一根上面挂了个酒壶。天上还有几只乌鸦样的鸟儿在飞。树冠里面可以看到两个人探出了上半身，其中一个是戴着头巾的修女，正同一个男子在接吻。在树冠前面，最左边是一个天使，穿着白衣衫，长着翅膀，跪在干草上，正引吭高歌，像在赞美上帝。在天使面前，背向天使坐着两个人：一个也是修女的样子，戴着白头巾，手里

博斯《干草车》(局部)

似乎捏着一份乐谱；而另一个是个少年郎，光着修长的腿，手里握着把琴，弹得正欢。在他们旁边还有一个全身灰绿色、长着翅膀的怪物，正吹着长笛。

这情形有趣吧？很难说它描绘的是什么样的情形，或者描绘的是哪里。是人间？是天堂？或是地狱？都像，又都不像。

除此之外，画上还有另一个世界，一个完全不同的世界。

这个世界位于画面最下方。在这里有另外一群人，一群完全不同的人：在右边，一群人正在劳作，他们似乎是把稻子装进一个大袋里，又把一捆干草扛过去，一个老太太模样的人坐在一张桌子边，手里拿着一个杯子，正惬意地饮着；中间有一个教士模样的人正专注地写着什么，他旁边有一根小旗杆上挂着一块布，布上绘着一颗红心；在左边，也有几个普通模样的人，其中有一对夫妇，手拉着手，十分恩爱的样子。总之，这里却是一个安静祥和的世界，看不到一丝争斗与贪婪，有的只是平安喜乐。

在整个画面的最上方，蓝天上有一朵巨大的白云，白云中央又有一朵金色的云，云中站着耶稣。只见他摊开双手，既像在劝导世人，又像在无奈地耸肩。

这就是画面的大致内容，相当复杂，还有些内容没有描述，包括它的左联与右联。这是一幅三联画，也就是由三幅画合并而成的，就像中国的屏风一样，《干草车》是中间最主要的一幅。

这幅画给人的强烈印象就是，它有着深刻的寓意。我们可以强烈地感受到博斯在创作这幅作品时一定在心中有着某些强烈的意愿与主张，他想通过这幅作品来表达自己的观念。

他想表达什么呢？原来在当时的尼德兰有这样一句箴言："世界是个干草堆，各尽所能来夺取。"博斯所要表达的正是这句箴言。画面上正是一个干草堆，许多人，从教皇到普通人再到魔鬼，都想要夺取它。他们以为夺取了这堆干草后就能幸福了，就能像那几个登到了干草车顶上的人一样。对于人间的贪婪，连耶稣也无可奈何。他只能站在天上"无奈何耸耸肩，叹叹气把头摇"。但作者还有另外一层意思，这是通过最下面那一群没有参与抢夺干草的人表达出来的：人啊，停止无谓的争夺吧！只有这样，你们才能生活得怡然自得。

匪夷所思的《人间乐园》

博斯的第二幅名作也是幅三联画，名叫《人间乐园》，这幅作品被认为是他风格成熟时期的代表作。

博斯《人间乐园》

当第一次看到《人间乐园》时，我们可能很难相信这是一幅几百年前的作品，因为它太像现代派作品了，例如夏加尔或者达利的作品，充满了令人不可思议的图景。

《人间乐园》共分左、中、右三联，分别表达了天堂、人间、地狱的情形。和《干草车》一样，三联中也是以中间一联为主体。左边一联描绘的是天堂，在这里可以看到亚当与夏娃刚被神创造出来，还没有偷食禁果以致堕落，仍快快乐乐地生活在伊甸园。伊甸园里，草木葱茏，到处一派祥和，百兽有的在草地上自由嬉戏，有的在清澈的湖边安静地喝水。神站在亚当和夏娃中间，如慈父一般。这里是真正的乐园。

右联的地狱就不同了，这里的情形只有四个字可以形容：不可思议。它像但丁《神曲》中所见的那样，到处充满了可怕的惩罚与痛苦的地狱。只见一个男人躺在地上，右手被一把短剑穿掌心而过，一个既像蝙蝠又像蜥蜴模样的怪物趴在他身上，怪物背上还有一个东西，像极了转播电视节目用的碗状天线！而画面中比这更怪的怪物还多着呢！这些几乎无法用文字来描述。面对这幅画，我们不能不感叹博斯那天马行空的想象力。

中联的画幅比左右联都要大得多，里面的人物更是数不胜数。

中联的画面可以分为三层来看。最上层是一些极其古怪的建筑，共有五栋。中间一栋建在水里，下面是球状的，还开了窗子，一些小人儿生活在里头。球中间还有一圈走廊，有几个小人儿在走廊上，其中一个还在玩倒立。球上面有桅杆状的东西，形状与色彩也很古怪。比起周围其他四栋建筑来，中间这栋还算构造最简单的了。其他四栋也古怪且有趣，不过也复杂得无法用语言来描述了。在蓝蓝的天空中还有些古怪的东西在飞，像鸟儿，又像天使，甚至有一个像青蛙。

中间一层像在一片草地上，草地中间有一个圆形池子，有许多人正在水中嬉戏。而在池子周围，更多的人和动物组成了一支最古怪的游行队伍。动物有山羊、骆驼、鹿、马、白鹭、猪等，甚至还有一条鱼，它也在陆地上大模大样地走着！还有许多根本叫不出名的怪物，有些人骑在这些怪物身上，还有一群人合伙抬着一头怪物。

最下层距观者最近，看得也最清楚。这里的人形体比上面的要大得多，有的像在快乐地舞蹈，有的在尽情地做着各种游戏，活脱脱一幅人世享乐图！左边有一个形状不规则的水池，许多人沉浸其中，大部分都在谈恋爱。例如有一个奇形怪状的如水果般的物体浮在水面上。这个"水果"像条船儿载了一个玻璃球状的东西，里面有一对男女，并排坐在里头亲吻。还有一对男女站在水池里，面对面紧紧拥抱。最奇怪的是有一个女人，头朝下倒立于水中，两条腿伸出水面，叉开的大腿中间夹着一只鲜红的果子，有鸟儿停在果子上。池岸右边的草地上还有更多的男女，扎堆儿在聊天、跳舞，十分欢乐。

除一群群赤身裸体的男女外，这里还有大量水果，大部分长得奇形怪状，其中一个看样子像草莓，体积很大，一个人正趴在上面啃它，这个人头顶还戴着它的叶子。画中的水果多种多样，人们在玩它们、吃它们，就如同孩童在玩弄玩具一样。

◎ 勃鲁盖尔：最伟大的冬天风景画家

勃鲁盖尔生于1525年前后，出生地可能是尼德兰的布雷达。还有人说他就出生在一个叫勃鲁盖尔的小村子，他的名字就是依这地名而起的。关于他早年的生活历史上基本是空白的，我们只知道他曾经跟一个安特卫普人学过绘画。他在1550年前后加入了安特卫普的画家公会，成为职业画家。在这里他遇到了画家兼画店经营人科克，两人成了好朋友。科克很喜欢勃鲁盖尔的作品，正是经由他的宣传，勃鲁盖尔的作品才在他生前就有了一定的名气。

成为职业画家后不久，勃鲁盖尔离开了尼德兰，取道法国去了意大利。他到过意大利的许多地方，例如西西里和罗马。特别是到罗马后，他见到了久仰的大师们的许多杰作，但勃鲁盖尔没有将这些大师的作品当作神圣的教条来模仿，而只是略加观摩。这使得他后来的作品没有像当时许多尼德兰画家的作品一样成为意大利风格绘画的一部分，而是具备了自己独特的民族风格，也正是这种风格令他名垂后世。

在从意大利回到尼德兰的途中，他翻越了白雪皑皑的阿尔卑斯山，在那里画下了许多风景素描。这些壮丽的风景给他留下了极为深刻的印象。要知道尼德兰或者说现在的荷兰是世界上地势最低平的地区之一，没有什么山峦，但在勃鲁盖尔的作品里我们却能看到巍峨的山峰，这些都来自他在阿尔卑斯山的体验。这些素描后来被编成一本《风景素描》，现藏于德国国家美术馆。

在意大利漫游了三年后，勃鲁盖尔回到安特卫普。最开始他正式的工作之一就是为科克画版画，这是可以大规模印行的画作。

到了1563年，勃鲁盖尔娶了老师库克的女儿，不久便从安特卫普迁居到了布鲁塞尔。关于他为什么要离开安特卫普，说法之一是由于他同岳丈家里的一个女仆有了私情，岳母发现后就半是规劝半是驱逐地将他赶离了安特卫普。被迫离开的勃鲁盖尔便迁到了尼德兰的主要城市之一——布鲁塞尔，那里现在属于比利时。

到了布鲁塞尔后，勃鲁盖尔开始专事绘画。他的作品有一个主要特点，就是极少像以前的画家那样画达官贵人，也很少画宗教题材的作品，而是将普通市民与农民作为描绘的对象。他在作品中鲜明地表达了对这些普通人深深的爱与理解。也正因如此，他有了"乡巴佬勃鲁盖尔"的绰号，甚至有人说他就是农民出身。

勃鲁盖尔于1569年去世，终年44岁。

《收割者》中的田园风光

下面我们来欣赏勃鲁盖尔的两幅作品：一幅是《收割者》，另一幅是《雪中猎人》。这两幅不但是名作，而且是那种能够感动甚至震撼人心的心灵之作。

《收割者》是一幅木板油画，现藏于美国大都会博物馆，是反映勃鲁盖尔农民情结的典型作品。

画面上是一片农忙景象。距观者最近的是一个平缓的小山坡，山坡上是小麦田。麦子已经熟了，一派金黄，一半已经被割倒了。割倒的小麦有的一束束地躺在地上，排列整齐；有的已经被扎成了小垛，立在地上。另一半麦子还没有收割，直直地竖在地里，有如厚厚的金色地毯。

在金黄的麦子中间还可以看到许多辛苦劳作的农民。在那些还没有收割的麦子边上，最左边的一个正挥着长长的大镰刀将麦子齐根儿割倒。

勃鲁盖尔《收割者》

麦子在他身后排成整齐的一排，还没有被分成束。我们甚至看得出在他的镰刀上有几根麦子已经被割断，正在往地上倒呢！在这个人身后不远处，另一个人也在这样挥镰收割麦子。他们的镰刀同我们割水稻的镰刀可不一样，我们的镰刀只有一尺来长，他们的却比一个人还高。从这个收割者往画面后方看去，有一条田间小道，在近一人高的小麦中间呈现为一条狭窄的缝隙，可以看到一个男人似乎拎着一个红色的水罐，正穿过金色的麦田走来。原来他是给前面树下一群正在吃饭的人送水来了。这是一棵只有几根枝丫的树，叶子较稀疏，树下的荫凉地实在有限得很。树周围有九个人。左边只有一个人，他四仰八叉地躺在树下，右手枕着后脑勺，睡得很香。在这样的炎炎烈日下还能入睡，由此可见他是多么累！

树的右边有八个人正围成一圈吃饭，有一个端着大水罐在猛喝，还有一个正从篓子里盛饭。他们个个都吃得那么香，好像他们吃的不是最普通的白饭，而是山珍海味。但并不是所有人都在享受这片刻的休闲。就在这群人后面不远处，有三个人还在辛苦劳作，一个在挥动镰刀，两个正在捆束已经收割好的麦子，准备将它们立成小垛。

以上这些都是画上的近景，在更远处是一派"采菊东篱下，悠然见南山"的田园风光。只见纵横的小道两边是青翠的草地和树林，小道上还有一驾马车，上面装满了收割好的麦子，堆成小山一样。小树林间隐约可以看到农民的茅舍和乡下小教堂的尖塔。在更远处，略带灰色的天空之下还可以看到一片大海。大海上小船如蚁，看上去很宁静。

在这幅描绘地道的农民生活的画中，并没有多少精雕细刻的地方，人物甚至连面目都看不清楚，也没有中心人物。但在这幅画中，勃鲁盖尔正是用这种没有中心人物的方式，向人们展现了优美的大自然与可敬的农民们，二者水乳交融，相映成一幅美丽而壮观的风景画。

不朽的冬天风景画——《雪中猎人》

《雪中猎人》被认为是西方艺术史上最伟大的冬天风景画。这幅画作于1565年，是勃鲁盖尔的代表作，现藏于奥地利的维也纳美术史博物馆。它长约1.2米，宽约1.6米，是勃鲁盖尔幅面最大的画作之一。

这是一幅典型的风景画。画的左侧，一群猎人正走在山坡上，背朝观者，踏雪而行，朝山坡下走去。猎人一共有三个。一个走在最前头，快到山腰了，两个跟在后面，每个人的右肩上都扛着一根又细又长的棍子，上面挂着猎物。雪已经埋到了齐脚踝的地方。特别是右边这人，他右脚在前，因为费力的跋涉而弯着膝盖，左腿绷直，正从雪中拔出，姿态生动。在他们的后面有一大群猎狗，体型各异，有大有小，有长有短，

勃鲁盖尔《雪中猎人》

颜色有黄有黑,有的把尾巴高高翘起,有的则夹着尾巴,闷头朝山下奔去。最有趣的是一只小狗,看样子是跟妈妈一起出来的,胖墩墩的很是可爱。它弓着可爱的小脊背,冲在最前头。

这群猎人再往左的地方有一堆篝火,因为风大,火被吹得跳起来。五个人正围着篝火,一个在用一根棍子拨火堆,一个在添柴,还有两个在烤火。最左边的一个则背对着篝火,正在做着什么活儿。

再往远处看,首先是山坡下,有一个市镇,映入眼帘的是两个冰封的湖面,蔚蓝色的冰面上有许多人。湖的最近处有两个人,一个穿红裙子的人弯腰弓背,卖力地拖着一个雪橇,雪橇上坐着一个穿红衣服的孩子。再往远处,可以看到许多人正在快乐地做着各种花样的冰上运动:有几个人正在玩冰球,有一对正手拉手跳舞,还有三个排成一溜,前后相随,都左脚着地，右腿抬起，应该是在滑冰。再往画面后方看，过了湖面是一座大山，悬崖壁立，高耸入云霄。山上白雪皑皑，缓坡上林木扶疏，排列成行。山下有条小路，通向山外的世界。路旁有一幢幢房舍，屋顶陡峭、雪白。在屋顶上面的高空，有一只大鸟，展开阔大的双翅在从容翱翔。

所有这一切景象都显得宁静而优美，恍若世外桃源。

从艺术角度而言，这幅画最大的特色是色彩简洁。画面上无论人、狗、树、鸟、雪、冰面，几乎都是由同一种颜色画成，像一个个色块甚至一个个剪影。这样的好处是明显的，它使画面干净利落，并且能最好地表现冬天特有的景致。因为冬天不像万紫千红的春天，是一个色彩相对单调的季节。而这或许也是画家们不大画冬天的缘故吧！例如前面所说的威尼斯画派，倾向于让画面色彩绚丽多姿，但画冬天是很难让他们做到这一点的。然而勃鲁盖尔在这里却反其道而行之，顺应自然，用简洁的色调来表现简洁的冬天景色。这样就使得他所描绘的冬天景象不但真实可信，而且像一座纪念碑一样庄重得体。

这个特征，加上勃鲁盖尔作品中那特有的民族风格——一种地道的尼德兰民族风格，使得《雪中猎人》成为一幅不朽的经典之作。

第九章

丢勒：最伟大的德国艺术家

德国很早就受到了意大利文艺复兴的影响。这时德国与意大利名义上是一个国家——神圣罗马帝国。像热衷于到意大利来搞征服的德国君主一样，德国的青年也喜欢到意大利来学习先进文化。德国在文艺复兴时期出现了两位巨人：一位是画家丢勒，另一位是天文学家开普勒。

在所有的德国艺术家中，名气最大的无疑是丢勒。他不但是伟大的画家，还是一位文艺复兴式的全才，在艺术理论、雕刻、建筑、解剖学等方面都有着精深的造诣，是一个几乎可与达·芬奇或者米开朗琪罗媲美的人物。

◎ 幸运又不幸的人生

丢勒，全名叫阿尔布雷特·丢勒，1471年生于纽伦堡，比博斯年轻二十来岁，比勃鲁盖尔则要年长得多。丢勒的父亲是一个金匠，主要的活儿是打首饰。他本是匈牙利人，大约在1455年从匈牙利到德国来学手艺，后来便同师傅的女儿结了婚。夫妻俩先后生过十九个孩子，但只活

丢勒自画像（13岁）

下来三个。由于父亲是首饰匠，经常要在首饰上雕刻各种花鸟虫鱼，丢勒从小看在眼里，记在心里。据说13岁时他信笔画出的一幅自画像就令父亲大为惊叹。这是丢勒许多自画像中的第一幅，现藏于奥地利维也纳的阿尔贝提那博物馆。虽然这时候他只是一个少年，但那精确的笔触已经令许多成年画家都自叹弗如了。父亲看到儿子有如此出众的天赋，决心好好培养他。

父亲将丢勒送到了当时的名画家米歇尔·伍尔吉姆兹那里当学徒。伍尔吉姆兹擅长木刻版画，为许多书籍制作过精美的插图。三年后，丢勒出师时，已经是一个小有成就的画家了。

这时候他19岁，作为一个初出茅庐的画家，在那个时代的一项必修课就是游学。于是他便开始了在德意志的漫游之旅，后来到了巴塞尔，这里的出版商发现年轻的丢勒已经是技法非凡的版画高手，纷纷同他签约。他在这里制作了《书房中的圣哲罗姆》，这幅版画十分精美，深得时人好评。

1494年，已经在外漫游三年多的丢勒奉父命回到纽伦堡。原来父亲怕他在外待久心变野了，决心给他找门亲事。回家几个月后，丢勒就结婚了。对象是父亲给找的一个叫安格妮·弗蕾的姑娘，据说是一位音乐家的女儿，长得很漂亮，不过脾气比较大，而且比较小气，还爱唠叨。但有什么办法呢？从此丢勒一生都要忍受这没完没了的唠叨，这也是他人生的主要不幸。不过丢勒还是用不少的笔墨描绘了她。

婚后丢勒开了间画铺，但没多久他就歇业前往意大利游学去了。

意大利之行对丢勒的艺术生涯有着不小的影响，特别是威尼斯画派

丢勒《书房中的圣哲罗姆》

高超的用色技巧给他留下了深刻的印象，在他以后的许多作品特别是风景画里，都可以看到这种影响。

在意大利待了一年后，丢勒回到家乡纽伦堡，这时已经是 1495 年夏天了。由于在意大利镀了一身金，他的订单多了起来。这段时期他画了不少有名的作品，其中最有名的是从 1496 年开始画、两年后出版的十八幅《启示录》，堪称丢勒的经典名作。

这时丢勒也开始了对艺术理论尤其是透视法的深入研究，这也是受到意大利人影响的结果。

在家乡开业十年之后，1505 年，丢勒又到意大利去了。当时德意志发生了瘟疫，据说丢勒这次去意大利，一则为了学习，二则为了躲避瘟疫。这时的丢勒与十年前不一样了，他已经是一个成名的画家，由于他那些出色的版画已经流传到了意大利，他在这里受到了热情接待。当时杰出的画家包括贝利尼都对他大加赞扬，还在丢勒不怎么擅长的油画方面对他进行了一番热情指导。

这里还有一个传说。丢勒这次到威尼斯去见提香等人时，丢勒问他们有什么需要他帮忙的。他们便请丢勒送他们一支他用的画笔。因为他们看到丢勒作品中的人物头发根根都是那么细腻，以为他有什么绝好的画笔。谁知丢勒信手拈来一支最普通的笔，说这些就是他用来绘画的笔，并随即用它画了一束毛发，其优美细腻令威尼斯画派的大师们赞叹不已。

回到德意志后，他的画技更是见长，名声也日盛，开始与神圣罗马帝国皇室有了交往，并担任了皇帝的御前画师，为皇室创作了一些作品。如为帝国的马克西米利安一世创作了两幅巨大的木刻画，包括高达 3.5 米、宽近 3 米的《凯旋门》。此外还有更为复杂的《凯旋游行》，可惜由于皇帝去世，这幅作品没有来得及完成。

1520 年，年近 50 岁的丢勒再次离开家乡，去了荷兰。他去那里，一是为了向继位的新君查理五世索要先皇欠下的酬饷；二是为了替自己的版画找到更多的买家。一路上他仍忘不了以自然为师，画下了许多素描。在荷兰他见到了新的君主查理五世，这位以爱好艺术著称的皇帝对他表达了敬意。据说有一次皇帝与他聊天时，某位大臣对丢勒表示了轻蔑，皇帝立即斥责道："君主任何时候都可以封一个贵族，但只有上帝才能造就这样一位画家。"

但是，丢勒这时候的生活，甚至他整个一生都算不上十分幸福。他在家很少有快乐可言，甚至他这时候的处境是"糟糕的和羞辱的"。不过与一般的画家比起来，他至少有相当丰厚的收入，名头也响，因此物质生活还是很不错的。

这次在荷兰，他拜访了著名的人文主义者伊拉斯谟，他也崇敬新教的创立者马丁·路德，并且对于信仰问题表达了深切的关注。这时附近一个叫西兰的地方恰巧有一头大鲸鱼自己撞上了海滩而毙命，这样巨大的动物可不容易看到，好奇心十足的丢勒兴冲冲地去看，结果不但没有看到鲸鱼，反而中途染上了疟疾。

1521年，丢勒又回到了家乡，此后的人生就很简单了：他成天在家里绘画，主要是创作木刻或铜刻版画，同时进行一些艺术理论研究。1525年他出版了研究透视法的著作——《线条及人体比例测量论》。两年后又出版了关于建筑与城市防御的《堡垒防御筑城术》。丢勒关于人体比例的著作名叫《人体比例四书》，完成于1528年，而这年四月他就去世了，终年57岁。

◎ 爱画自己的版画大家

丢勒的作品很多，因为他不但是一个伟大的画家，还是一个了不起的艺术理论家甚至建筑师，对某些自然科学也深有研究。而且他与一般画家不同的是，他还是一个举世无双的版画家，这是他最大的特色。

丢勒对于自己的每件作品，从最普通的素描到大型版画和油画，都会一一注上姓名，以示尊重与珍视。他的签名也很有意思，是他全名的缩写，即 Abrecht Dürer 的头两个字母。他先写下一个大 A，不过上面不是一个尖角，而是一长横，然后在那一横下面再写上个大写的 D。他的签名独具匠心，别具一格。

在介绍他的版画之前，这里先要做一项以前没有做过的工作，就是仔细介绍画家的相貌。

丢勒也许是西方艺术史上最重视自己相貌的画家，并且为自己创作过无数幅自画像。从 13 岁起直到去世前他都在画自画像，现存下来的就有不少。我们在这里要介绍其中的三幅，都是他自画像中的精品。

丢勒自画像（22岁）

第一幅是他作于 22 岁时的自画像，这时的丢勒正在异乡漫游。

这是一幅半身像，是标准的自画像。西方的画家们是极少画自己的全身像的，一般而言只画上半身甚至只画头。大概对于伟大的艺术家来说，那个伟大的脑袋就能代表一切了吧！这是一幅画家的侧面像，丢勒在画上微微朝右望着我们，因此他的右半边脸看得很清楚。他的头发是金色的，自由地披散在两边，在头顶还戴了红色的帽子或者头巾，上面还有一个大大的冠缨，就像在他头顶扎成的一个大髻子。

现在我们来看看他的脸。这是一张清瘦的瓜子脸，不宽不窄的前额，典型的欧洲人挺括的鼻子，下面的嘴唇也比较凸出。最令人难忘的是他的眼睛。他有着高高的眉骨，如屋檐般把眼窝罩在下面，他眼中的神情透露出迷惘和自信，甚至有一丝目中无人。这大概是因为那时候他正处于人生的迷惘期，对自己到底要走一条什么样的人生之路和追求一种什么样的艺术风格还不清楚，因此才会露出那种迷惘，但同时他对自己的才能非常自信，眼中才有那么一丝傲慢。

丢勒自画像（26岁）

丢勒自画像（28岁）

第二幅自画像是他26岁时作的。虽然只过了四年，但这时候丢勒的形象已经不大一样了。他头上还是戴了一顶头巾或者帽子，不过样式是黑白相间的条纹了。他依然是一头金发，但比先前的更卷曲也更长了，一直披到了双肩。他的脸型还是一样瘦长，而且看上去更长了，也许是增加了胡须的缘故吧！他的眼神与四年前相比仍差不多，只是那种迷惘少了一些，不过，眼中仍然没有一丝笑意。作为一个艺术家，他成天沉浸在艰苦的探索与劳作之中，生活的重担也时刻压在身上，家里还有妻子成天唠叨，如何能有笑容呢？

最后一幅是他又过了两年画的，即28岁时的自画像。这也许是丢勒最有名的一幅自画像了。这时丢勒正在家乡纽伦堡开画坊。因此画像上的他也像个典型的有家庭的男人，显得成熟而稳重。前面两幅都是微微朝右的侧身像，这幅

却是标准的正面像。宽宽的前额、长长的脸庞，胡须仍是老样子，只是嘴角那两撇更长了一点儿。他那头长发依旧引人注目，比先前的更长更密了，像瀑布一样垂下。大概是画坊生意好、发了财的缘故，这次他穿的不再是普通的布衣，而是漂亮的皮衣。眼神与前面相比，迷惘依旧，只是再也看不到当初那一点傲岸了。

原因也许是这样的：丢勒诚然是一个天才，并且他对于自己的才能也十分自信，所以从他的第一幅自画像里我们可以看到一丝傲岸；然而随着他知识的增长与对艺术的深入探索，他日益发现"吾生也有涯，而知也无涯"。所谓"路漫漫其修远兮，吾将上下而求索"，这求索与创造之路是无穷无尽的，面对它，人永远微如芥子，这叫他怎么还能骄傲得起来呢？

这些自画像都是标准的人物肖像，从它们的精彩之处就可以看出丢勒艺术水准之高超。

天使的《忧郁》

前面说过，丢勒是举世无双的版画大家，他的版画的主要特点是运笔极为细腻。接下来与大家一起欣赏丢勒的两幅版画名作。

第一幅是《忧郁》。《忧郁》作于1513年左右，是木刻版画。这是一幅看起来相当奇怪的画。画面上看到的是一个女人，她穿着那时候的女人常穿的几乎把全身都包裹在里面的长裙，裙身上下都有许多褶皱。她左肘支着膝盖，撑着头坐着，一副典型的沉思状。她的眼神中满是深深的忧郁。她的背上还长着一对翅膀，看样子是个天使。不过在以前的绘画中，天使们总是年轻、快乐而美丽的，像这样的天使还是头一次见到。

这个忧郁的天使周围的物件也很有趣。例如有许多科学仪器和几何体：她右手里捏着的圆规，在她前面的地上放着的一个球体和一个不规

丢勒《忧郁》

则形状的立方体,等等。几何体后面还有一把梯子,梯子旁边的墙上挂着一架天平。在最里边的墙上有一个有趣的图案:背景是一个中心点,也许是太阳,向四周放射出灿烂的光芒,前面一道圆弧犹如彩虹;在"彩虹"的左侧有一条飘带,中间蹲着一只动物,也许是一头小狮子;飘带上写着一个拉丁文词语——"MELENCOLIAH",意思就是忧郁。更有意思的是,在这个女人的右侧,一个架子上还坐着一个小孩,胖墩墩的,正一个人在那里玩儿。他的无忧无虑与女人深沉的忧郁恰成了鲜明的对比。除了这些,画面上还有一些奇怪的东西,例如女人前面卧着一只奇怪的动物,长着尖尖的脑袋,也许是条狗,也许是只羊,趴在那里一动不动,看上去也很忧郁的样子。

总的来说，这幅画令人感到心情压抑。但观者能够分明地感受到它是一幅象征性的作品，里面的一切，包括画名，都充满了寓意。关于这些东西的寓意有许多种说法，也有许多种解释。例如梯子可以象征人类向上的攀登，这攀登可以是知识与智慧的增长，也可以是痛苦与忧郁的增长，甚至可以看作登向天堂之梯。那些几何图形与科学仪器几乎可以肯定是象征人类的知识与智慧。这个带翅膀的女人则象征人类的忧郁——面对知识、智慧、天堂与得救等方面的忧郁。而这个小孩则象征着人类无忧无虑的童年。也可以说，人类只有童年是无忧无虑的。与此相对，女人则象征着人类必然忧郁的成年。正是在这种童年的短暂无忧与成年的漫长忧郁的对比中，我们更深切地体味到了人生的忧郁。

不过在这里，丢勒强调的似乎并不是人生的忧郁，而是同知识与智慧相关的忧郁。丢勒在这里也许表达了这样一个主题：在追求知识与智慧之路上，人类难免忧郁；人越求知，就越会发现自己的无知，越有智慧，便越感到智慧的无力。

震撼人心的《四骑士》

《四骑士》常被称为丢勒的代表作。他于1496年开始创作《启示录》，两年后出版，共十八幅作品。

《启示录》在基督教有着重要地位，它是《新约》的最后一章，为基督的门徒约翰所写，包括两大部分：第一部分包括第二节和第三节，是约翰给小亚细亚的七个基督教地方教会写的信件，向教徒们提出了道德训诫；但从第四节起的第二部分就迥异了，这里包含了大量异象，主要是关于世界末日等的情景。

丢勒共用十八幅木刻版画表现了《启示录》中的异象，其中最有名的就是这幅《四骑士》了。

《四骑士》所描述的是《启示录》第六节的内容。《新约》中的原话是这样的：

> 我看见羔羊揭开七印中第一印的时候，就听见四活物中的一个活物，声音如雷，说："你来！"
>
> 我就观看，见有一匹白马；骑在马上的拿着弓，并有冠冕赐给他。他便出来，胜了又要胜。
>
> 揭开第二印的时候，我听见第二个活物说："你来！"
>
> 就另有一匹马出来，是红的；有权柄给了那骑马的，可以从地上夺去太平，使人彼此相杀，又有一把大刀赐给他。
>
> 揭开第三印的时候，我听见第三个活物说："你来！"
>
> 我就观看，见有一匹黑马；骑在马上的，手里拿着天平。
>
> 我听见在四活物中似乎有声音说："一钱银子买一升麦子，一钱银子买三升大麦，油和酒不可糟蹋。"
>
> 揭开第四印的时候，我听见第四个活物说："你来！"
>
> 我就观看，见有一匹灰色马；骑在马上的，名字叫作死，阴府也随着他。有权柄赐给他，可以用刀剑、饥荒、瘟疫（注："瘟疫"或作"死亡"）、野兽，杀害地上四分之一的人。

所谓羔羊，是指基督教中的圣物，它有七角七眼，就是神的七灵，它奉神之命去启示天下万民。前面就是讲它从神的宝座上取了记载神的启示录并揭开七印。它揭开七印中的第一印时就出现了异象，这些异象简而言之就是出现四位骑着马的骑士，手里分别拿着神赐的弓、刀、天平等物，神分别赐予他们权柄，使人间产生饥荒、瘟疫，使人与人之间产生好胜、争斗。

《四骑士》所描绘的正是这一段内容，从画面上可以清楚地看到这点。

画面上是四个骑士正在冲锋陷阵：画面最右边的那个一脸络腮须，手里有张弓，正搭箭欲射；他右边是另一个骑士，戴着尖顶帽，身披铠甲，左手执着缰绳，右手高举宝剑；画面中心的一个骑士身上披着件马甲，左手执着缰绳，右手往后挥着，手里捏着一架空无一物的天平。画面最前方的骑士则是一个骨瘦如柴、有如一具骷髅的老头，须发飘飘，手执三股叉，胯下的马也如他一般瘦削。在四骑士的马蹄下则是一具具横陈的尸体，有男有女，形状十分凄惨。他们就是被上述四骑士涂炭的生灵了。

丢勒《四骑士》

这幅画的寓意没有前面的《忧郁》那么难懂，它的含义也就是《启示录》中这一段话的含义：人必将受到战争、饥荒与瘟疫等灾难，将因之遭受巨大的痛苦，甚至因之毁灭。

丢勒这幅画所表达的内容也是这个世界的现实。试问，人类有文明以来，是什么最大限度地危害了我们？不正是这四样吗？不正是饥荒和瘟疫吗？不正是那无休止的好胜心以及由之带来的战争吗？

《四骑士》的艺术特色显而易见，首先就是那令人叹为观止的精雕细镂，画面上每一个细节都是用细细的线条镂刻而成的，简直比头发丝还要纤细。这一根根细线都是丢勒一刀刀在木板上雕刻出来的，要刻出一幅画来是多么艰难，要花费多少时光，需要付出多少耐心与毅力啊！也许可以说，在诸种绘画形式中，这种木版画或者方法与之相似的铜版画是最为艰难的了。难怪从古代到现代都少有人从事这种艺术，而在这方面取得最伟大成就的当数丢勒。

当然，《四骑士》的特点不但在于创作的难度，也在于丢勒能够仅仅运用这些线条，在没有彩色的辅助下，能够将事物描绘得如此有力，产生如此震撼人心的艺术效果。

第十章

达·芬奇：伟大的天才与全才

达·芬奇的作品，亦如他的名字一样，是整个西方艺术史的巅峰。他站在这座巅峰之上，可以俯瞰几乎所有艺术家——至少是画家。

不但绘画如此，达·芬奇还是西方历史上最伟大的天才与全才之一，甚至这个"之一"也可以不要。因为像他那样通晓如此之多的学科，在诸多方面又都取得如此伟大成就的人，在他之前没有，在知识越来越专业化的今天当然更难有了。

达·芬奇，全名列奥纳多·达·芬奇，1452年生于佛罗伦萨的芬奇镇。现在这个小镇上还有一栋又小又破的房子，门前绿草如茵，后面是青翠的山峦。据说达·芬奇就诞生在这栋小房子里。

达·芬奇的父亲是闻名佛罗伦萨的公证人和律师，是佛罗伦萨大行会的会员，享有相当高的社会地位。达·芬奇的母亲则是一名普通农家女，名叫卡泰里纳。

达·芬奇是私生子。所幸的是大律师没有翻脸不认账，从此杳如黄鹤，而是把达·芬奇接到了自己身边，将他抚养成人。他的母亲则在生下他后嫁给了当地一个手艺人。

达·芬奇很小就显示了非凡的天赋，他对音乐、绘画、骑马、读书等无所不爱，一学就通，闻一知十。传说他才十来岁，从没学过雕刻绘画，就绘制了一面盾牌。后来父亲把这面盾牌以一百金币卖给一个商人，商人又以三百金币卖给了一个公爵。

达·芬奇15岁时，父亲送他去韦罗基奥那里学艺。韦罗基奥开的画室是当时佛罗伦萨最了不起的艺术学校。

这段时间有一件关于达·芬奇的轶事。入门后老师成天只教他画鸡蛋，画了几天，他烦了。老师告诉他，你没有发现吗？从来没有两个鸡蛋是完全一样的，叫你画鸡蛋就是要你学会观察。少年达·芬奇从此大彻大悟，知道艺术的真谛在于师法自然。领悟了这点后，他进步神速，六年之后就在佛罗伦萨画家行会的登记簿上签下了自己的名字，成为被同行正式承认的画家了。

成为正式登记的画家后，达·芬奇又在韦罗基奥的画室里待了五年，直到1477年才离开。

次年，他在佛罗伦萨建立了自己的画室，开始接受订货。他接受的最早一批订货是为一座修道院绘制《博士来拜》，还有一幅《圣哲罗姆》。这两幅画称得上伟大的杰作了，这时候他还只是一个不到30岁的年轻人。

1482年时，达·芬奇给当时米兰的统治者斯福尔扎家族的卢多维柯·斯福尔扎写了一封信。这封信也很有名，信中达·芬奇毛遂自荐，称他愿意为斯福尔扎当工程师。他历数了自己的种种才能，例如他能快速建筑桥梁去追歼逃敌，也知道怎样快速毁掉桥梁好摆脱敌人的追击；他能制造威力巨大的火炮；他会制造各种战车；他会制造各种用于水下作战的武器；他甚至还知道怎样用最快的速度把一座山上的树木毁掉和怎样在地下挖掘隧道时不发出噪音。最后他总结自己的才能说：凡人所能为，我即能为。更有趣的是，达·芬奇在信中这么大大地夸了一通自己的无穷本事后，只在最后悄悄地加了一句：我也略懂绘画。

斯福尔扎没有将写这封信的人当作自大狂似的疯子，而是将他当作天才，接受了达·芬奇的自荐，委派他担任自己的总工程师。

于是，从1482年起，达·芬奇就在米兰安家落户了。从这时起直至1499年被称为达·芬奇的"第一米兰时期"。

这也是达·芬奇一生中第一个创作高峰期。在米兰，达·芬奇充分发挥了他那些不可思议的广博才能，几乎做一切的事情：他主持建筑设计，为军队制造武器，甚至为公爵的舞会设计各种有趣的道具，许多堪称巧夺天工。例如他曾制造过一头机械狮子，惟妙惟肖。在一次盛大的舞会上，他突然放出了狮子，它朝在座的一名贵妇冲去，吓得所有人目瞪口呆。

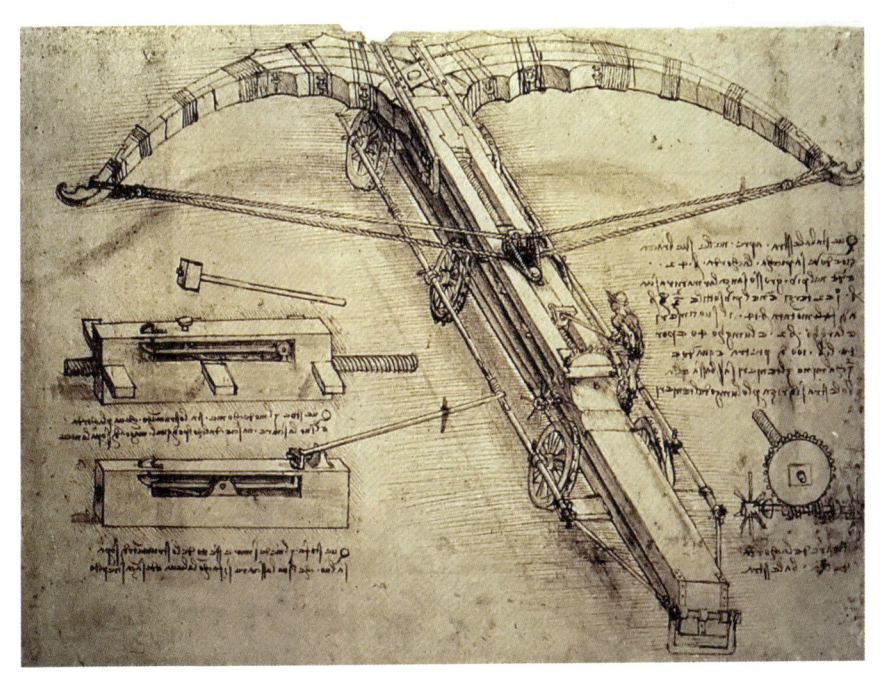

达·芬奇《巨弩设计图》

等狮子冲到贵妇面前时，它戛然而止，从口中吐出一束鲜花。种种趣事，不一而足。由于这些了不起的本事，他在米兰受到人们极大的尊敬，被当成"智慧之神"。

达·芬奇在这段时间里所做的事情繁杂，涉及领域亦可谓广泛。我们在后面将专门讲述他在各个领域内的研究与贡献，这里暂且不详说，先只略提几件最知名的。

第一件是他为斯福尔扎的父亲制作巨大的雕像。

斯福尔扎的父亲是斯福尔扎家族强盛时期的缔造者。达·芬奇十分重视这尊雕像的制作，甚至他离开佛罗伦萨到米兰的原因之一就是在这里可以得到这宗巨大的订单。他为之倾注了无数心血，想要将它雕刻成有史以来最出色的雕像之一，堪与罗德岛上的太阳神巨像或者奥林匹亚神庙里的宙斯像相匹敌。1493年，他成功完成了泥塑模型，并将之在神圣罗马帝国皇帝马克西米利安与斯福尔扎家族成员的结婚仪式上公开展出。来参加婚礼的贵人们和米兰市民们争相目睹。其结构之巨大雄伟，艺术魅力之无与伦比令人们简直不敢相信自己的眼睛，以为看到了"世界第八大奇迹"。

此后，达·芬奇着手将之变成青铜雕像，但最后没有成功，因为1499年，法国人与米兰人发生了大战，达·芬奇的资助者斯福尔扎被打败了。此前，由于战争的需要，原来准备铸造铜像所用的青铜被熔化以铸兵器，于是达·芬奇伟大的雕像就这样化成了泡影。不久为躲避战乱，达·芬奇离开了米兰，在威尼斯生活了一段时间后回到了故乡佛罗伦萨。

这时他已经由一个初出茅庐的年轻艺术家变成一代巨匠，声名早已传遍故乡，得到了同胞的热情欢迎。但不久他再次离开佛罗伦萨，这次出门是去为博基亚服务。

博基亚是教皇亚历山大六世的私生子，被教皇封为罗马诺公爵，是马其雅维利倾心的人物。马其雅维利认为博基亚才是最理想的政治家，他的名著《君王论》就是将博基亚当作完美的政治家来描述的。当时意大利正处于四分五裂的境地，许多意大利的仁人志士渴望有这么一个强人来统一祖国，并愿意为之服务。达·芬奇在博基亚的军营里待了不到一年时间，担任博基亚的总军事建筑师和工程师。他在博基亚的领地里到处穿行，一路勾勒了许多城市的草图和地形图，还制订了许多城市建筑规划，它们后来成了现代制图学的基础。

但第二年达·芬奇就离开了博基亚，回到佛罗伦萨。这时候佛罗伦萨正在和比萨大战，佛罗伦萨人在陆地上从三面包围了比萨，但比萨人还可以通过阿尔诺河与外界保持联络。达·芬奇于是想出了一个奇招：他要让阿尔诺河改道，使之不流经比萨，这样比萨城就完了。他甚至想通过使阿尔诺河改道，让内陆的佛罗伦萨也与大海直接连通起来，因为阿尔诺河也自东向西流贯佛罗伦萨全城。为了使这规模巨大的工程变为现实，达·芬奇详细地考察了沿河一带，进行了相当精确的测量，并画了大量速写图。这些图后来不但成了工程测量与制图等的样板，还是西方艺术史上最了不起的速写画系列之一。

在故乡，达·芬奇留下的最为宝贵的绘画遗产有两幅：《安吉里之战》和《蒙娜丽莎》。

安吉里之战原是发生于1440年的米兰与佛罗伦萨之间的战争，结果佛罗伦萨人得胜，得意洋洋的佛罗伦萨人一直想好好纪念一下。几十年之后，他们终于找到了机会。这年他们邀请达·芬奇在佛罗伦萨的市政大厅绘制巨幅壁画，壁画上下长达7米，左右宽达17米。当达·芬奇在绘制《安吉里之战》时，米开朗琪罗就在他的对面绘制另一幅相同题材的巨作——《卡希纳之战》。

这也是达·芬奇所绘制的规模最大的作品，他在这上面花费了整整三年时间。然而令人遗憾的是，像以前的许多作品一样，这次达·芬奇仍然没有完成。

但在佛罗伦萨，达·芬奇完成了另一件重要的作品——《蒙娜丽莎》。

除绘画与工程等外，达·芬奇还将大量时间投入解剖学研究，他在这方面的研究也是非常有名的。

1506年5月，此时已经征服了米兰的法国驻米兰总督过来邀请达·芬奇。达·芬奇也接受了邀请，回到了米兰。此后达·芬奇又在米兰生活了七年，从1506年直到1513年。

这七年，达·芬奇是颇为惬意的，收入不少，事儿却不多。达·芬奇在这段时期极少画画，也几乎不卖画了。这时他在米兰的画室已经聚集了不少弟子，以前他离开米兰时分开的一些弟子，像萨莱和孔蒂等，又回来了。当然更多的是新弟子，其中包括梅尔齐，他是达·芬奇最虔诚的学生和最忠实的朋友，甚至是最亲近的人。

在这段时间里，达·芬奇除偶尔为米兰政府的一些建筑工程提出建议或者绘制一下草图外，其他时间基本上都用在了科学研究上。他对解剖学、数学、光学、机械学、植物学甚至地质学的研究日益深入，并且在这些领域几乎都达到了当时的最高水平。

达·芬奇也许以为，他将能够这样逍遥自在地在米兰度过他的余生了，但命运再次捉弄了他。

1513年，达·芬奇接到了当时新上任的教皇利奥十世的兄弟——美第奇家族的朱利亚诺的盛情邀请，去罗马为朱利亚诺和教皇工作。罗马可是艺术的圣地，达·芬奇怎会对那里不感兴趣呢？于是达·芬奇离开了米兰，前往罗马。随行的有他最心爱的两个弟子——梅尔齐和萨莱，以及两个助手。

然而在罗马的日子却成了达·芬奇一生中最痛苦的岁月。到达罗马后，

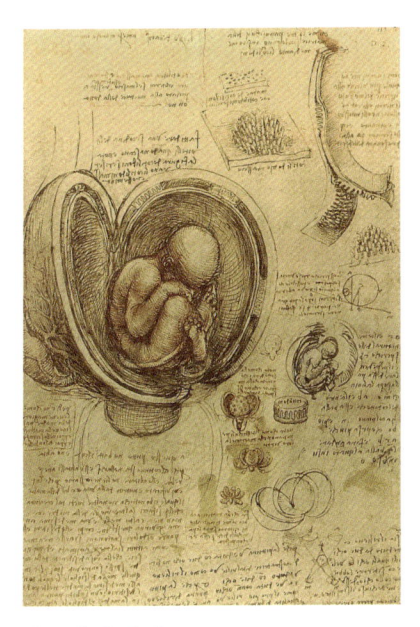

达·芬奇手稿

朱利亚诺在梵蒂冈的观景台给达·芬奇安排了一套不错的住房，还按月付给他一笔可观的薪水，却没事给他做。

以前达·芬奇在米兰和佛罗伦萨时每天都有无数的事要做，包括科学研究与艺术创作两大类。然而现在他却什么也不能做了。就科学研究而言，一则需要大量的仪器设备，这些达·芬奇都无法随身携带；二则最关键的是，当时的教皇利奥十世虽然爱好艺术，却十分厌恶科学研究。当他听说达·芬奇竟然去医院找尸体搞解剖时，立即严厉斥责了他，勒令他停止。可同时他又根本不把重要的艺术订单交给达·芬奇。这使得达·芬奇只能饱食终日，无所事事，虚度光阴。如此生活对于一头猪或者一个懒汉是最妙不过了，但对于达·芬奇这样勤奋的天才意味着什么呢？对于他，工作就是生命，不能工作无异于失去生命。

这样的日子对达·芬奇来说异常痛苦。达·芬奇早就已经被公认为伟大的艺术天才，然而此时比他小二十多岁的米开朗琪罗与小他三十多岁的拉斐尔都已经是教皇身边的大红人了，教皇将所有重要的作品都交给了他们去做，对达·芬奇却不闻不问，仿佛根本不知道在他身边还有这么一位无与伦比的大师。更可悲的是，这两位晚辈大师虽然从达·芬奇这里所获良多，却并没有对他表示丝毫感激与尊敬之意，反而对他也视若无睹。这两位当时最红的艺术家的态度大大地影响了其他艺术家，于是他们也都轻视达·芬奇。

如此的遭遇对于达·芬奇已经不是工作的有无，而是近似侮辱了！他的弟子们也无不感受到了这种屈辱，有的转而投奔了当时最红的拉斐尔。而他最心爱的弟子之一萨莱，则以自杀的方式来表达他最悲愤的抗议。

这时的达·芬奇到底在做什么呢？他其实也并非真的整天无所事事、一事无成。相反，他一直在努力，不能搞解剖学研究，他就研究数学，毕竟这是一门只要一个人躲在屋子里就能从事的科学研究。有时他还会去罗马街头徘徊，在那里仔细考察千年以来的艺术遗迹，有时他也能接到一些小订单，例如为朱利亚诺的一些工程提供咨询之类，仅此而已。

在这段时间里他写下了许多饱含人生苦涩的信件。如果继续这样忍受下去，可以相信他的生命不久就会结束在这无边的苦海里了。

所幸的是，命运在最后一刻又挽救了他。当时的法国国王弗兰西斯一世极为恳切地邀请他去法国。达·芬奇毫不犹豫地接受了邀请。这是1516年的事，他已经64岁了。

这年年底，他永远地离开了辜负他的祖国意大利，同行的还有他最忠实的朋友和学生梅尔齐。

在法国的这段时光是达·芬奇生命中最后的几缕阳光。法国国王给

达·芬奇手稿

了他位于卢瓦尔河边的一座宁静的小古堡，旁边就是国王的夏宫，还给了他极为优厚的报酬，却不对他的工作提任何要求。

当时他名义上是国王的"首席画师、建筑师和机械师"，受到的尊敬几乎胜于所有达官贵人；在法国的宫廷里也从来没有任何一位公爵或者侯爵认为这有什么不公平，他们也像国王一样，极为尊敬达·芬奇。

这时的达·芬奇不但智慧非凡，而且容貌出众，只要看看他那幅著名的自画像就知道了。甚至他的体格还很健硕，据说能只手折断马蹄铁。因此，法国的国王和贵族们简直不是将他当作一个人，而是当作一尊在世的神。据说他们崇拜达·芬奇达到了这样的程度：他们模仿达·芬奇的每一个动作；达·芬奇的每一句话都会被他们仔细记住，然后拿来引用；他们看到达·芬奇穿什么样的衣服，就赶忙穿上同样的衣服；达·芬奇那著名的胡子式样也在当时风行一时。直到达·芬奇逝世若干年之后，弗兰西斯一世同人谈起达·芬奇时，还恨自己不能找出最辉煌的字眼来表达对他的敬爱之情。

这时的达·芬奇又在做什么呢？

他过着一生中最悠闲的日子：他不再强加给自己任何任务，甚至不搞科学研究了，只是对自己以前的研究作了一番总结。他偶尔也为国王的建筑提供一些设计或只是提供参考意见，例如他曾设计了一座宫殿和花园，极为美妙，可惜的是一场天灾又使它们停在了图纸上，不过他再也不为这些伤神了。他偶尔也画几笔，主要是画他那幅著名的带点神秘色彩的《施洗者圣约翰》。他更多的时间是什么也不干，只是沉浸在对大自然的观察、思考与参悟之中，心灵似乎已经与自然融为一体。

日子就这么过着，这时的达·芬奇知道自己已经像一条经过漫长岁月的漂泊、终于找到了港湾的小船，不想再去与风雨搏斗，只想从此栖息在宁静的港湾。

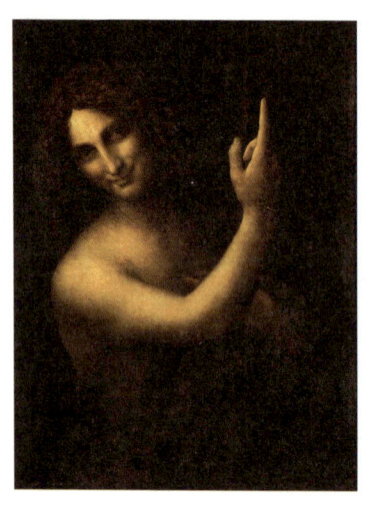

达·芬奇《施洗者圣约翰》

1519 年 5 月 2 日，达·芬奇在自己的寓所里安详地离开了人世。据弗兰西斯一世说，达·芬奇是在他的怀抱里去世的。

他被埋葬在圣弗洛朗坦宫廷教堂，但这座教堂在法国大革命时期被彻底毁坏了，所以达·芬奇的墓地至今无处可寻。

达·芬奇终身没有妻子，也没有孩子，但他给世界留下的精神遗产，包括绘画和手稿等，却是怎样赞扬也不过分的。其中手稿就有约七千页，每一页都是无价之宝。

顺便说一句，这些手稿都是用"反镜体"写成的。达·芬奇是左撇子，因此他写字时习惯从右往左写，而且写出来的字也是反的，只在镜子里看上去才像我们正常用右手写的字，因此被称为"反镜体"。达·芬奇的这些反镜体写得非常漂亮，堪称西方书法史上之一绝。

下面将分两部分讲述达·芬奇的成就，前一部分讲绘画，后一部分将讨论达·芬奇在绘画之外的各个领域进行的研究以及取得的成就。

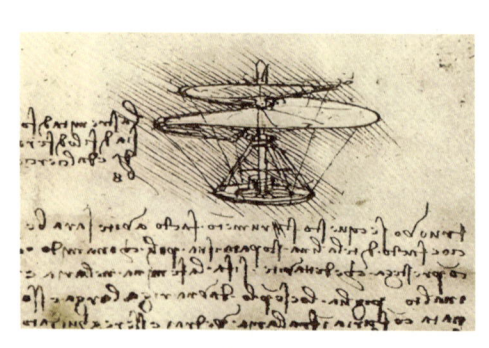

达·芬奇确实是一个全才，他那多方面的才能与贡献是全人类的智慧奇迹之一。就此而言，达·芬奇是西方乃至人类历史上独一无二的杰出人物。

达·芬奇的反镜体

◎ 无与伦比的绘画

达·芬奇存世的作品并不多，大约只有十七幅是确凿无疑的真迹。不过就质量或者价值而言，他的所有作品几乎都是无价之宝。

下面要介绍的第一幅是达·芬奇的惊世名作——《最后的晚餐》。

《最后的晚餐》使瞬间成为永恒

在米兰有一座圣玛利亚感恩教堂，教堂内有一所修道院，修道院里有一座餐厅，餐厅里一端的墙壁上有一幅画，就是《最后的晚餐》。

《最后的晚餐》作于1495年至1497年间，上下长近5米，左右宽近9米。

要讲述这幅画作，首先要解释"最后的晚餐"的含义。

据《圣经》的记载，耶稣最后一次到耶路撒冷去过逾越节，犹太教祭司长阴谋在夜间逮捕他，耶稣的门徒犹大向祭司长告密，出卖了耶稣。《圣经》里是这样说的：

> 当下，十二门徒里有一个称为加略人犹大的，去见祭司长，说："我把他交给你们，你们愿意给我多少钱？"他们就给了他三十块钱。从那时候，他就找机会把耶稣交给他们。
>
> 耶稣知道犹大卖了他，但没有任何害怕的表示，他知道这是他的命，他命定要为人的得救流尽最后一滴血。
>
> 但他也没有默默无语，他举行了著名的"最后的晚餐"。晚餐上，他说了这样一句话："你们中间有一个要卖我了。"

这就是《最后的晚餐》的背景。画面中一张长条餐桌横放在那里，耶稣和他的十二个门徒一字儿排开坐在餐桌前。画面上的人物共有十三

达·芬奇《最后的晚餐》

个,十二个门徒以耶稣为中心分成两大群四组。画面最左边的是巴托罗缪,耶稣年轻的门徒。正因为他年轻,脾气也大点,只见他"腾"地从座位上站起来,双手按在桌面上,眼睛里冒火,像在大吼:"谁竟敢出卖您?我把他千刀万剐!"他的左边是雅各,又名圣詹姆斯,是圣约翰的兄弟,蓄着长发。他右手扶着安德烈,左手越过安德烈的后背,搭在了大师兄彼得的肩膀上,像要问这两位比较年长的师兄究竟是怎么回事。再往右与他紧挨在一起的就是安德烈了。他是个干瘦的半老头子,看上去胆子也小。他双手举起来,手掌对着我们摊开着,好像在说:"怎么会有这种事呀,吓死我了!"这三个人构成了左边的第一组。他们的表情有一致之处,那就是反应强烈。愤怒与恐惧像文字一样写在他们脸上。

从这三个人往右就是另外三个人了,即彼得、约翰和犹大。其中彼得是耶稣的大弟子,约翰与雅各是两兄弟。

我们可以看到,彼得半站了起来,将头伸向约翰,并把右手搭在约翰的肩膀上,眼睛也盯着他,仿佛在向他探问:"你知道那个坏蛋是谁吗?

我要把他杀了！"他的左手刚好捏着一把餐刀，恰好配合了他的表情。约翰将头偏向彼得，他是个看上去很年轻的人，显得相当冷静，那样子好像在说："别急，我也在想这问题呢！"

所不同的唯有犹大，他虽然与彼得和约翰坐在一块，构成了另一个三人组合，但他的身体却与彼得和约翰都保持一定距离，而且有意将身体向后仰，想要躲开他们。他是个蓄着黑发黑须的中年男子，右手捏着一只钱袋，里头大概藏着他出卖耶稣得来的钱吧！

在耶稣的左边也有两组六个人，这些人就不一一描述了。再来看看最中间的耶稣本人。

耶稣坐在中间，他里头穿的是一件红衣裳，外面斜罩着件蓝袍。他双手摊开，支在桌子上，左掌向上摊开，右掌心向下，他的头稍稍左偏，一头长长的金发披散在双肩。他的口稍稍张开，是正在说话的样子，他的神情镇定自若，知道自己的命运已经注定了——将悲惨地死去。然而他并没有心慌意乱或者惊惶失措，仿佛将要面对的不是死，而是去赴一场宴会，甚至是去天国赴那永恒的幸福之宴。

言语难以表达《最后的晚餐》中那些人物表情之生动，可以说将这里的每一个人单独拿出来都足以成为一幅不朽的肖像画。

不仅如此，达·芬奇还采取了许多巧妙的法子使这幅画显得更加完美。例如在耶稣的背后有三扇窗子，中间一扇最大，耶稣刚好就在这扇窗子的前头，从窗口可以看到外面是充满阳光与绿叶的世界，而它们的亮光将耶稣笼罩，犹如自然造就的神圣光轮。

就绘画技法而言，《最后的晚餐》也堪称西方绘画之典范。例如它是焦点透视的典范。可以看到，整个画面有一个显著的焦点，那就是耶稣，其他人物从这个中心依次排开，特色极为鲜明。整个画面的构图十分明确，在人物动作的变动中又达到了惊人的统一。

当然，这幅画最了不起之处还是它对于人物性格的描绘。我们知道，画画最难求的不是形似而是神似。

据说为了达到神似，达·芬奇观察了无数人。他跑到各种地方，从王宫到贫民窟，去仔细观察各种各样的人物，从王公贵族到小偷流氓，并将他们的一举一动及其体现的性格记下来。加上他还解剖了大量尸体，对人体构造及运动特征都了然于胸。这种科学的方式才是他在神似方面超越其他艺术家的主要原因。

《蒙娜丽莎》永恒的微笑

《蒙娜丽莎》是达·芬奇最有名的作品。

据说《蒙娜丽莎》中所画的蒙娜丽莎是佛罗伦萨一个名叫吉奥孔达的商人的第二任妻子，时年24岁。她的丈夫很爱她，决心为她绘制一幅最好的肖像，于是找到了达·芬奇。达·芬奇一向懒于绘画，那些请他绘制肖像的人即便是达官贵人也常常是满怀希望而来，最终失望而归，即使偶尔得到了口头的承诺也拿不到订货。不过这次他走运了，达·芬奇不但答应了他，而且真的动笔了。也许是因为达·芬奇一看见蒙娜丽莎就不禁为她那神秘的魅力而倾倒吧！

据说达·芬奇为了画好她付出了无数精力，甚至为了让这个因为老站在那里当模特而感到厌倦的年轻女人微笑起来，不惜请乐师在她旁边奏乐。

经过无数次努力之后，达·芬奇终于完成了《蒙娜丽莎》。然而令人奇怪的是，他并没有将这幅画交给订货者，而是带在身边。即使他离开意大利远走法国，这幅画也一直由他保管直到去世。此后，把达·芬奇请到法国的弗兰西斯一世将《蒙娜丽莎》从达·芬奇的继承人——就是他的弟子梅尔齐——手里买了下来。

达·芬奇《蒙娜丽莎》

从此这幅画就一直归法国王室所有，作为王室收藏的镇室之宝，现在成了卢浮宫的镇馆之宝。

《蒙娜丽莎》是一个女人的半身肖像，尺寸不大，上下长近 80 厘米，左右宽约 50 厘米。

画中蒙娜丽莎好像是站在一个栏杆前，将双手放在栏杆之上，交叉着。她的身体微微往左侧偏，双眼注视着观者。这就是整幅画的内容。

然而，唯有简单，才能蕴藏无限的意义。

要说《蒙娜丽莎》的意义，那是用一本书也写不完的，现在还有人在发掘它的新的意义。

我们看《蒙娜丽莎》，首先看到的自然是蒙娜丽莎的微笑。那微笑被称为"永恒的微笑"，是西方艺术史上最著名的表情。

为什么它如此有名呢？因为达·芬奇在画面上抓住了模特儿微笑最迷人的一瞬间，而且用最令人不可思议的方式表现了这种微笑。

画面上蒙娜丽莎的微笑，主要可以从她的嘴角和眼睛看出来。尤其是嘴角，她微微地抿着，我们可以分明地感受到，这嘴角中蕴藏着无数只可意会而不可言传的情绪。

那双眼睛也无比迷人。她无疑在注视着你，可是，那眼中的笑意却令人感到不可思议。她好像在说："你好！我很欣赏你！"又像在说："你很有趣！"但这些赞美是保持距离的，是含蓄而神秘的，令观者感到仿佛不是观者在欣赏蒙娜丽莎，而是蒙娜丽莎在欣赏观者。正是在这种目光之中的尊重与欣赏，使得蒙娜丽莎的微笑神秘但不遥远，甚至是亲切的。大概这也是人们那么爱欣赏它的原因之一吧。

除了嘴角与眼睛，《蒙娜丽莎》的双手也同样迷人。蒙娜丽莎的双手被认为是艺术史上最美的一双手。虽然只是一双手，却表现出令人心醉神迷的美感，因此也令整幅画看起来达到了完美之境。

具体来看,这双手极富质感,手指纤秀又丰润,自然地置于栏杆之上,由于手与衣袖、栏杆等周围的环境在色泽上显著不同,因而更为惹人注目。这仿佛不是画出来的手,而是一双比真正的手更真实的手,更富有体积感,更有重量,也更加美,甚至仿佛这双手自身就有生命。

除了嘴角、眼睛和双手这三个描绘得最引人注目的部分,其他部分也同样富有美感。蒙娜丽莎的头发上笼着一层薄纱似的东西。她那如瀑布般下披的头发漆黑而柔顺。达·芬奇在这里运用了所谓的"晕涂法",就是有意把头发的轮廓线画得模糊,使其在不知不觉中融入周围的环境,产生特别柔和的效果。

《蒙娜丽莎》的背景也是有名的。在这里,达·芬奇画了一些山水,有高耸的山峰,有山峰间蜿蜒的小路,还有朦胧的云雾,但都不是很清晰。它们是缥缈的,似乎是梦中的景象,却又不乏生动的气韵。正是这样的模糊衬托了画中人物的清晰;同时,背景的朦胧也与蒙娜丽莎眼中那迷人的有如梦幻的眼神交相辉映,令人沉醉。

达·芬奇自画像

达·芬奇的这幅自画像上下长约 33 厘米,左右宽约 21 厘米,是用银针笔加红粉绘制而成的,现藏于意大利的都灵图书馆。

这幅自画像很像是一幅现在的铅笔素描,底子呈白色,用红色的笔芯勾勒而成。它更为具体地说是自画头像。画面上虽然达·芬奇只有一个头,但这个头却是令人震撼的。

这时候的达·芬奇已六十岁,七年之后

达·芬奇自画像

便将走到人生的终点。这时候的他已经不是一生中体格最美的了，却仍然让我们看到了一个仿佛是智慧与美的化身的头部：前额是那样宽阔，眉毛很长，像我们在中国年画上见过的寿星的眉毛；眉毛下的眼睛深邃无比，仿佛可以看透人的灵魂；鼻子十分挺拔，嘴唇紧抿，与冷峻的目光结合起来，使得他的神情威仪无比，有如天神。在整个头颅的外围是披肩的长发和长须，几乎将整个头部都包围了起来，脸颊上、嘴唇下满是密密的长髯。仔细看去，每一根发须无不苍劲有力，与坚定的眼神一起，展现出达·芬奇无与伦比的智慧与如天神般的威仪。

◎ 兴趣广泛的天才设计师

刚才谈了达·芬奇的绘画，在绘画之外的其他领域，达·芬奇也取得了令人惊叹的非凡成就。

首先是雕刻与建筑。达·芬奇是当时最著名的雕刻家之一——韦罗基奥的弟子，他在师傅那里学会了雕刻。后来他在米兰为老斯福尔扎雕刻过一座巨大的骑马像，被时人称为"世界第八大奇迹"，其艺术水平不亚于其他伟大的雕塑家，例如多纳泰罗、韦罗基奥，甚至伟大的米开朗琪罗等。他也曾经花费长达五年的时间为一个叫特里武尔齐奥的元帅制作雕像，只是这些雕像最终都没有完成。不过他为制作这些雕塑绘制的草图却为以后的雕塑家们提供了宝贵的参考资料。例如他为制作老斯福尔扎的雕像而绘制的许多有关马的草图，其中透露出他对马的生理结构有着透彻的研究。

可遗憾的是，达·芬奇的雕像没有一件流传至今，哪怕一个碎片也没有。

建筑是达·芬奇一生都相当重视的艺术形式，例如他在给斯福尔扎写的那封著名的信中就自称建筑师和工程师，由此可见建筑在他心目中的地位也许更重于雕刻甚至绘画。

依然遗憾的是，达·芬奇虽然被认为是历史上最伟大的建筑师之一，却从未实际建造过一幢建筑物，更没有建筑作品留存至今。那么，我们为什么说他是一位伟大的建筑师呢？这主要表现在以下三个方面：

一是他对于建筑理论有深入的研究。达·芬奇曾经有过写一部建筑学专著的打算，甚至拟好了提纲，其手稿流传至今，现藏于巴黎的法兰西研究院。

二是达·芬奇将他的理论付诸一些具体的建筑设计，虽然这些设计只是方案甚至草案，但是它们对后世的建筑师产生了很大影响。

三是达·芬奇在进行他的建筑设计时画下了大量设计草图，这些设计草图本身即是伟大的艺术品，同时它们的绘制方式、精确度等都成了后世建筑学家们最好的范本。

达·芬奇也许没有实际建造过一幢房子，却有过不少建筑的规划与设计。例如他在1490年左右曾为一名米兰贵族设计宅第，在1507年左右曾为法国驻米兰的总督设计别墅，也曾在家乡佛罗伦萨为美第奇家族设计过堂皇的府邸，甚至为当时的土耳其苏丹设计过横跨博斯普鲁斯海峡的大桥。这些建筑基本只停留在图纸上，有些甚至连图纸也没有完成，但他的建筑设计理念却深深地影响了后世许多建筑师。例如他对集中式的教堂设计情有独钟。这种设计的特点就是大量引入圆形，不但有圆形的穹窿，而且整个建筑都呈圆形。他的这个理念对他的好友布拉曼特产生了影响。布拉曼特就是著名的圣彼得大教堂的设计者。

他在城市规划中对人类居住环境的重视也对后世影响深远。

在中世纪时，人们对于一座城市应该怎样规划才能使人生活舒适，甚至对于是否应该有城市规划等系列问题都还没认真思考过。几乎所有城市，包括罗马，都是垃圾遍地，街道狭窄，甚至没有下水道等城市公共设施。然而达·芬奇早在那时就对城市规划有了一整套理念。例如他曾设计"双层城市"：上层是生活区，下层则是交通区。人们平常生活在上层，在那里吃饭、睡觉、办舞会等。由于上层既没有密集肮脏的道路，也没有满地的泥泞与灰尘，人们生活在那里自然十分舒服。下层则是交通区，人们如果有事要去别的地方才到这里，而且只是匆匆过客，一到达目的地后就回到上层生活区，因此这一层虽然有灰尘或者泥泞，但都无伤大雅。在上下层之间有一种楼梯样的通道相连，十分方便。

此外，这些城市甚至还有完善的污水处理等公用设施。这样的设计远远走在了时代前面，而在当时却令其他建筑师感到怪异。但数百年

达·芬奇绘制的伊莫拉城市地图

之后，这些理念对现代城市建筑设计产生了很大影响。

达·芬奇在工程学上也有着堪称不朽的成就。

达·芬奇毕生自认的主要身份之一是工程师，并且为之自豪。他一向就是以工程师的身份为斯福尔扎服务的，后来又以这个身份为马基雅维利所崇拜的罗马诺公爵服务，担任他的军事工程总监。他在工程方面主要的兴趣与贡献，一是与军事有关的工程，二是水利工程。关于水利工程，前面提到过，达·芬奇曾经试图让阿尔诺河改道，并为之进行了实地勘察与规划设计。与军事有关的工程又包括两部分：一是军事建筑工程，例如堡垒要塞等建筑；二是武器制造。达·芬奇还设计过许多用于军事防御的要塞，其中一些付诸实践并取得了良好的效果。例如，他设计的要塞墙面不是传统的直墙，而是曲面的。这是因为他已经认识到，那时刚刚进入欧洲战场的火炮将对未来的战争产生决定性影响。未来攻城的主要武器将是火炮，而传统的直面墙对火炮的防御能力是最差的，曲面墙则可以避免这个弱点。他甚至研究了炮弹的弹道规律，使他的堡垒能够将炮弹的破坏程度降到最低。至于武器制造，那更是达·芬奇的强项了，他曾设计过许多威力强大的武器，从能够连续发射的巨型弓弩，到具有许多炮身的大炮，再到能够冲入敌阵、如现在的螺旋桨一般转动的屠刀，以及其他杀人如麻的巨刀等，不一而足。所幸的是，这些武器似乎并没有哪种真的被达·芬奇制造出来用于战争，否则达·芬奇的英名说不定将因为这些残酷的武器而被蒙上浓重的阴影。

达·芬奇还酷爱科学研究，他感兴趣并且做过研究的自然学科门类有许多，如数学、生物、光学、地质学等。

表面上数学同艺术风马牛不相及，实际上二者有着内在联系。最简单的例子就是黄金分割。它用一个固定的数值给画家指明了使所画之对象具有美感的最简单途径。也许正是对这种形象的美与抽象的数值之间的神秘联系感兴趣,达·芬奇一直对数学颇为着迷。他曾在自己的一篇论述解剖学的手稿中说道:"不懂数学者勿近吾书。"这不由令我们想起了柏拉图学园门口写的那句名言:"不懂几何者不得入内。"

而且,达·芬奇就像柏拉图一样,他喜欢的数学同样主要是几何学。为什么作为艺术家的达·芬奇与作为哲学家的柏拉图都会如此钟情于数学呢?其中有着深刻的原因,那就是数学特别是几何学体现出一种特别的、高于一切具体事物的抽象之美感。

达·芬奇对生物学的兴趣,也许源自他少年时对于大自然的好奇。与一般只看重生物外观的艺术家不一样,达·芬奇对生物内在的结构也

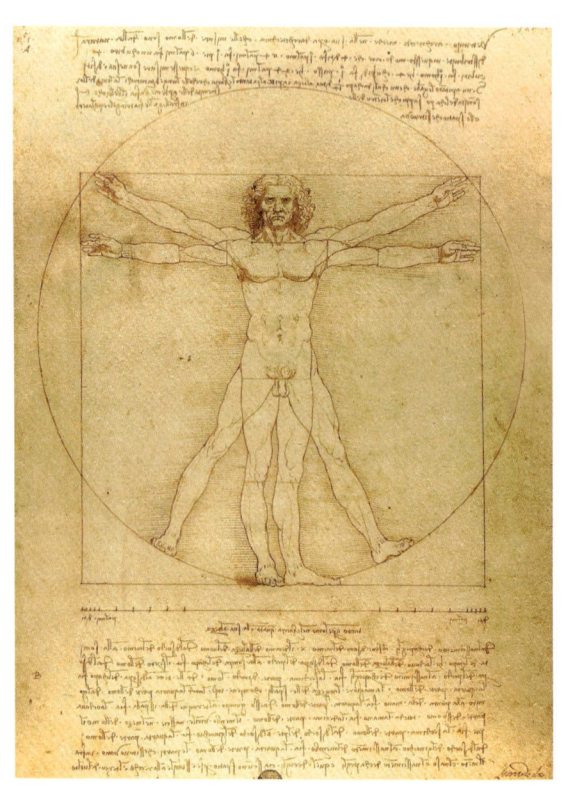

达·芬奇《维特鲁威人》展示完美比例的人体

达·芬奇《受胎告知》

颇感兴趣。他曾仔细研究过许多植物与动物,将它们一一解剖,并且画下解剖图样。在达·芬奇的作品中,无论是动物还是植物,都被描绘得极为逼真。例如对于植物,那时一般画家都只是简单地依葫芦画瓢,只要瞧着像就行了。达·芬奇可不一样,即使画中一朵不起眼的花,他也是经过深入观察研究的,因此画出的花极为逼真,而且越看越能感受其中的艺术魅力。他曾仔细观察并且描绘过伞形万年青和栎树银莲花。在他的名作之一——《受胎告知》中,在告知圣母受孕的天使之侧有一株像百合的花儿,不但极为逼真,且富有强烈的艺术感染力,令人越看越爱。

达·芬奇对光学也有研究,尤其对物体在太阳光线底下的各种色泽有着深入的研究,因此他的画作中各种色彩的搭配堪称完美。例如在《受胎告知》中,圣母的衣服是以红配蓝,天使的长袍则是以红配绿,这些颜色搭配得很好,显得十分雅致。他好像已经知道太阳光是由七色光组成的。达·芬奇甚至仔细研究过水滴反射太阳光而产生的色彩变化,并且在他的笔记中记录了这些美妙的变化。与之相应的是,他对于人类的视觉过程,即我们是如何看到光以及光中的物体的,也有深入研究。

达·芬奇对地质学的兴趣主要是对大地海洋的兴趣。关于地球，他有一个鲜明的观念，认为地球是一个活的有机体，就像一个巨大的类似于人的生命体，它的肌肤就是土壤，土壤下面的岩石则是骨骼，大大小小的河流则是血管，其内流淌的水则是血液，大海的潮涨潮落则有如地球巨人的呼吸，火则是大地巨人的体温，如此等等。

达·芬奇对于水也深有研究，对水的流动特性尤其感兴趣，并对此进行了无数次的观察，画下了许多草图。对于水的种种流动形式，例如顺流、逆流、回流、涡流等，达·芬奇都做了细致的描绘。达·芬奇认为，水的这种运动，例如水冲击岩石、冲刷土壤等，是大地表面特性形成的主要因素。

达·芬奇对于机械学也深有研究，甚至要超越他对于除艺术之外的其他所有科学门类的研究。他试图从自然之物，尤其是动物的构造之中找到它们内在的机械学特性，进而进行某种功能的复制。典型的例子就是他对鸟类的观察。我们知道，人类最大的梦想之一就是有朝一日能像鸟儿一样自由地在天空翱翔。达·芬奇想制作一种能够使人在天上飞翔的类似于现代飞机的机械。他在笔记里画下了许多草图，甚至制作了模型。

其中最有名的机器就是"直升飞机"。机器顶上有一个螺旋桨一样的东西，它能够急速旋转，使之直线上升。这被认为是现代直升飞机的鼻祖，对后世影响很大。

不仅如此，随着对各种机械研究的不断深入，达·芬奇对机械学的认识有了进一步的升华。他认为整个宇宙都是机械的，或者是受与机械学类似的原理支配的。他认为他在机械学中发现的那些原理同样适用于小至一个动物、一株植物，大至整个地球。这就是他的机械学宇宙论。

最后，本章以文艺复兴时期的艺术理论家瓦萨里先生谈到达·芬奇时的一段话作结尾：

有时候，上帝赋予人以最美妙的天资，而且是毫无限制地集美貌、优雅、才能于一身。这样的人无论做什么事情，他的行为总是如此神圣，无与伦比，使人觉得这些乃是来自上帝的礼物，而非人类所能习得之物。列奥纳多·达·芬奇正是这样一个人。他本人之美貌无须夸张，他的一举手一投足都是优雅的表征，而他的才能又是如此非凡，以至于他可以胸有成竹地解决每一个难题。他拥有旺盛的精力和敏捷的才思。他那高尚的精神和高贵的勇气永不枯竭。他的声誉远扬海外、万世流芳，随着时间的流逝与日俱增。

第十一章

神圣的米开朗琪罗

与达·芬奇一样，米开朗琪罗也是文艺复兴时期的文艺巨人。就知识的广博与个人的全面发展而言，达·芬奇无疑是超越米开朗琪罗的；若仅仅作为艺术家而言，米开朗琪罗堪称西方历史上最伟大的艺术家。

◎ 在佛罗伦萨的早年岁月

1475年，米开朗琪罗出生于佛罗伦萨附近的小城卡普雷塞，比达·芬奇小了23岁。他家本来世代从事银行业，但到父亲一辈时已经被挤出了这个体面的行业。他的父亲虽然一度做过卡普雷塞的市长，但从来不是一个有钱人。

米开朗琪罗从小就是个不幸的孩子。他的第一个不幸是他一向体弱多病的母亲在生下他后不久就去世了，这时米开朗琪罗尚在襁褓之中，他的父亲只好将他托付给了保姆。

这个保姆是一个石匠的女儿，她也嫁给了一个石匠，后来她的儿子也做了石匠。她把还是婴儿的米开朗琪罗带到了自己的石匠之家，这对米开朗琪罗一生产生了难以言喻的影响。由于从小就生活在石头堆里，天天与石头为伴，晚上还要在石匠的斧凿声中入眠，不知不觉中，小米开朗琪罗深深地迷上了石头，也熟悉了石头。他懂得了一块石头有什么样的外部形状和内在隐秘的纹路，也知道了在这些纹路中有什么潜在的形象。

在保姆家度过最初的岁月后，米开朗琪罗回到了父亲身边，这时他已经是一个十来岁的少年了，他的家也已经搬到了佛罗伦萨——意大利的文艺复兴之都。

回家后，他已到应该接受教育的年龄了，他先被送到了文科学校，父亲这时还是希望儿子走贵族士绅子弟应走的路，等毕业后去从事银行家、官员等体面的职业。然而米开朗琪罗此时已表现出对艺术的热爱。据说他在家里的门上、墙上到处画满了各种素描，虽然他还年少又未经正规训练，但其水平之高已经令人刮目相看了，他自己也坚决要求父亲送他去学艺，而不是继续在文科学校混下去。由于看到了儿子在这方面的天赋，同时也知道虽然普通的艺术家社会地位并不高，但杰出的艺术家却深受达官贵人的器重，甚至可以自由出入宫廷，又有丰厚收入，父亲终于答应了他，将他送到了吉兰达约那里学画。这时候米开朗琪罗已经13岁了。

吉兰达约在西方艺术史上也是个小有名气的人物。他的画的主要特点是风格平易近人，有点像中国的年画，很受当时佛罗伦萨市民的欢迎，甚至教皇也曾经邀请他去罗马绘画。他现在还有几幅壁画保存在西斯廷教堂，与米开朗琪罗和拉斐尔的巨作比邻。他对艺术最大的贡献是他的画坊培养出了许多杰出的弟子，其中最杰出的当然就是米开朗琪罗了。

米开朗琪罗在吉兰达约的画坊本来要待三年的，但一年后他就离开了。之后他到了当时佛罗伦萨的统治者——洛伦佐·德·美第奇，即"庄严的洛伦佐"那里。洛伦佐收藏了大量艺术珍品，包括名画、雕刻等，尤其是雕刻，其中许多都是古希腊与古罗马的经典之作。他将这些珍品陈列在府邸，特派了一名艺术家管理收藏，并教导那些想学习艺术且有天赋的年轻人，这里成了一所特殊的学校。米开朗琪罗的天赋是明摆着的，于是便成了这个特殊学校的学生。

米开朗琪罗在这所特殊的学校里待了近三年，1492年离开时已经卓然有成。他在这期间创作的作品中，有两件作品至今存世，一件是浅浮雕《梯旁圣母》，另一件是深浮雕《怪物之战》。它们最主要特点就是一个字——力，这也将成为米开朗琪罗作品的最大特点。

离开美第奇府后，米开朗琪罗先是回到家里继续自学，他这时像达·芬奇一样，觉得要雕刻好人就必须理解人的内在结构。

米开朗琪罗《梯旁圣母》

于是他找到了一座修道院，这座修道院有一家附属医院。他设法向院长要来一些尸体进行解剖，还留下了一些解剖素描，例如描绘人的小腿肌肉的素描。

米开朗琪罗在家里没有待多久，就离开了佛罗伦萨。

他先到了威尼斯，随后又到了博洛尼亚。在那里他接到了生平第一桩重要的订单，为圣多米尼克陵墓制作雕像。他一共制作了三件，都是小型的人物雕像，它们虽小，却显示出米开朗琪罗已经初具大师的技艺了。

这三件雕像构思新颖独特，极具表现力，而且各有特色，有的充满了力量，有的则显得热情奔放，惹人喜爱，同时又具备了一种深刻的古典美。

米开朗琪罗这次离开佛罗伦萨的时间大约只有一年，1495年他就回来了，此后被委任为修建佛罗伦萨新的市政大厦的建筑师之一。然而不久之后他便遭遇了一件丑闻。

丑闻是这样的，米开朗琪罗雕刻了一尊新作——《酣睡的丘比特》，完全按古希腊风格雕刻而成，其艺术水准可以说与那些真正的古希腊原作不遑多让。米开朗琪罗将它卖给了一个商人，出价三十金币。可是问题便来了。这个商人是个专门卖假古董的家伙，他声称这尊雕像是古典原作，并请了许多专家来鉴赏。由于他对雕像做了一番特殊处理，使之看上去很古老的样子，而其艺术水平又实在高，于是专家们纷纷唱起了赞歌，声称这是件极难得的古典原作。这消息迅速传到了罗马，那里有一位红衣主教，他自认为是古代艺术的研究者和爱好者，立即出价二百个金币将雕像买了回去。然而正所谓纸包不住火，雕像的真相不久便传开了，一直传到了红衣主教那里。他勃然大怒，立即送回了雕像，要回了金币。出了这事后，米开朗琪罗感到在佛罗伦萨待不下去了，便去了罗马。这是1496年的事。

此后，米开朗琪罗在罗马一待就是五年，从1496年到1501年，这段时期被称为"第一个罗马时期"。

◎ 伟大的雕刻

在罗马雕刻《哀悼基督》

米开朗琪罗在罗马雕刻了许多作品，最著名的是两尊雕像，即《酒神》和《哀悼基督》，都是大理石雕像。

《哀悼基督》被认为是米开朗琪罗最美丽的雕像之一，也是整个西方艺术史上最著名的雕像之一。

《哀悼基督》结构并不复杂，刻画的是圣母怀中抱着儿子基督的尸体，满怀神圣的哀伤。

我们可以从三个方面来欣赏《哀悼基督》那不寻常的美。

第一是在雕像中表达的美与哀伤。对于悲剧，鲁迅说过一句言简意赅的话："悲剧是将人生有价值的东西毁灭给人看。"《哀悼基督》正是表达了这样一种深沉的悲剧意识。

米开朗琪罗将圣母雕刻得很美。此时基督已经四五十岁，圣母应当有六七十岁了吧，按道理应当将她刻画成老妪才对。但米开朗琪罗没有这样做，他将圣母刻画成了一个年轻女子。她鹅蛋脸儿，双眼紧闭，悬胆鼻，樱桃小口，容貌秀美。从紧闭的双眼、低垂的头可以分明地看出来她有多么悲伤。不过，正因为一个如此美丽的年轻女子又如此忧伤，更能激起欣赏者的共鸣。

第二是雕像中那令人称奇的对比。

首先是整个雕像的形状犹如一个"十"字。圣母是直立的，而她手里横抱着基督的尸体，这一横一竖形成了第一个对比。其次就是圣母全身除脸部和颈部外都包在衣服里，甚至头上也裹着头巾，她怀中的基督则与之相反，只在腰间系了块小小的布，这是第二个鲜明的对比。最后是圣母虽然满面哀伤，然而她毕竟是一个生者，充满生之活力。她怀中的基督就不同了，他已经死去，双眼紧闭，嘴唇紧抿，手脚无力地下垂着，浑身没有一丝生命的迹象。这样，生者与死者形成第三个对比。这些对比形成了强烈的反差与独特的美感。

第三是那复杂且极为精细的雕刻手法。这尊雕像的两个人的体型都比较大，这当然使得雕像的难度增大。而最难的也许是圣母的衣服，因

米开朗琪罗《哀悼基督》（Stanislav Traykov 摄）

为圣母全身上下都包裹在衣裙里，衣服满是褶皱。这一条条褶皱雕刻难度很大，米开朗琪罗却将它们雕刻得细腻而生动，仿佛这是一件真实的衣裙。

米开朗琪罗完成雕像后，还对其进行了精细的打磨和揩光。他用软滑的天鹅绒布仔细地揩磨雕像的每一个细部，直到使之光滑得有如珍珠一般透亮。由于雕像将被置于壁龛中，因此它的后面不会被观众看到，不过即使对于这一部分，米开朗琪罗也丝毫没有马虎，而是完全像对待摆在观众面前的正面一样，将之揩磨得同样光滑美丽。

《哀悼基督》正式展出时，立即轰动了整个罗马。爱好艺术的罗马人蜂拥而来，他们从来没有看到过如此完美的雕塑。

这时发生了一件有趣的事。当时的米开朗琪罗只是一个 20 多岁的年轻人，许多人认为他怎么可能创作出如此伟大的作品呢？于是便有市民怀疑这是哪位当时已经成名的大师的作品。这让米开朗琪罗既好笑又好气，便在圣母胸前的衣带上刻下了自己的大名。这也是米开朗琪罗一生中唯一正式署名的作品。

在佛罗伦萨雕刻《大卫像》

《哀悼基督》使年轻的米开朗琪罗声名鹊起，美名传遍意大利。这时已经是 1501 年，他在罗马待了五年之后，这一年，又回到了故乡佛罗伦萨。

回到故乡后，他立即接了一桩大生意，为佛罗伦萨大教堂制作一尊巨大的雕像，这就是他最著名的作品——《大卫像》。

从 1501 年的某一天起，米开朗琪罗就躲进了一间不为外人所知的秘密创作室里，那里有块巨大的大理石，它躺在那里已经四十年了，米开朗琪罗的任务就是将之化成雕像。

米开朗琪罗在这里一躲就是三年，直到 1504 年，当他终于出来时，一尊空前巨大的雕像已经完成，它被安放在大教堂前面的广场上，供市民瞻仰。

不难想象它引起了何等的轰动，佛罗伦萨顿时万人空巷，争相目睹这艺术奇迹。米开朗琪罗摇身一变，成为能够与达·芬奇并列的伟大艺术家。

大卫这个人的事迹和有关他的艺术作品前面已经讲过不少，如多纳泰罗就雕刻过不止一尊大卫像，但在所有这些大卫像中，米开朗琪罗的这尊无疑是最了不起的。

它的外表看起来并不复杂，只是一个站立着的人而已，但这个人却被雕刻得异常俊美。

雕像中的大卫站立的姿势是这样的：他以右脚为支点站立着，因此右脚直立，左脚稍往后伸，脚尖着地，这样使他看起来像在准备投掷什么东西。他的上身也正配合这个姿势，右手腕向内弯曲，五指并拢，像握着东西；左手搭在肩胛上，正扯着一根带子。他的身躯略呈反"S"形。

摆着这个姿势的大卫简直无处不美。

我们先来看头。这是一个最为典型的美男子的头，一头鬈曲的头发，从头顶直披到后颈。他眉头紧锁，在眉心打了个结，双眼圆睁；鼻子高挺，是典型的罗马式鼻子，十分漂亮；嘴唇紧抿，有一个坚强的下巴。从这些都看得出他心中似有怒火，但更有坚强不屈的意志。

米开朗琪罗《大卫像》
（Jörg Bittner Unna 摄）

这个大卫的脖子上根根青筋和血管清晰可见，脖子下面的躯干也极为健美，胸肌发达，下面隐约看得出肋骨的形状，小腹也同样健美。米开朗琪罗追求的不是片面的健或美，而是将健与美结合，达到二者相得益彰、完美融合之境界。

健与美的完美融合，可以说正是米开朗琪罗的雕刻最为明显的特色。健，用另一个字来表达就是力，即使在绘画之中，米开朗琪罗也能让一笔一画都充盈着他特有的力，将力与美完美地融合。

如果仔细看，我们还会发现大卫雕像的头和手都异常大。不过，这种"不正常"更增添了雕像的力与美。米开朗琪罗将大卫像的头扩大了一点，因为头是身体最美的地方，他又将手扩大了一点，因为大卫的手在运力，一双紧握的大手更能显示力量。

◎ 和雕刻一样伟大的画作

除《大卫像》外，米开朗琪罗在佛罗伦萨还完成了好几件重要作品，其中一件就是在佛罗伦萨市政大厅绘制的巨幅壁画——《卡希纳之战》。当他绘制此画时，在他对面的墙上，达·芬奇正在绘制一幅同样表现战争的画——《安吉里之战》。虽然主题都是战争，但两人描绘的方式很不一样。达·芬奇描绘的是战争中最激烈残酷的场面，几个人面对面对决；而米开朗琪罗描绘的则是许多士兵在河边休息，突然间听到敌人来袭时的各人不同的反应。他们这两幅画所展现的杰出的技巧与感人的艺术魅力可谓互相衬托、相得益彰。遗憾的是，最后他们都没有完成壁画，我们所见的只是他们的草稿。

米开朗琪罗在雕刻上取得了辉煌成就，在绘画上也取得了同样伟大的成就。

米开朗琪罗创作了《圣家族与圣约翰》，也叫《多尼圆形画》，它与一般绘画的形状不一样，是一个十分规则的圆形。

画中一个年轻的姑娘坐在地上，这就是圣母。她双手举着一个婴儿，这就是童年的耶稣。在圣母后面有一个长胡子的秃顶男人，看上去年纪比圣母要大得多，这是她的丈夫圣约瑟。在他们的后面还有好几个人，第一个是小孩，他好像站在一条沟里，只有上半身露出沟外，这就是圣约翰。在他后面还有五个男人，他们都很年轻。这明显有些象征意味，有人说他们象征在基督教诞生之前的那些未开化的人。

这幅画给人的第一印象是它有如雕塑。这正是米开朗琪罗绘画最了不起也最容易看出来的特色。米开朗琪罗曾如此说过："我断言，绘画

米开朗琪罗《圣家族与圣约翰》

愈有浮雕效果就愈出色,而浮雕愈像绘画就愈糟糕。"

这段话的意思是很明白的,也十分正确。如果绘画有像用刀刻出来的浮雕效果,那至少表明画像的笔触是何等苍劲有力;相反,如果用刀刻出来的浮雕竟然像用软笔画下来的画一样,那只能说明雕刻得无力了。这类似于中国书法艺术中的"铁画银钩"。

从米开朗琪罗的每一幅画甚至每个笔触,我们都可以看到这种"铁画银钩"的力度。在整个西方艺术史上,能有如此功力的画家只有米开朗琪罗一个。

后来，米开朗琪罗甚至被迫暂时离开他心爱的雕刻，成了专职的画家，因为教皇要米开朗琪罗为他的西斯廷小教堂的天花板画满壁画。

米开朗琪罗虽然在绘画上有同样的天才，然而他却拒绝承认自己是画家，而坚持认为自己只是雕刻家，不应该让他去作画。

以意志坚定闻名的尤利乌斯教皇可不是肯妥协的人，他的命令是不能违背的，最后米开朗琪罗只得同意。

西斯廷小教堂是西方基督教世界的中心梵蒂冈最为神圣之地，它不像圣彼得大教堂那样供广大教民用，而是用来举行教廷的一些最庄严的仪式，如新教皇的选举和就职仪式。它四周的墙上早已经绘下了壁画，有些堪称杰作，例如拉斐尔的壁画。教皇要米开朗琪罗在它的天花板上也绘上壁画。

米开朗琪罗要做的事可不那么简单，西斯廷小教堂的顶呈拱形，距地面超过20米，总面积约2000平方米。这将是整个西方艺术史上由单个人完成的规模最大的独立艺术作品。

教皇给米开朗琪罗提的要求只有一个——画十二使徒，其余由他自己决定。

米开朗琪罗对于新工作的评价是："我过得不顺心，绘画是我的耻辱。"怀着这种被侮辱的心态，米开朗琪罗开始了他在西斯廷小教堂的创作。他在笔记中写道："1508年5月10日，我，雕刻家米开朗琪罗，开始作西斯廷的壁画。"

米开朗琪罗在无奈之下接受了这项巨大的工程，但也充分利用了教皇给他的自由，他甚至连十二使徒都没有画，而是画了七位古代先知和五位西比尔。西比尔是古代西方神话中的女预言家。他把这十二个人置于天顶四周，中间则画上了《圣经·创世纪》中的九个场景。这九个场景分别是：三个场景描绘上帝创造世界，三个场景描绘亚当和夏娃，三个场景描绘诺亚方舟的故事。至于周围，在七位先知和五位西比尔的下面自然地过渡到了由亚伯拉罕开始的基督的四十代祖先的场景。

米开朗琪罗是如何完成如此巨大的工程的呢？其间的苦楚恐怕只有米开朗琪罗自己最清楚了。不过我们还是可以想象一下。首先，这壁画不仅仅规模巨大，更重要的是它位于天花板上，为了绘画，人必须躺着才行。当然他有时也会站着，不过不能长久，一是不方便，仰着脖子画，用不了多久脖子就会受不了；二是天花板距地面足有20多米高，站在梯子上画太危险了。

即使工作如此艰苦，干的还是自己不喜欢的活，米开朗琪罗依然取得了超乎想象的成果：如此巨大的作品他竟然在短短的四年之内就完成了。他在西斯廷小教堂天顶所作的这些画作也成了整个西方艺术史上最伟大的杰作之一。

下面我们来欣赏其中的两幅作品：《诺亚方舟》和《上帝创造亚当》。

洪水中高尚而又恐惧的人们

大家都听过诺亚方舟的故事。当初上帝创造亚当和夏娃之后，光阴荏苒，不知过了几世，他们的子子孙孙日益多了起来，遍布大地，不过这些子孙很不肖，一代比一代坏。渐渐地，上帝愤怒了，决心惩罚这些人，让他们从大地上消失。但他看到诺亚是个好人，便不忍心杀他，就叫他造了一艘大船，就是著名的诺亚方舟，让他一家子连同飞禽走兽，一样一只，躲进去。此后上帝降了一场暴雨，淹没了大地上的一切。米开朗琪罗在这里发挥了他的想象力，他要表现的不是人往方舟里躲，而是人面对灾难时所做出的各种反应和表现出的各种情绪等等。

整个画面呈长方形，画面视角是从左往右、从下往上慢慢延伸，左下角最近，右上角最远。由近而远看，最近的左下角是一个小山包一样

米开朗琪罗《诺亚方舟》

的地方，上面有一群幸运者，他们至少目前是躲过了大洪水，正在休息。最下面是一个母亲，她坐在地上，膝弯下有一段树桩，她的孩子正趴在她背上，好像受了伤，头上缠着布条，左手捂着眼睛，哭得很伤心。在他们的身后有两个人，像是一对夫妻，丈夫站着，用强壮的胳膊搂着妻子，妻子依偎着他，两人都是用赤裸的背对着我们。在他们前面有一棵树，叶子已经全部被大风刮掉了，树被风吹得几乎要倒下去，他们好像正在对抱住树干的一个人说话。这个人紧紧地抱着树，既像怕风把自己吹落水中，又像在瞭望远处，看有没有人来搭救，并且似乎将这消息告诉那对夫妇。从他们往右，有母子三个，母亲怀中紧紧地抱着一个婴儿，她在孩子头上盖了块布，像要挡住那无情的风雨。她膝下还有一个孩子，一头金发，他一边紧紧地搂住母亲的大腿，一边回过头去看近在咫尺的海水。再从他们往右，有一个男子，肌肉强健，背上趴着一个女人，正准备费力地登上这小山头。后面还有更多的人，夹着、背着大包小包，在他们后面就是滔滔洪水了，有人正趴在水中浮起的板凳上，只露出一个头来。再往远处有一只小船，趴满了人，还有人也想趴上去。从小船再往前就是诺亚方舟了,它像一幢房子,有两层,许多人站在边上。

在整幅画面的右侧还有另外的人,例如一个老人抱着他似乎已经死去的亲人,站在水中一块突出的岩石边缘。在岩石上还有更多的人,他们像躲在一个帐篷里,有一个白胡子老者,正伸出手,似乎想将那个立在岩石边缘的人拉上来。

画面上人们的表情主要是恐惧,是对灾难、命运或者喜怒无常的神的恐惧。米开朗琪罗正是通过这些在洪水中挣扎求生的人的恐惧,以及那水天一色的铅灰色的背景,营造出一种灾难下的紧张气氛。

这就是画面大致描绘的情节了。总的来看,就内容而言,米开朗琪罗的这幅画有些名不副实,以诺亚方舟为主题,可诺亚方舟却位于画面上很不起眼的角落。

这幅画的技巧与前面欣赏过的圆形画差不多,最引人注目的就是一笔一画都有一种雕塑般的力度,因此它虽然是一幅画,但同时又像是一组浮雕。虽然这幅画以《圣经》中那场大洪水为主题,但米开朗琪罗更着意表达的是灾难之中人类所展现的精神,主要是一种互助的精神。在画上见到最多的是母携子、夫助妻,甚至须发苍苍的老者都在助人,还有船上的人们都在将手伸向水中的人,将他们拉上船来。《圣经》这一节讲的是上帝看到人类邪恶,要毁灭他们,而在这里我们看到的人何曾是邪恶的呢?米开朗琪罗显然在这里表达了他的人文主义立场,他的画不是以神为中心的,而是以人为中心的,在他的眼中,人并非如《圣经》中所描绘的那么邪恶,相反,人是高贵的。

柔弱与仁慈

《上帝创造亚当》也许是整个西斯廷小教堂天顶画中最有名的一幅,同时也是画面最简单的一幅。画面上只有上帝和亚当两个主要人物。

米开朗琪罗《上帝创造亚当》

亚当斜倚着地,以右侧着地半躺,右手臂支着大地,左手伸出去,伸向上帝。他身上最迷人的地方是眼睛,眼神显得那么柔弱无力、那么依赖,令人顿生怜意。与眼神的柔弱相对应,亚当的肢体也是柔弱的,从他屈着的左腿、伸直的右腿,乃至软软地伸出去的左手,都给人柔弱之感。与柔弱相衬的是渴望。从亚当那柔弱的眼神里我们很容易看出另一种情感——渴望,他凝视着上帝,他伸出手,想要接触万能的神,从神那里吸取生命之力,这种渴望的眼神正如柔弱的眼神一样令人感动。

然而,令人称奇的是,如果仅仅从表面上看,却可以发现,亚当的肌肉是极为结实的,为什么米开朗琪罗能够同时将二者结合起来呢?为什么能够使得健美的身体反而显得柔弱无依呢?真是令人不可思议。

画的右边是上帝,他被许多天使如众星捧月般地环绕着。虽然上帝的神在中世纪和文艺复兴的艺术中几乎无处不在,但他的形却极少见。在米开朗琪罗这里,上帝是如此威严,同时这种威严却又并非因为神性或者超人性,而是带有丰富的人的情感。我们可以看到上帝向亚当伸出了一只手,他的眼神充满慈祥与关爱,他就像一个父亲把手伸向跌倒在地的儿子。这种将神人化、用神的形象来表达人的爱心,也是人文主义精神的恰当表达。

◎ 《摩西》的永恒之怒

1512 年 10 月,米开朗琪罗终于完成了他的西斯廷小教堂天顶画,其艺术成就是一目了然的。不久之后,它们被公认为最伟大的艺术作品之一,而他本人也逐渐被时人称为"神圣的米开朗琪罗"。

不久后,尤利乌斯教皇死了,继任的是利奥十世,他是佛罗伦萨的统治者——"庄严的洛伦佐"的儿子,名叫乔凡尼。他与米开朗琪罗是老相识了。

天顶画完成后,米开朗琪罗的第一件工作是要完成尤利乌斯教皇的陵墓的雕像,这里仅大型雕像就需要三十多尊。米开朗琪罗新开凿的第一尊雕像就是《摩西》,这也是他最知名的作品之一。

摩西曾带领以色列人走出埃及。他最有名的另一个事迹就是在西奈山上接受神授予的以色列人的律法——《摩西十诫》。摩西将之镌刻在两块石板上,后来以色列人将之放在一个柜子里,这就是著名的"约柜"。

米开朗琪罗的《摩西》雕像也是气势磅礴的巨作,它虽是一尊坐像,高度却超过 2.5 米。

当人们欣赏《摩西》时,第一眼就会留下深刻的印象,这个印象就是摩西的表情——愤怒。可以看到摩西此时是坐着的,然而又像要站起来的样子,他头偏向左边,像是听到了什

米开朗琪罗《摩西》
(Jörg Bittner Unna 摄)

么令他极其愤怒的事，使他就要怒而起身。这尊雕像雕刻得极为细致，摩西的每一个细小部位，从每一绺头发到每一缕胡须都雕刻得极为细腻，而且打磨得极为光滑，产生了令人惊叹的艺术效果。

雕像的细部处理也很妥当，例如坐着的摩西头上长着两只小角，这是山羊角，是他作为圣人的标志。他有着鬈曲的头发，每一绺都精雕细刻，头发下面是他的眼睛。他双眼圆睁，头稍微仰起，像是听到了什么，这件事肯定不是好事，令他愤怒——他浑身都在表达着这种愤怒。他的鼻子高高的，长须一直长到腰部，分成好几缕。右手掌压着两块石板，上面刻的就是《摩西十诫》，右手手指还夹着一缕长须。他的左手平放在小腹前，好像肚子都要气炸了。再往下看他的左脚，往后缩着，脚尖点地，右脚掌仍牢牢地扣在地上，这是一个正要站起来的动作。

《摩西》这尊雕像完全可用另一个名字来表达，就是"摩西的愤怒"。在这里，米开朗琪罗没有用人已经发怒、站起来戟指大骂的形式表达愤怒，而是抓住了一个人听到一个令其愤怒的消息后的一瞬间的神态，并将这一瞬间几乎完美地表达了出来。可以说，只有伟大的艺术家能够抓住并且表达这样的瞬间，而且唯有这样的表达才是最真实地表达人类的情感。达·芬奇的《蒙娜丽莎》也是如此，它是达·芬奇巧妙地抓住了蒙娜丽莎在想笑但没有笑出声来的一瞬间。达·芬奇对这一瞬间的把握令蒙娜丽莎的微笑成了艺术史上最永恒的微笑，而米开朗琪罗雕刻的摩西之怒也成为西方艺术史上的永恒之怒。

这尊雕像花了两年时间（1513—1515年）才完成。在这期间，米开朗琪罗同时在为陵墓制作两尊奴隶的雕像。当时，在大人物的墓前放奴隶雕像是风俗，以表示其崇高的权威。这两尊雕像也称得上名作，而与《摩西》不同，它们表达的不是愤怒而是痛苦：一尊叫《被缚的奴隶》，另一尊叫《垂死的奴隶》。它们的主要特点是姿势复杂，并通过这复杂的姿势表达了强烈的感情。不过这两尊雕像由于尺寸不大合适，并没有被放到墓前，米开朗琪罗一直将它们保存着，直到晚年才将它们送给了在他生病时精心照料他的一家人。后来这两尊雕像辗转到了卢浮宫，成为卢浮宫里的重宝之一。

◎ 重归佛罗伦萨

1516年，米开朗琪罗完成摩西雕像后不久，新任教皇利奥十世要他离开罗马，去佛罗伦萨为自己的家族服务，负责属于美第奇家族陵墓的一座小教堂。小教堂建成不久，适逢美第奇家族中两个年轻的继承人——朱利亚诺和洛伦佐在三年间相继去世，于是利奥十世教皇就建议米开朗琪罗将他们俩的陵墓建在小教堂里的一个圣器室里。这个新的圣器室将由米开朗琪罗负责建筑与装饰。

米开朗琪罗接受了这个提议，他也深知这位教皇善变的个性，便在接受提议后立即开始工作。从此米开朗琪罗将全部精力投入这里。1523年利奥十世去世，继位的是利奥十世的堂弟，他原来是佛罗伦萨的大主教和实际统治者，堂兄死后他被选为教皇，称为克雷芒七世。这位教皇同样是米开朗琪罗的老相识，而且在前几任教皇中，他与米开朗琪罗的关系算是最好的，因此米开朗琪罗在修建小教堂及圣器室时基本上能够按自己的意志办事，并且很好地完成了这项不算太大然而也绝不算小的工程。

这项工程不是仅仅雕刻几尊像，而是包括设计、建筑、装饰在内的所有工作，可以说是米开朗琪罗真正完成的唯一一项且堪称完美的工程。

在工程进行期间，发生了一件对米开朗琪罗乃至整个意大利都影响甚大的事。1527年，神圣罗马帝国皇帝兼西班牙国王查理五世与教皇发生了矛盾，进而发动了战争，皇帝的大军进攻罗马，教皇先是逃之夭夭，不久之后又妥协投降，与皇帝达成了和解。这时的佛罗伦萨已不同往日，自从"庄严的洛伦佐"死后，市民们对他的继任者开始不满，后来不满日益加深，当他们听到教皇面对皇帝不堪一击、可耻地当了逃兵时，立即起来暴动，美第奇家族的统治迅速瓦解，佛罗伦萨恢复了古老的共和制。

米开朗琪罗这时正在佛罗伦萨，他对起义者深表同情，要知道，他在美第奇家的日子可不好过，虽然他们曾经帮助过他，然而他也没少受气。现在，当他看到美第奇家族的统治终结了，便立即与共和政府站到了一起。共和政府先是要他雕刻一尊巨像。然而不久，已经与皇帝妥协了的教皇统兵杀了回来，共和政府起而抵抗。由于米开朗琪罗是一个了不起的建筑家，政府便委任他为城防总监，全面负责城市的防御工事。米开朗琪罗以罕有的热情投入了新工作，他到处视察，针对佛罗伦萨的特殊地形构筑部署了相当完善的防御体系。例如他在阿诺尔河岸边的高地和城郊的明尼亚托山上修筑了牢固的防御工事，这两个地方是防守佛罗伦萨的咽喉要地。他在修筑工事时，没有遵循以前的陈规将之修筑得高大雄伟，而是修得十分厚实坚固。这是为什么呢？原来，此时火炮已经诞生了，成为攻城的主要武器，高耸的城墙对付冷兵器很管用，对付火炮就不然了，越高反而越容易倒塌。

虽然米开朗琪罗竭心尽力，但小小的佛罗伦萨哪里是教皇与皇帝的对手呢？三年后，共和政府就被打垮了。这是 1530 年的事。

打垮共和政府后，教皇首先要做的事情之一就是抓共和政府里的重要成员，米开朗琪罗当然在被抓者之列。而此时的米开朗琪罗溜到一个钟楼里藏了起来。

不过，摆着胜利者的姿态，得意洋洋地进入佛罗伦萨的克雷芒教皇并没有打算报复米开朗琪罗，他公开宣布，只要米开朗琪罗重新为他服务，他可以既往不咎。这条件是相当不错的，米开朗琪罗又为教皇干起活来。

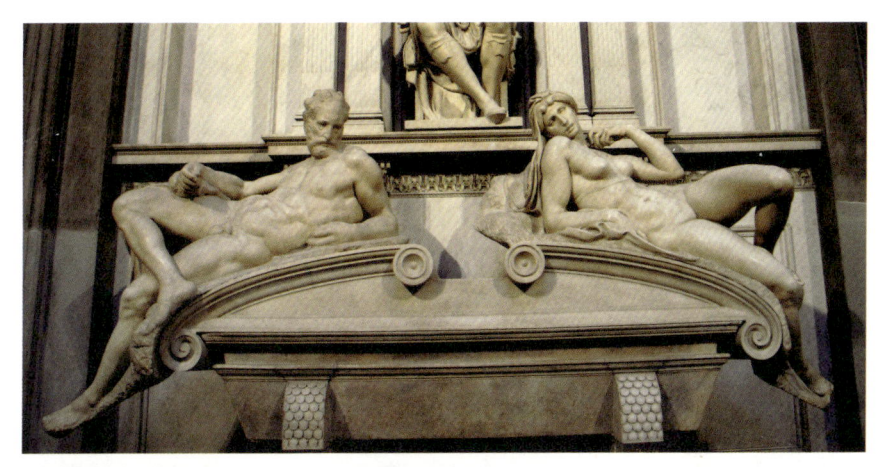

米开朗琪罗《晨》《昏》《昼》《夜》（Rabe! 摄）

他这次的活儿首先是要完成新圣器室里两个美第奇家族成员的陵墓的装饰。装饰这座陵墓的雕塑是米开朗琪罗最令人感动的作品之一。

圣器室里葬着两个人——朱利亚诺和洛伦佐，两具棺木之上分别有两尊雕像，共四尊，分别叫《晨》《昏》《昼》《夜》。

这四尊雕像的人物都很健美，就像米开朗琪罗一贯喜欢的那样，他们的动作都很夸张扭曲，不过表情却各不相同：《晨》是沉思的，《昏》是倦怠的，《昼》是略带愠怒的，《夜》则是渴睡的。不过在每一种精神状态之下，都有一个共同的内核，那就是伤感。《晨》是怀着伤感在沉思的，《昏》是倦怠而伤感的，《昼》是愠色中带着伤感的，《夜》则即使在睡眠之中也做着伤感的梦。四尊雕像之中最能激起人伤感之情的是《夜》。

《夜》被放在洛伦佐的棺椁上，棺椁由上好的大理石雕刻而成，《夜》就卧在它上面。《夜》描绘的是一个女人，她肌肉健美，健美中似乎略带松弛，这松弛中显露出倦意，而倦意之中看得出伤感。她仰卧在床上，右腿伸直，左膝曲起，右手弯曲，右肘支在左大腿上，左手大概是搭在床下边。她的头低着，靠着右腕，双眼闭着，仿佛依然在睡眠。她的身下有两样具有象征意义的东西：左膝弯下有一只猫头鹰，它象征黑夜；还有一只面具，表情很奇怪，大概是表示她正在做噩梦。

从米开朗琪罗先前几尊著名雕像人物中我们都能看到各种情感：大卫是坚定，摩西是愤怒，奴隶是痛苦。现在，从这尊雕像上我们感受到的是深深的伤感。米开朗琪罗还用一首诗描述了这种伤感：

> 睡眠是甜蜜的，
> 变成顽石更是幸福，
> 只要世界上还有罪恶与耻辱，
> 不见不闻、无知无觉，是最大的快乐，
> ——不要惊醒我吧！

等他终于完成雕塑时，已经是 1534 年了，这时他已经快 60 岁了。这一年，美第奇家族的第二位教皇克雷芒七世也死了，继位的是保罗三世。

这个保罗三世很久以前就想要米开朗琪罗为自己服务，不过他那时还不是教皇，不敢与教皇争夺米开朗琪罗。继位之后，他最先做的事之一就是急召米开朗琪罗到罗马去。

这是 1534 年的事。从此，米开朗琪罗就再也没有回过家乡。

◎ 《最后的审判》与最后的辉煌

保罗三世封米开朗琪罗为教廷建筑总监，这是当时一个艺术家能得到的最高职位。教皇随即委托他制作一幅巨型壁画，绘于西斯廷小教堂尽头墙壁上，这面墙壁下就是祭坛。米开朗琪罗从 1535 年左右开始创作，到 1541 年才完成。这幅耗费了他六年光阴的作品，从某种程度上说是他的天鹅之歌。此后，他虽然又活了很久，却再也没有创作过如此宏大且伟大的作品了。

《最后的审判》

这宏大且伟大的作品就是《最后的审判》。它呈长方形，长约 14 米，宽约 12 米，现仍在西斯廷小教堂尽头的墙壁上。

总的来说，《最后的审判》是一幅与小教堂天顶画同样规模巨大的作品，不过其创作风格与他二十多年前的比起来已经有了不小的改变。

顾名思义，《最后的审判》描绘的就是最后一次审判的场景。基督教认为，人类所居住的世界有朝一日会像人的生命一样走到尽头，那时，上帝就会来进行最后的审判。所有的罪人将被打入地狱，万劫不复，而所有善良的基督徒将会得救，上达天国，享受无边之福。米开朗琪罗在这里所描绘的就是耶稣代表上帝进行最后审判时的情景。

一眼看去，《最后的审判》画面上布满了人体，据统计共有两百多个。可以将画面分成四个部分。

第一部分位于最上方，与原来的天顶画相接，天顶画所描绘的是创世纪，即上帝用大力创造众星和昼夜的故事，它的下面就是《最后的审

米开朗琪罗《最后的审判》

判》的第一部分。第一部分又可以分成左、右两部分,左边是一群天使,簇拥着曾经钉过耶稣的十字架,右边也是一群天使,簇拥着一根柱子。两部分大小差不多,人物数量也差不多,构图很均衡,有一种对称之美。

第二部分是全画的中心,这里面有基督,他正在进行最后的审判。

只见他左手横陈胸前，右手高高举起，决定谁将可以上达天堂，谁将堕入地狱。在基督周围是他的门徒们和许多圣徒，还有亚当与夏娃，当然也少不了圣母玛利亚，她就坐在基督后面，穿着条蓝色裙子，脑袋转向与基督相反的一边，似乎害怕这时正在进行的无情审判。亚当和夏娃站在耶稣的右脚下方，亚当扛着一把小梯子，像骑马一样骑在一块岩石上，似乎也被可怕的审判吓着了。夏娃裹着一块红头巾，躲在亚当后面，只露出一个头，怯生生的样子。此外，围在耶稣身边最显眼的就是他的门徒和圣徒了，其中几位是我们所熟悉的，例如那个握着钥匙的老头就是耶稣的大门徒彼得，他手里拿的就是打开天国之门的钥匙。许多圣徒都手拿殉难时的刑具。例如圣加德林手持车轮；圣塞巴斯蒂安手里握着一把箭。

第三部分是一大群天使，他们腾云驾雾，踞于大地之上。他们又可以分成左、中、右三群，中间一群在大吹号角，那是通告最后审判来临的号角。左边一群在从下往上拉人，有些已经被拉起来了，还有些正从地面被拉起，不用说这些人就是要上天堂的幸运儿了。右边则相反，一群人正被天使们往地下打去，这些就是被罚下地狱的人了。

第四部分就是地狱，左边有许多人，有的被天使拉着上天堂，不过还有半截身子在地上，还有一具骷髅头仰起来，好像也渴望上天堂。右边有一条河，上面有一条船，一个怪物撑着篙，正把一群人往地狱深处赶去。这里的右下角还有一个长着驴耳朵、蟒蛇缠身的家伙，他就是地狱之神米诺斯。这里还有一个有趣的传说。某一天米开朗琪罗正在作画时，教皇前来视察了。他突然问身边的教廷司礼官觉得米开朗琪罗画得如何。这个司礼官愤愤然地回答道："这些裸体男女哪能画在这样神圣的地方，应该把它们画在浴室里才对呢！"米开朗琪罗听见这话，又生气又好笑，便开玩笑地将他的形象画了进去，成了地狱的判官。

画中除基督外，最引人注目的是他左侧一个秃顶大胡子老者，他一手捏着条石片样的东西，一手提着张人皮。这个人就是圣巴托罗缪。他是个著名的圣徒，后来被迫害，被活活剥了皮。他手里提着的就是他那张被剥掉的皮。他的原型就是米开朗琪罗自己。当时，画家用自己的形象作为一种特殊形式的签名是相当常见的，不过像米开朗琪罗这样的签名也是独一无二的，这或许是他对自己人生的一种理解吧。

为什么这样说呢？这是因为在米开朗琪罗漫长的人生之旅中，幸福几乎与他无缘，尽管他善良、勤奋、有天才，本应该享受更美好的生活。

第一，他经常受到雇用他的那些大人物的迫害，他们不但不尊重他的意志，还不尊重他的人格，对他颐指气使。

第二，他生于一个大家族，人口众多，但亲戚几乎个个贫穷而贪婪，他们像山蚂蟥一样牢牢地揪住他，不停地吸他的血，一副不把他的血吸干绝不罢休的样子。米开朗琪罗一生虽然工作极为勤奋，挣钱无数，自己的生活却十分俭朴，好衣服都没有一件，身上经常套着油彩斑斑的工作服，而他仍常常感到入不敷出，因为他的钱都被亲戚们榨干了。更令人感动又悲哀的是，米开朗琪罗对这些贪婪的家伙从来都是忠诚而慷慨，几乎有求必应，就像他对那些并不尊重他的雇主一样。这样，亲戚和雇主像两座大山一样压着他，叫他如何不痛苦？

第三，他虽然罕见地高寿，却从未结婚，更无子嗣。他到60岁时，才对一个叫维多利亚·科隆娜的已婚女诗人产生某种强烈又纯粹的爱慕之情，为她写下了许多颂歌，如抒情短诗和十四行诗等，现在还保存下来许多。不用说，这样的爱情是根本不会有结果的。他还对某些年轻男子，例如一个叫T.卡瓦列里的青年贵族表现出强烈的感情，给他写了大量信件，还为他画了一些画，其中一幅叫《人生之梦》。他的这份感情后来被说成是同性恋倾向，这在当时是一种比较普遍的现象，达·芬奇也受到过同样的指控。不过米开朗琪罗事实上并没有同性恋倾向，他之所以喜欢这个年轻的贵族，只是把他当成自己的儿子。要知道，一个人到了老年自然渴望有一个儿子陪侍在身边，这是人之常情。就像他对他的侄儿里奥那多一样，侄儿是个没出息的家伙，米开朗琪罗却对他爱护备至，在他留下的许多信中都谈到了他，还为他安排婚事，后来还将他接到身边。

事实上，米开朗琪罗的生活可以用三个字来形容——殉道者。他过的的确是一种殉道者的生活，为了艺术、为了家人、为了雇主，他做了很多，甚至献出了一切，自己却过着不幸的生活。这不是殉道者又是什么呢？正因为如此，米开朗琪罗才在《最后的审判》中将自己的形象画成了一个殉道者，并且是最悲惨的一个殉道者。

最后的辉煌

完成《最后的审判》后，米开朗琪罗已经60多岁了，此后他又活了二十多年。这段岁月里，他的创作方向又有了转变，他既少从事雕刻，又少从事绘画，他将大部分精力转向了艺术的另一种形式——建筑。

1547年，保罗三世任命米开朗琪罗担任他的总建筑师，负责整个文艺复兴时期最伟大的建筑工程——圣彼得大教堂的建造。这时，原来的建筑师——拉斐尔的叔叔布拉曼特早已去世，轮到米开朗琪罗来担纲这项巨大的工程了。

米开朗琪罗主要负责圣彼得大教堂巨大的穹顶，这项浩大的工程几乎占据了米开朗琪罗整个晚年岁月，直到去世仍未完成。不过，在他去世后，工程仍然按他当初的设计继续施工，直到成为今天这样壮观的模样。

圣彼得大教堂可以说是罗马天主教的总教堂，位于梵蒂冈。这里本来就有一座教堂，但在1506年前后，教皇尤利乌斯决定新建一座圣彼得大教堂。最初的总建筑师是布拉曼特，他设计的总体结构为十字形集中式教堂，这是一种罗马式的教堂。1547年米开朗琪罗主持这项工程时，他在保持原来设计的主体形制基础上，进一步加大了结构，特别是新设计了宏伟至极的大穹顶。

米开朗琪罗设计好了穹顶，但来不及完成就逝世了，后人继续根据他的设计进行建筑。建好后的穹顶直径超过40米，穹顶下室内最大净高达120多米。从外部看，穹顶上十字架尖端距地面近140米，约相当于现在的五十层楼高。这在当时的工程水平下堪称奇迹。

除圣彼得大教堂外，米开朗琪罗晚年还做了一些其他建筑设计，例如罗马七丘之一的卡皮托利尼山上的整体建筑设计，还有保罗三世家族的住所法尔内塞宅第，都称得上建筑典范。

至于绘画与雕刻，米开朗琪罗最后的画作是为教皇保罗三世的私人礼拜堂绘制的《圣保罗皈依图》和《圣彼得受钉刑》，都完成于1550年左右，这时米开朗琪罗已经70多岁了。两幅作品虽然也是名作，但名气都不及西斯廷小教堂天顶画或者《最后的审判》。

米开朗琪罗最后的雕像都是为自己而作的，表现的都是哀悼基督的场景，但都没有完成，有一尊基本完成，还有一尊则只雕刻了轮廓，据说他还彻底砸毁了一尊雕刻好的雕像。这些雕像中哀悼基督者采用的都是米开朗琪罗自己的形象。

最后那件未完成的雕像耗掉了米开朗琪罗九年时光，从1555年至1564年，他进行了一次又一次修改，仍然很不满意。直到他生命的最后一刻，1564年2月18日，他仍然竭力想创作一尊完美的雕像，并且为自己作品的不完美而深感愤怒。最后他在工作中死去，享年89岁。

具备超凡入圣的天才，同时对自己的作品从不感到满足，认为自己应该创作出更好的作品，甚至为自己没有创作出更好的作品而羞愧愤怒，这是米开朗琪罗艺术生涯最确切的缩影。

第十二章

天妒英才拉斐尔

拉斐尔、达·芬奇和米开朗琪罗并称"文艺复兴三杰"。若作起传来，拉斐尔要容易得多：一是因为拉斐尔生命短暂，米开朗琪罗活到了近90岁，达·芬奇也有差不多70岁，拉斐尔只活了短短37年；二是达·芬奇和米开朗琪罗一生都曾四处辗转，历尽沧桑，拉斐尔的人生堪称一帆风顺，既没有去过太多地方，也没有遭遇太多人生苦难，可写的东西自然不多。

◎ 拉斐尔的早年岁月

1483年，拉斐尔出生于意大利的乌尔比诺。乌尔比诺当时是意大利无数独立小公国之一，统治者乌尔比诺公爵爱好艺术，在他的公国里聚集着一大批艺术家，其中有一个叫乔凡尼·桑西，他的祖辈都是画家，在当时小有名气，他就是拉斐尔的父亲。

拉斐尔从小就显示了出众的绘画天赋，才刚学会走路就爱跟着父亲画画。不幸的是，他十来岁时，父母就相继去世，拉斐尔成了孤儿。

此后，乌尔比诺的公爵夫人自愿成了他的监护人，对他呵护有加，并把他送到了当时著名的画家佩鲁吉诺那里当徒弟。

从多方面来说，佩鲁吉诺都是一位好老师。除了教弟子们绘画，他还要求他们学习其他知识，包括自然科学知识，如数学、解剖学、天文学等，还有人文学科的知识，如文学、历史、哲学等。他要求学生阅读古希腊罗马典籍，以培养他们成为具备人文思想的人。这一切对于拉斐尔的成长都极为重要。

拉斐尔在佩鲁吉诺的画室里可谓如鱼得水，进步神速，不久就成了师傅的左膀右臂，5年后就开始独当一面，也就是能独立地接受雇主的订货了。这时拉斐尔只有18岁，已经被称为"师傅"，并能够从订件中挣不少钱了。

这个时期拉斐尔最有名的作品是《圣母订婚》。它是一幅挂在祭坛上的大幅画作，构图比较简单，最引人注目的是圣母玛利亚，她一身红袄，外面还斜裹着一领黑袍，简直美得令人心醉。她的表情也十分生动，既有一丝羞怯又极其贞静娴雅大方，绝无忸怩造作之态。

完成《圣母订婚》后，拉斐尔离开佩鲁吉诺，去佛罗伦萨了。这时他已经20岁了。

在佛罗伦萨，拉斐尔得以尽情向画坛前辈们学习，特别是达·芬奇与米开朗琪罗两位大师，他们当时都在佛罗伦萨，对拉斐尔产生了很大的影响。例如拉斐尔意识到他原来从佩鲁吉诺那里学来的风格太细腻、太讲究细部，既缺乏力量，又把握不好整体的构图与布局，他很快加以改进。又如，从达·芬奇那里他学会了明暗转移法，这样画出来的对象特别是人物就会显得圆润而柔和，并能表达出一种单纯而真挚的情感；从米开朗琪罗那里他学习了如何构思规模宏大的作品；等等。

他不仅学习，自己也在画，并且很快就声名鹊起。他的名声甚至传

拉斐尔《圣母订婚》

到了出身美第奇家族的尤利乌斯教皇那里。于是拉斐尔就受邀来到了罗马，开始为教皇工作。

这是1508年的事，这时候拉斐尔才25岁，就已经拥有了当时一个艺术家所能拥有的最高地位。因此他虽是不幸的孤儿，却又有幸运的人生。其实，"拉斐尔"这个名字来源于希伯来语，有"上帝已经治愈"的意思。

◎ 拉斐尔的天才之作

在罗马，拉斐尔接手的第一幅作品是教皇签字大厅的装饰画，包括天花板和四壁。

签字大厅是教皇用来藏书兼签署文件用的，是梵蒂冈最重要的地方之一。在这样的地方作画的意义与重要性不亚于在西斯廷小教堂，由此可以看出教皇对年轻的拉斐尔的重视。

这也是一项大工程，教皇的签字大厅规模自然不会小。拉斐尔要画的壁画大体是这样的：一个叫索多马的画家在签字大厅的穹顶上画了中心一小块，余下的由拉斐尔来画；四面墙壁分别要画有关神学、哲学、诗学与法学的四幅壁画。

要画这样巨大的壁画，难度是显而易见的：一则拉斐尔还是个年轻人，一下就要他接手如此重要而巨大的工程简直是前所未有；二则拉斐尔以前画的大都是些秀美的圣母图，这种秀美的风格在这里显然是不行的，这里要求的是另一种完全不同的风格。他能否成功呢？

拉斐尔是个很自信的人，他接受了订单。他先做了一些准备工作，之后很快就开始创作了。

拉斐尔是如何完成这样巨大的工程的，现在已不得而知。但可以想象的是，他肯定很勤奋，并且全神贯注。他在天花板上画下了"四学"，即神学、哲学、法学、诗学的拟人表现。例如诗学，拉斐尔画了一个容颜秀美的女神，长着翅膀，头戴桂冠，这是诗人的标志。她左手执琴，右手执书，不但代表诗，也代表艺术。

这些是天花板上的画，更了不起的是拉斐尔画在墙上的四幅巨型壁画。

这四幅巨型壁画分别描绘了神学、哲学、法学、诗学的最高境界，分别称为《圣餐礼之争》《雅典学院》《三德像》《帕尔纳索斯》，四幅画都称得上旷世杰作，值得逐一介绍。

《圣餐礼之争》：神学

《圣餐礼之争》描绘的是神学史上一场有名的大争论的场景，画面上齐聚着基督教历史上最伟大的人物，争论的焦点是圣餐与耶稣血肉之间的关系。它的整体形状是半圆。拉斐尔用云层作横带，平分画面的空间，分隔成天上与地上。天上的人群和地上的人群均排列成弧形，拉斐尔用两个相反的弧形和远近法的透视感来加深广阔的空间效果。

地上的画面有优美的风光作背景，画的是人数众多的教会领袖和高级僧侣，其中有各代教皇、圣徒、主教、红衣主教、神父、神学家和教父，他们似乎正在举行隆重的仪式。中央是祭坛，上面摆着圣餐盒。拉斐尔以圣餐盒作为构图的中心和消失点，从而将天上和地上连接起来。有四位制定教义的教会之父——圣哲罗姆、格利戈里、阿甫罗西和奥古斯丁，分别坐在祭坛两边。抬头仰望天上的是圣哲罗姆；侧身而坐，身穿袈裟，向坐在台阶上的青年口授什么的是奥古斯丁；右边正在读书的是阿甫罗西；格利戈里则在埋头沉思。画面左端有一个青年，他凭栏探身，顺着他身边那个人的手所指的方向观看——那是西斯廷教皇，教皇的神情沉着、自信，昂首向祭坛走去。

天上画的是神的三位一体：圣父上帝、圣子耶稣、圣灵（通常由白

拉斐尔《圣餐礼之争》

色的鸽子代表）。十二圣徒围成半圆坐在耶稣的两边。右边第四个门徒是达·芬奇的形象。在这里拉斐尔采取了非同寻常的勇敢的做法，在画面显眼的地方画上了被教皇亚历山大六世判处火刑的萨伏那洛拉，以拉斐尔柔顺的性格来说，这是惊人的带点叛逆的做法。耶稣居半圆屏风之中，凌驾于整个圣礼场面之上，他脱去衣服，袒露身体，展示自己的伤处。半圆左边是拿十字架的施洗约翰，右边是圣母玛利亚。耶稣之上是正在祝福的神之父——上帝。耶稣下面是鸽子，它代表圣灵。上帝的左右两侧均为天使。

拉斐尔《帕尔纳索斯山》

《帕尔纳索斯山》：诗学

"诗学"壁画是《帕尔纳索斯山》。帕尔纳索斯山是希腊的名山，当初丢卡利翁两口子在这里创造人类，这里也是太阳神兼文艺保护神阿波罗发布神谕的地方，还是阿波罗的手下——九位文艺女神缪斯的香闺所在。

这幅壁画画在一个门洞上，拉斐尔巧妙地"因地制宜"，在门洞上方画了一座小山丘，形成半圆形的诗坛，他把古今大诗人都集合在小山丘之上下，显得自然而又符合题意。画面上，阿波罗头戴桂冠，正坐在帕尔纳索斯山顶的月桂树下弹奏竖琴，九位文艺女神和古今大诗人环绕在他的周围。女神左边的是史诗诗人：荷马、维吉尔、但丁、彼特拉克等。女神右边的是抒情诗人，有古希腊最伟大的抒情诗人品达，古罗马的贺拉斯和奥维德等。这些女神和诗人的形象都十分俊美，姿态活泼而自由，整个画面洋溢着愉快、高雅与诗意。

《三德像》：法学

代表"法律"的《三德像》是用以歌颂智慧、温厚与毅力三种德行的。作品画在一扇窗户上方，窗户上方的半圆空间里画了三位象征性的女神，窗户两侧各有一幅长条画。三位女神中左边的是"权力"，她脚踏被降伏的狮子，手执象征法律的树枝；中间的是"真理"，真理女神头上有两张脸，一张是青春的脸，一张是老人的脸，她的左右侧各有一个小天使，一个天使捧着面镜子，另一个天使手举火炬；右边的是"节俭"，她一手拿着绳索，像在回顾什么。窗子两侧的壁画是《查士丁尼大帝颁布罗马法典》和《格里戈利教皇颁布教令》。

也许有人会问，为什么要将表达法学之最高境界的画命名为《三德像》呢？原因其实很简单，因为道德与法律都是维护社会秩序与正义不可或缺的。在古代，通常情况下，秩序靠道德来维系，只有在极端情况下，例如存在道德自身不能纠正的行为时才需要法律，法律是对道德的补充，道德才是法律的根本。在古人看来，法的最高境界其实是无法，社会之秩序无需法律的惩罚就可以维持，这便达到了法律所追求的最高目的。因此拉斐尔将描绘法律最高境界的作品命名为《三德像》。为何是"三德"呢？这是因为智慧、温厚与毅力是三种最基本的道德。

拉斐尔《三德像》

《雅典学院》：哲学

代表"哲学"的壁画就是《雅典学院》，它所表达的是哲学的最高境界。

我们知道，哲学是一切学科中最抽象的一门。拉斐尔如何将它用形象表达出来呢？

很简单，拉斐尔将古往今来西方最伟大的哲学家都陈列在这里，就像前面讲诗学时，他将最伟大的诗人摆在帕尔纳索斯山上一样。

拉斐尔《雅典学院》

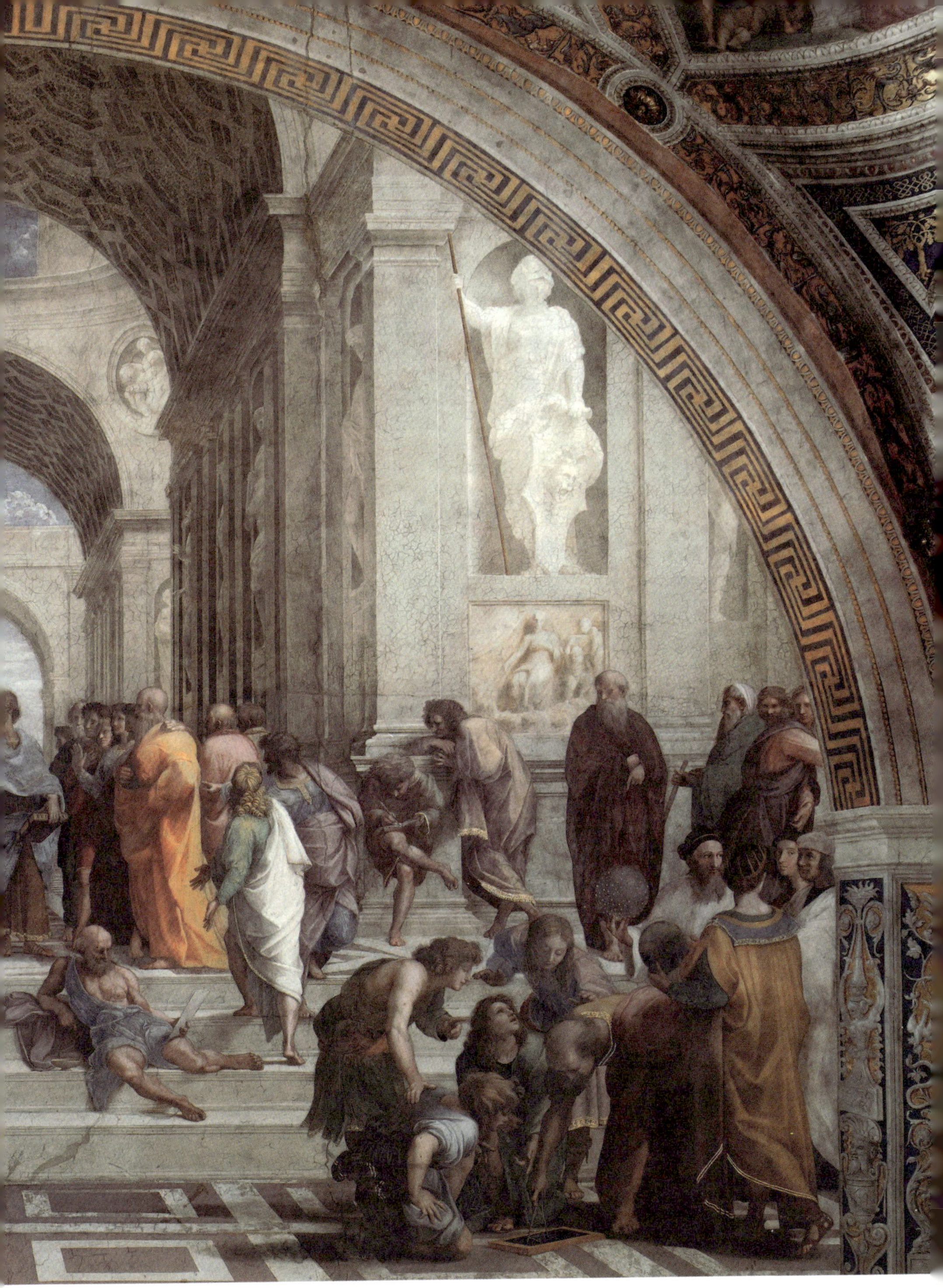

这也是拉斐尔壁画中最了不起的一幅，同达·芬奇的《最后的晚餐》、米开朗琪罗的《最后的审判》并驾齐驱，被列为文艺复兴盛期壁画艺术的主要代表，也被美术史家称为"文艺复兴盛期三大杰作"。

在这幅壁画中，拉斐尔将不同时期的人物集中于一个空间，让古希腊、古罗马以及意大利各个时期的五十多位哲学家、科学家、艺术家等会聚一堂，在一个宽阔豪华的大厅里展开热烈的讨论。拉斐尔在画中特别突出地表达了对古希腊的崇拜，这也是对人类智慧的赞美和对西方文明史上"黄金时代"的美好回忆。

画中的背景是一座极其宏伟壮丽的古典式大厅，大厅中央是一道通往外间的宽阔走廊，厅堂立有两个高大的浮雕，右边是智慧女神雅典娜，她右手执矛，左手执盾。左边是文艺保护神阿波罗，他左手操琴，右手抚在一根短柱上。为什么要用这两尊神呢？因为他们也都是哲学的保护神吧！

在这两尊神下面，古典哲学的两个伟大代表——柏拉图和他的弟子亚里士多德正气宇轩昂地步入大厅。其中一人秃顶，长长的白须和白发垂下来，神态极为庄严优美，这就是柏拉图，他是苏格拉底的弟子，也是亚里士多德的老师。柏拉图从某个角度上说也是西方最伟大的哲学家，有一个说法是整个西方哲学都是在为柏拉图作注。因此在这幅画中，他也占据着最引人注目的位置，且拥有最引人注目的形象。

关于这个形象的来源还有一段故事。柏拉图的形象是不是有点儿似曾相识？是否有点像达·芬奇的自画像？的确是。

拉斐尔是画人像的大师，他的画像的一大特点是，要参照实际的人。画柏拉图时也是，他要参照一个他见过的活生生的人。然而这个人太难找了，因为他要画的不是普通人，而是伟大的柏拉图——人间的智慧之父。因此这个模特必须具有美貌、智慧与庄严三大特征，同时还必须是位老人。

很明显，在那个时代，唯有达·芬奇是最合适的人选。于是，拉斐尔就将达·芬奇作为柏拉图的模特来画。

柏拉图身旁那个长着金色大胡子的人是亚里士多德，他们二人并称西方哲学之两大源流。很明显，在构图上他们两人起着统御全局的作用。两位大哲人的左手以不同方式各拿着一本厚厚的大书，好像在边走边争论。柏拉图用右手柔和地指向苍天，似乎在说上天启示乃智慧之源；亚里士多德则将右手用力地往前一挥，像是在反对老师的观点。这也不奇怪，因为这师徒二人的观点是有些相左的，亚里士多德有句名言就是"吾爱吾师，吾更爱真理"。

拉斐尔《雅典学院》（局部）

以这两位似乎在激烈地辩论的师徒为中心，环绕着许多人，他们也同样在热烈地讨论与争辩，这些人有如两翼往左右及前景展开，使画面十分开阔，洋溢着百家争鸣的氛围，构成了富有戏剧性的热烈场面。

在画面左边，柏拉图的右手边列着一队人，排在前头的是一个年轻人，他身着白袍，双臂交叉于胸前，十分英俊强悍，有武将之风，这就是亚历山大大帝，他是亚里士多德的学生。他旁边站着一位秃顶长须的老者，身穿紫袍，面对观众，正侧耳静听，似乎正陷入沉思。这位老人的右方是另一位秃顶老者，头发没有白，身穿绿色长袍，正侧身向着四个青年人，扳着指头与他们争论什么，这就是爱辩论的苏格拉底。在苏格拉底对面有一名披盔戴甲的青年军官，正在聆听苏格拉底的教诲。他应该是色诺芬，是苏格拉底著名的学生，也是一名军人。这名军官身后有一人在挥手示意，招呼画面左边的人赶快来听听。要知道苏格拉底是出了名的擅长辩论，当他在雅典大街上边溜达边滔滔不绝时，围过来听他说话的人多得很呢！

在画面前景左侧，人们围着一个单膝跪地，正在一本大书上写着什么的秃顶的人，他就是毕达哥拉斯，看样子他正在聚精会神地演算。毕达哥拉斯左侧有个少年手扶一块小黑板供他演算之用。毕达哥拉斯身后有一个扎着白色头巾的人，有着黑黑的皮肤，显然不是欧洲人，正伸长脖子探头看毕达哥拉斯演算，他就是伟大的阿拉伯学者阿维洛依。阿维洛依身后是哲学家伊壁鸠鲁，他头戴桂冠，正倚着一根柱基读书。站在毕达哥拉斯前面的那个人内穿黄衣，外罩紫袍，一边指着自己手里的一本书，一边回过头来看数学家，他是修辞学家圣诺克利特斯。他身后有一个披着洁白袍子的金发青年，面目十分清秀，在人群里也十分惹眼，据说他是教皇尤利乌斯的侄子，当时有名的文艺爱好者与赞助者——乌尔比诺公爵。

在画面右边，靠近亚里士多德的是一字排列的六个人，最前边是一个黄袍老人，正聆听两位大哲的争论，老人身后有两个人似乎正在赶来聆听。从他们往右，墙角下有两个人，左边一个年轻人倚坐在墙角，交叉着二郎腿，将一个小本子放在膝头，正埋头写作，右边则是一个头发乱蓬蓬的人，正趴在雅典娜雕像的基座上，既像在沉思，又像在看着身边的年轻人写东西。在他的后面是一个孤独的老者，胡子灰白，罩着暗棕色袍子，在孤独地沉思。他就是斯多葛派哲学家芝诺，曾提出"阿基里斯永远追不上乌龟"。在芝诺左侧有三个人，他们像摩尔人或者阿拉伯人，最前面的那位包着白头巾，穿绿袍子，拄着拐杖，满头白须白发的老人可能是琐罗亚斯德，他是琐罗亚斯德教的创始人。

拉斐尔《雅典学院》（局部）

  在左右人群之间的大理石台阶上有两位醒目的人物。左边那位蓄着大胡子，头发胡子都是黑的，面朝观众斜倚在一张大理石条桌上，左肘支在桌子上，手撑着脑袋，右手在写着什么。他就是古希腊哲学家赫拉克利特，他断言"人不能两次踏进同一条河流"。在他右边有一位老人表现得极为与众不同，他白发秃顶，蓄着大胡子，身上斜披着一件蓝袍子，露出结实的左胸，他逍遥自在地半躺在台阶上，右手支着台阶，左手捏着一张纸在读。他就是犬儒学派哲学家第欧根尼，亚历山大大帝曾问他有什么需要时，他说："只要你不挡住我的阳光。"看得出，拉斐尔对这两位哲学家都很敬重。其中赫拉克利特还可能是以米开朗琪罗为模特儿的，只是做了较大改动。

从第欧根尼往右，下了台阶，有另一堆人，中间可以看到一个秃顶黑发的人手执圆规，地上放着一块小黑板，这个人正在小黑板上画几何图形。他就是著名的数学家欧几里得。他身后站的是天文学家、地心说的创始人托勒密，他背对着观众，头戴冠冕，身穿金色袍子，看样子地位尊崇。他对面的人蓄着大胡子，只露出穿白衣的上身，右手托着一个布满白色斑点的蓝色球体，他就是大建筑家布拉曼特，是拉斐尔的叔叔。画面最右端也有一个穿白袍的青年，他就是拉斐尔的好朋友索多马，也是最早在这个签字大厅里画画的人。在索多马和托勒密之间有一个人，戴着无檐帽，只露出一个头，眉目清秀，这就是拉斐尔自己，他正侧目注视着观众，像在问："您瞧我画得怎样呀？"

《雅典学院》虽然人物众多，但每个人物，无论是青年人、中年人还是老年人都表情生动、动作自然，且都看得出具备高度的文化素养；也就是说，拉斐尔不但画出了外表，而且画出了情感与精神。

1511年，《雅典学院》完成，一经面世，它就赢得了时人疯狂的赞美，拉斐尔的名声竟然盖过了米开朗琪罗，被认为是最伟大的画家。

从整体来看，这四幅壁画也表达了拉斐尔甚至全人类终极的追求——对真善美的追求。例如"神学"之《圣餐礼之争》和"哲学"之《雅典学院》表达的是"真"，前者追求"神明之真理"或"教会之

拉斐尔《雅典学院》（局部）

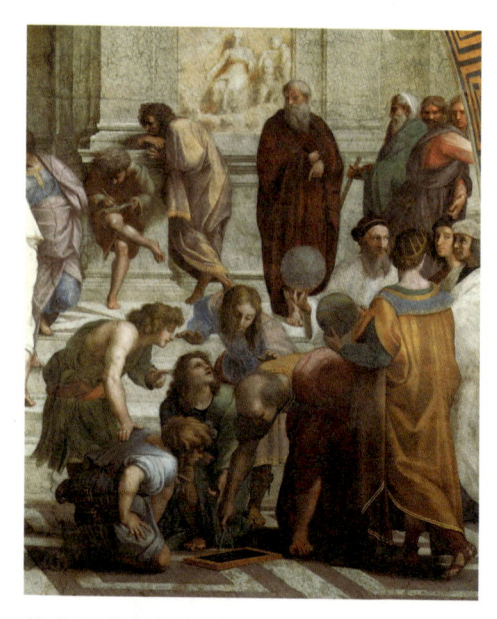

真理",后者追求"人世之真理"或"世俗之真理";"法律"之《三德像》以及窗子两侧的壁画表达的是善,以"三德"为准绳,按照世俗和教会法令来促使人"行善";"诗歌"之《帕尔纳索斯山》表达的是"美",以诗歌和音乐来表达和歌颂美。

此后拉斐尔又为教皇完成了其他几个大厅的壁画,不过由于工作量实在太大,后面几个大厅的许多画都只是他先勾勒出轮廓,然后由弟子们代笔。这时的拉斐尔名声如日中天,弟子如云,其声势甚至超过了达·芬奇和米开朗琪罗。这时候达·芬奇也在罗马,但教皇几乎不理他,这种侮辱性的冷落令达·芬奇极为痛苦,有的弟子甚至投入了拉斐尔门下,有一个达·芬奇的爱徒忍受不了老师受到近乎羞辱的冷落,愤而自杀。米开朗琪罗也好不了多少,西斯廷小教堂天顶画根本不是他所自愿画的,加之家庭生活不幸,一天到晚都要面对来要钱的亲友,他的情绪之低落可想而知。据说有一次在罗马的大街上,满脸不高兴的米开朗琪罗迎面遇到了被弟子、随从和崇拜者如众星捧月般围绕的拉斐尔,米开朗琪罗面带讥讽地说:"瞧您!多像威风凛凛的大将军!"拉斐尔也报以同样的表情,答道:"瞧您!多像正要上刑场的刽子手!"

这也难怪,须知拉斐尔之所以如此受欢迎,并非全因为他的画好,也因为他的为人甚至他的外表,他眉清目秀且举止文雅,待人接物温和诚恳,加之秉性慷慨,对人有求必应。

1513年,教皇尤利乌斯去世,接任的教皇利奥十世待他更好了,以至于当时有人认为,拉斐尔迟早会凭着绘画而破天荒地当上尊贵的红衣主教呢!

◎ 荣耀、繁忙与英年早逝

拉斐尔完成教皇签字大厅绘画后紧接着开始为另一个大厅绘制壁画,

拉斐尔《驱逐匈奴王阿提拉》

这就是埃略多罗室,据说壁画是依据一个叫埃略多罗的诗人的诗绘制的,另外它也可以叫赫里奥多罗斯厅,因为它最醒目的一幅壁画名叫《赫里奥多罗斯被逐》。

这个厅里四幅壁画,基本上都是拉斐尔亲手画的,就像教皇的签字大厅一样,不过这个大厅四壁的画与签字大厅的画从风格到内容都颇为不同。它们没有崇高、伟大且抽象的主题,而是每幅画都表现了教会史上一个具体事件,同时都隐含着对教皇尤利乌斯的赞美。除《赫里奥多罗斯被逐》外,还有《驱逐匈奴王阿提拉》《博尔塞纳的弥撒》《释放圣彼得》。

《驱逐匈奴王阿提拉》描绘的是 5 世纪匈奴王阿提拉进攻罗马时,教皇劝使匈奴人退兵的事。强大的匈奴王阿提拉在征服了东罗马之后,开始攻击西罗马,他统军杀入高卢,从北到南席卷今天的法国,最南面

拉斐尔《赫里奥多罗斯被逐》

直抵奥尔良，在与法兰克人、西哥特人和罗马帝国的联军打了一场大战后，又攻入意大利，一路势如破竹，直抵罗马城下。由于教皇的哀求，他没有继续打下去，而是与教皇签署了和约。这本来是耻辱，不过也是业绩，因为正是教皇的请求拯救了罗马，否则匈奴大军攻入，罗马必遭灭顶之灾。

《赫里奥多罗斯被逐》描绘的是一个叫赫里奥多罗斯的罗马将军带着一群士兵去抢神庙里的金器时，被神派来的天使们赶走了。画面的构图有点像《雅典学院》，画面光线没那么明亮，画面上一群罗马兵丁被天使们打得狼狈而逃。

《博尔塞纳的弥撒》描绘的是在意大利的博尔塞纳教堂，有一个教士在举行弥撒时，突然发现献祭用的白面包变成了鲜血，于是坚定了对神的信仰。

四幅壁画中，《释放圣彼得》画得最好。

《释放圣彼得》惊人的艺术效果

《释放圣彼得》与前面那些壁画一样,规模很大,底边宽近 7 米。全画可以分成三个连续的情节。

左边是一些士兵,穿盔戴甲,一个背对着我们的显然是长官,他左手执着一根棍子,右手指向牢房,右脚踢在一个坐在台阶上的士兵身上,士兵仿佛从梦中惊醒,惊惶地抬头看着官长。再往前也有两个士兵,都像在睡觉。这情形很容易使人联想到这些士兵在打瞌睡,长官来查岗,气得在他们的屁股上猛踹。

中间是一个大窗户,嵌着看上去很结实的铁栅。透过铁栅看得见里头戴着脚链和手铐的圣彼得。他横卧在地,垂着头,好像睡了,他身前身后看守的士兵也睡着了。为什么会这样呢?房间里明亮的金光说明了一切。一个闪着金光的天使,出现在牢房里,救彼得出狱。

右边是另一个场景:这时候圣彼得已经醒来,跟在天使身后,金光闪闪的天使牵着他的手,已经步出刚才的牢房门,准备下台阶了。台阶上还有两个士兵,正在呼呼大睡。

看得出来,拉斐尔像画连环画一样,将不同时间发生的两件事放在同一幅画上,类似的手法在马萨乔的《纳税钱》中也出现过。

在拉斐尔的所有作品中,《释放圣彼得》是最具特色的绘画之一。整幅画色调阴暗,在阴暗之中却有好几处金光闪闪。在这里,拉斐尔大大突破了过去所惯用的使画面和谐宁静的手法,而以强烈的戏剧性冲突场面来表达画意。这种画法在这里也是很恰当的,因为画所描绘的乃是天使营救圣彼得出狱的事。既然是"劫狱",气氛当然就轻松不了。拉斐尔在这里恰如其分地营造出了紧张、惊险的氛围。

不仅如此,这幅画所产生的艺术效果甚至要优于教皇的签字大厅中的绘画。在这里,拉斐尔拓展了视野,从宏观上把握对象的技巧更高了。

拉斐尔《释放圣彼得》

这表现在四幅画中那强烈的光与影的对比。例如：《释放圣彼得》有夜景、月光、火炬和天使的金色光辉；《驱逐匈奴王阿提拉》有明亮的青天白日；《赫里奥多罗斯被逐》发生在半明半暗的神庙里。不仅光线效果有对比，其他方面也有类似的对比。例如：《赫里奥多罗斯被逐》里有一大群人在闹腾，而《释放圣彼得》里则充满了深夜的宁静；《驱逐匈奴王阿提拉》画的是遥远的过去的事，而《博尔塞纳的弥撒》画的就是当时的事；如此等等。总之可以分明地感觉出来，在埃略多罗室里拉斐尔采用了与签字大厅差异很大的画法，说明他并没有因成功而满足，仍在孜孜不倦地探索艺术之道。

画完埃略多罗室里的四幅大壁画已经是1514年了，接下来拉斐尔马上又为第三个大厅——"火室"绘制壁画。不过由于这时候他的订单源源不断，而且从绘画到建筑都要干，因此"火室"中的四幅壁画中有三幅是由他的弟子们画的，只有一幅是他亲自画的，名叫《小城之火》，内容描绘的是很早以前发生在罗马的一桩圣迹。传说那年罗马城起了大火，教皇以他的祷告使大火自动熄掉，使罗马城免于毁灭。

这时拉斐尔的弟子已有五十个左右，他的画室是当时规模最庞大的画室，以至于由这个画室绘成的作品有了一个专门的名字——"拉斐尔学派"。

完成埃略多罗室，开始"火室"绘画的同一年，拉斐尔接手了一项艰巨的工作任务——担任圣彼得大教堂的总建筑师。此前拉斐尔已经被利奥十世任命为教皇的宫廷美术总监，现在又成为总建筑师，拉斐尔称得上当时艺术界的"教皇"了。

也就在这年，他与一个红衣主教的侄女订了婚。拉斐尔虽然只是一位画家，但在教皇宫廷中的地位却是一般的红衣主教比不上的，加上他的画售价昂贵，且长相英俊，无疑是当时的"钻石王老五"。期盼与他联姻的显贵家族与美貌佳人多得很，拉斐尔选了地位仅次于教皇的红衣主教的侄女，这算是门当户对。然而令人遗憾的是，他的未婚妻在他们结婚之前就因病而香消玉殒了。

据说拉斐尔十分喜爱漂亮的女人。他现在保存下来的一幅名作叫《拉芙娜·莉娜像》，画中的模特儿据说是一个面包店老板的女儿，名叫玛格丽特·罗提，她是拉斐尔的情人之一。

除了绘画与建筑，拉斐尔同时还有大量的其他事务和作品在忙着。其中最著名的有两件事。

一是为西斯廷小教堂制作一整套大挂帏，均是有关圣彼得及圣保罗事迹的内容。这是豪奢的利奥十世继位后立即找拉斐尔订制的。这是一种织锦画。所谓织锦画，是指先要绘制尺寸完全一样的纸质画稿，称为纸样，再由专门的织匠完全按照纸样织成挂帏，然后挂在教堂的祭坛前作为装饰。拉斐尔为西斯廷小教堂绘制的织锦画也许是艺术史上最有名的织锦画了：一则是由拉斐尔绘制的，其画稿本身就是卓越的艺术品；二则是挂在西斯廷小教堂这样高贵的地方；三则是在这里，除拉斐尔的织锦画外还有米开朗琪罗的天顶画，拉斐尔的作品与米开朗琪罗的作品比邻而居，拉斐尔自然要全力以赴。

拉斐尔的纸样一绘成，就立即被送往当时最有名的织锦画工作室——比利时布鲁塞尔的凡·阿尔斯特那里，由他编织成大小、尺寸、色彩等都与拉斐尔原作完全一样的织锦画。这些织锦画到1520年才全部完成，共十幅。

至于原来的纸质样稿，现在只留存下来七幅，都被珍藏在英国伦敦的维多利亚和阿尔伯特博物馆，它们是英国国王查尔斯一世继位前买来的，也因此使维多利亚和阿尔伯特博物馆成为在意大利之外收藏拉斐尔作品最丰的地方，甚至成为在意大利之外意大利文艺复兴作品的第一大藏馆。

在绘制这十幅大织锦画之前，拉斐尔已经开始绘制另一幅杰作了，那就是《西斯廷圣母像》。

杰作《西斯廷圣母像》

《西斯廷圣母像》是拉斐尔最著名的作品之一，也是整个西方艺术史上最伟大的作品之一。它于1512年左右开始绘制，两年后完成，现藏于德国德累斯顿的国家画廊，是德累斯顿甚至整个德国最引以为荣的艺术珍藏之一。

为什么意大利人的杰作会到德国来呢？1512年左右，教皇尤利乌斯的军队与入侵意大利的法军作战，当时比亚森萨地方支持教皇，为了表

拉斐尔《西斯廷圣母像》

达感谢，教皇便将已经在拉斐尔那里订购的圣母像赠送给了比亚森萨的圣西斯廷教堂。由于次年初尤利乌斯就去世了，拉斐尔在这幅作品里表达了对重用他的教皇的谢意与哀悼之情。又过了二百多年，德意志萨克森的王奥古斯特三世从比亚森萨的圣西斯廷教堂买下了这幅画，据说他为此付出了天文数字般的巨额金钱，这更使这幅作品名声大噪。

《西斯廷圣母像》是一幅长方形画作，上下长约 2.65 米，左右宽近 2 米，在非壁画的作品里称得上巨幅了。

《西斯廷圣母像》画面构成并不复杂。画面像是舞台的幕布缓缓拉开后的一刹那，长袍赤足的圣母怀抱圣婴从云端冉冉降临人间，这时我们仿佛听得见人间万千人欢声雷动，热烈迎接圣母的莅临。

圣母极秀美，瓜子脸，面庞红润，最令人感动的是她的眼睛：一双美目流露出伤感，令人仿佛能触摸到一个母亲亲手将儿子奉献出来，使他去受苦受难时所感到的痛苦，然而她又平静地、义不容辞地接受这种痛苦，这是何等的圣洁！

再看看圣母怀中的圣婴耶稣。婴儿长着一头乱蓬蓬的金发，躺在母亲的怀抱里。他眼睛里的神色与母亲的相似，充满了忧郁，也充满了自我牺牲的坚定，令人望之不能不产生敬仰崇拜之情。

画面左侧跪着的是教皇西斯廷二世，他身披金黄色袍子，满怀虔诚地仰望圣母和圣子，左手抚胸，右手伸向右侧，好像要把圣母介绍给我们这些欣赏者。右侧蹲着的女子是圣徒芭芭拉，她内心充满喜悦，双手抚胸，注视着圣母脚下的两个小天使。这两个小天使位于画面最下端，表情十分天真可爱，他们翘首仰望天空，注视着从云端降临的圣母，又仿佛在想着什么，这种小孩的沉思样显得别有一番趣味。据说这两个小天使是有模特儿的，他们就是拉斐尔对门面包房主的两个小男孩。

拉斐尔用但丁的一首诗作为《西斯廷圣母像》的主题："她走着，

一边在聆听颂扬,身上放射着福祉的温和之光;仿佛天上的精灵,化身出现于尘埃。"

在这里,拉斐尔将诗人的幻想变成了生动的艺术形象,以精湛的技巧塑造了一个既似凡人却又有着神圣光辉的母亲形象:她为拯救世人献出了自己唯一的儿子!这种牺牲精神即使对于非基督徒也是有感召力的,可以说,即使人类停止宗教信仰,它仍不会失去价值,因为它表达的乃是整个人类共有的情感与希望。

拉斐尔在 1514 年左右完成《西斯廷圣母像》,这时候利奥十世已经是新教皇了。前面说过,拉斐尔的地位较之尤利乌斯教皇在位时更加崇高,第二年教皇在原有的教廷美术总监与总建筑师的基础上再委予他重任,由他负责保管罗马古物,主要是那些刻有铭文的大理石碑。两年后他被任命为罗马文物总监,全面负责罗马古代文物的登记、保护与修缮工作。

拉斐尔自画像

这一切使拉斐尔地位更加崇高,远高于同时代其他艺术家,然而这也大大增加了他的工作量。还有,拉斐尔不但是一个旷世艺术大师,也是一个性格温和、平易近人的人,对于自己的职责从来兢兢业业、恪尽职守,而他的职责又是如此之多——画家、建筑师、罗马文物总监……他的作品在当时是如此受欢迎,想请他绘画的人排着长队,他的性格又使他不能拒绝。如此,他有多累就可想而知了。

这一切像山一样向他压来,压得他喘不过气。经常天还没亮,某位公爵的差人就等在外面要画了;他匆匆起床,刚画上几笔,教皇的使者来了,令他立即觐见,他只好丢下画笔,与教皇商量事罢,已经中午了;

他正要回去用餐，出宫门就被等在门口的某位红衣主教逮个正着，请他吃饭，顺便继续他卧室的壁画，而当他筋疲力尽地从红衣主教家出来时，天已经快黑了；但半路上遇到了美第奇家族的某个亲戚，说拉斐尔为他设计的别墅现在出了点小问题，请他去顾问一下，他只好连夜赶去……

如此之多的工作令他成天疲于奔命，严重地伤害了他本来就不怎么健康的身体。

1520年春天，意大利草长莺飞、鲜花烂漫，正是一年中最美好的季节。拉斐尔被一个贵族拉到了工地上，这里正在建造拉斐尔设计的别墅。他正忙得不亦乐乎时，教皇的使者又到了，叫他快马加鞭，赶快回去，温驯的拉斐尔像往常一样跳上马就跑，一口气跑回罗马城，跑到教皇的宫殿。教皇在一个天井中等他，他们聊了几句。

由于跑得满头大汗，又在天井中吹了穿堂风，拉斐尔回去后得了重感冒，几天后就死了。

还有另一个说法，认为拉斐尔之所以不健康，除工作太辛苦之外还有一个原因，那就是纵欲。这是瓦萨里在他的传记里写的：

由于他过度喜欢女人，导致寿命减损……在某个激情的夜晚后，他发起了高烧，因为没向医生说明前因，所以医生没有给予他应有的休养，反而为他做了放血治疗。

这种疗法正如雪上加霜，给拉斐尔的健康以致命一击。

他是倒在画布前死去的，死时手里还握着画笔。

这天正是他三十七岁的生日。真是天妒英才！

第十三章

哥白尼与日心说

对于科学而言，中世纪是一个过渡性的时代。在这个时代里，西方文明几乎全盘退化，在文学、艺术领域如此，在科学领域也如此。

在中世纪，那些基督教的捍卫者接受了古希腊和古罗马时代最先进的科学观念——托勒密的地心说，并且不折不扣地信受奉行。遗憾的是，他们太信仰托勒密的学说了，以至于将之看作最高真理，就像亚里士多德所认为的，反对它简直就是反对神。

这样的必然结果是：在中世纪几乎没有产生任何新的值得一说的科学成就，科学在这里度过了一个漫长而黑暗的时代。

到了文艺复兴时期，如同文学与艺术一样，科学也开始了它的复兴，其标志就是"日心说"的提出。

日心说是由哥白尼创立的。哥白尼是波兰人。在波兰的历史上曾经诞生过许多伟人，如伟大的音乐家肖邦、作家显克微支等等，不过最令波兰人民感到自豪的还是一对伟大的科学家儿女——天文学家哥白尼和化学家居里夫人，这两个人在西方科学史上都占有显赫的地位，是任何一部科学史都不可忽略的。

◎ 教士与天文学家

1473年哥白尼出生于波兰的托伦。托伦是波兰东部的一座小城，临近维斯杜拉河。哥白尼的父亲曾当过市长。哥白尼是家中四个孩子中最小的一个，因此他得到了父母兄姐的大量爱护，度过了幸福的童年。父亲每年夏天都要带着孩子们到外地去度假，那里有迷人的葡萄园，他们在星空下彻夜聊天、讲故事。哥白尼也经常自个儿跑到附近的维斯杜拉河畔，那清澈的、奔流不尽的河水激发了他对大自然的好奇心。

哥白尼肖像

遗憾的是，好景不长，哥白尼的父亲与母亲几乎同时辞世，孩子们顿时成了孤儿。幸好舅舅瓦茨任罗德收养了他们。舅舅学识渊博，才智出众，是当时很有名的弗龙堡大教堂的神甫。作为天主教士，他是不能结婚的，因此将外甥看作自己的亲生孩子，慈爱有加。对于哥白尼，他的打算是将来让他在自己有影响力的弗龙堡修道院当一名修士，这样他就一生衣食无忧了。他先把哥白尼送进了当地一所好学校，18岁时又把他送进了著名的克拉科夫大学。

克拉科夫当时是波兰的首都，克拉科夫大学不但是波兰最好的大学，也是闻名全欧的好学府，来自欧洲各国的众多优秀教师在这里担任教职。除神学经典之外，数学与天文学也是学校的必修科目。哥白尼在这时候开始对天文学产生了浓厚的兴趣。现在保存下来的一些哥白尼读过的著作里还有许多是亚里士多德和托勒密的天文学著作，哥白尼详细地阅读了它们，并在书页的空白之处留下了许多心得与评论，有的甚至还附上了自己的计算结果。

正式引导哥白尼走入天文学殿堂的是一位名叫布鲁楚斯基的天文学和数学教授。他是当时有名的天文学家，哥白尼喜欢听他的课，也喜欢向他提出一些不那么好回答的问题。

在教授的帮助下，哥白尼不但掌握了丰富的天文学知识，也学会了自己制造一些简单的天文仪器。那时没有专门制造天文仪器的工厂，仪器大都是天文学家自己设计制造的。教授给哥白尼讲授的天文学知识主干当然是托勒密的地心说。

1495年，哥白尼从克拉科夫大学毕业，回到了舅舅家。这时候他舅舅刚刚当上了埃尔梅兰地方的主教，这是一个相当崇高的职位。这为哥白尼的前途提供了很好的保障。

按照原来的计划，他打算先将外甥送到弗龙堡修道院当修士。但由于修士的名额有限，哥白尼只有等到名额空缺时才能就任。舅舅便先将哥白尼送往博洛尼亚大学。成立于11世纪的博洛尼亚大学是西方第一所真正的大学，法国的巴黎大学、英国的牛津大学与剑桥大学等知名学府都是后来才相继建立的。

哥白尼在博洛尼亚大学学习的专业是教会法规，但哥白尼并没有忘记天文学。博洛尼亚大学的天文学教授叫诺瓦拉，是当时意大利文艺复兴运动的领头人物之一，他对哥白尼的思想产生了很大影响。在这里哥白尼进行了一生中最早的天文观测，即观测月亮遮掩了金牛座 α 星，这颗恒星在中国古代被称为毕宿五。这是1497年3月的事。

同年，他终于等到了弗龙堡修道院的空缺，当上了修士。一方面由于才智出众，另一方面由于舅舅的关系，哥白尼很受器重，不久经神甫团特批，他获准继续前往意大利留学。

这次他要去的是帕多瓦大学。帕多瓦大学也是意大利最负盛名的大学之一，在这里，哥白尼学习了医学与法学，不过没有在这里毕业，后来他又转入了费拉拉大学，于1503年获得教会法博士学位。

拿到博士学位后，哥白尼回到了在埃尔梅兰担任主教的舅舅身边，担任他的顾问。顾问的事很多，例如舅舅在神学或者教会法上的疑问，主教区的日常事务，还有他的健康，等等。他甚至还做了舅舅的文学顾问，为舅舅发表了7世纪拜占庭诗歌的拉丁文译本，名字叫《道德、牧歌和爱情使徒书》，原文是希腊文。这本书大概是舅舅叫他翻译的，哥白尼也将之题献给了舅舅。

在舅舅这里当顾问之余，哥白尼仍在进行天文学研究，他经常在家里夜观天象，并做了详细的观测记录。

在埃尔梅兰待了近十年后，舅舅逝世了，他是在去克拉科夫参加完波兰新女王的加冕典礼后的回家途中突然死去的。

舅舅死后，哥白尼便离开了埃尔梅兰，到了舅舅之前任职的弗龙堡大教堂，这也是埃尔梅兰教区最大的主教堂。哥白尼成了这里的神甫，并兼任医生，为当地人特别是穷人治病。

从此，哥白尼的一生便基本上在这里度过了，除了少数几次因故暂时离开，他在这里一直生活到辞世。

哥白尼在弗龙堡大教堂做过各种事务，由于这一带实行的是一套政教合一的制度，哥白尼不但要做神甫和医生，还要管理教区的各种事务，比如他曾管过磨坊、面包坊、酿酒厂，一度还担任过代理主教。1519年波兰和普鲁士爆发战争时，与普鲁士毗邻的埃尔梅兰遭到普军入侵，哥白尼作为外交使节与普鲁士人进行过谈判。他也为波兰的货币制度改革提出过一系列意见，制定了一份比较详细的计划。只是这计划未曾实施，直到300年后才被公之于世。

虽然教会工作如此繁重而烦琐，哥白尼还是会经常抽出时间来进行天文观测与天文学理论的思索。他在自己的住所里建了一座小天文台，是一座外表看上去没有房顶的圆形塔楼，哥白尼在那里安装了几架天文仪器。这座塔楼被称为"哥白尼塔"，如今还在，是波兰人最引以为豪的名胜之一。

哥白尼在天文学上有精深研究的名声慢慢地传开了。1514年他接到教廷召开的拉特兰会议的邀请，这次会议是为了改革当时陈旧的历法而特地召开的，是教廷最高级别的会议。

不过在这次会议上哥白尼未发一言。因为这时他已经形成了自己的宇宙观，一种与当时流行的宇宙观大不相同的新宇宙观。

就在这一年，哥白尼将自己的新观念写成了一部手稿，名字叫《从排列顺序论天体的运动理论》，里头已经包括了他后来的主要观点，只是他从来没有打算出版这本书，这部手稿也只在朋友们中间秘密流传。

◎ 《天体运行论》艰难面世

在此后的岁月里，哥白尼继续完善他的新理论，不断地进行着天文观测，不断地用数学来证明，并不断地在形式上为一部更加伟大的著作的诞生做精心准备。

真理毕竟是真理，即使在沉默之中也有其力量。慢慢地，哥白尼的理论悄悄地传播开了，并产生了相当广泛的影响。到16世纪30年代，这种影响已经大得足以让教廷的高层注意了。据说，1533年，当时的教皇克雷芒七世曾召他到梵蒂冈，请他讲解其新理论，并对他的理论表示赞许。3年之后，新教皇还特意致信，要求他公开发表自己的理论。当时的一位红衣主教肖因贝格也在这年写信给哥白尼，要求他提供介绍自己理论的有关资料，并对他的新理论表示赞同。这封来自教廷高层的信件让哥白尼十分欣喜，因为他原来最害怕的就是教廷的反对，作为一个神职人员，那种反对足以让他吃不了兜着走。

哥白尼还在犹豫，虽然这时候他的新著《天体运行论》已经脱稿，从形式到内容都已相当完美了，但他仍然不敢贸然出书，因为他了解自己的新理论与千年以来在人们心里已经根深蒂固的旧理论是背道而驰的，他害怕遭到太多的反对，为此他忧心忡忡，几乎想要放弃公开出版。

正当此时，他的朋友们起了重要作用，例如吉兹神甫，他是哥白尼在教堂的同事和最亲密的朋友。吉兹自己也是一个天文学爱好者，非常钦佩哥白尼的工作。哥白尼还有一个学生，也是他唯一的学生，名叫雷蒂库斯，也劝老师出版著作，他也为著作的写作及出版作了不少贡献。后来雷蒂库斯结识了一个名叫裴崔阿斯的学术著作出版商，便将他介绍给老师。如此哥白尼终于同意出版，开始与裴崔阿斯一起修订书稿。这是 1539 年左右的事。

第二年，裴崔阿斯获准将修订好的手稿带到德国的纽伦堡，预备在那里印刷出版。

他要出版哥白尼新著的事已经传开了，这时候的基督教领袖马丁·路德已经在德意志开始了他的宗教改革并大有成果。虽然他对天主教进行了许多改革，但仍相信地球是宇宙的中心。他和其他一些宗教改革者都坚决反对哥白尼的学说。由于他们势力强大，裴崔阿斯的出版计划被搁置，他只得将书托付给了莱比锡的一个名叫 A. 奥西安德尔的出版商。

奥西安德尔是个聪明人，他深知出版这样的书可能惹来大麻烦，便预先采取了一些办法。

他先让哥白尼撰写一篇献词，将书题献给当时的教皇，希望书和作者都能得到教皇的庇护。后来奥西安德尔自己也写了一篇序言附上，声称这本书中的内容只是为了计算星象历法之便利而采用的一个假设，不一定符合实际情况，甚至还说天文学里充满了奇谈怪论，谁要是信以为真，谁就是真正的傻瓜。

这些话当然不是哥白尼的本意，但考虑到当时的实际情况也未尝不可，因为加一篇无足轻重的序言总比书都出不了要好得多。

《天体运行论》于1543年初在纽伦堡出版。

而在1542年底，哥白尼就患了脑溢血，右半身瘫痪，一直卧床不起。

这本书在1543年5月24日被送到了哥白尼的病榻前，此时他已处于弥留之际，据说当朋友将书送到他手上时，他只摸了摸就瞑目而逝，时年70岁。

◎ 日心说

日心说是哥白尼思想的主体，他关于日心说的思想集中体现在《天体运行论》一书中，这本书也是西方科学史上最有名的著作之一。《天体运行论》的手稿在交给出版商时作者没有署名，甚至连书的名字都没有，它们都是出版商后来加的。

《天体运行论》共分六卷，第一卷名叫《宇宙概观》，是全书之精华。由于它是以哲学式的语言来分析天文学，没有多少科学术语与数学公式，因此颇为明白易懂。关于日心说的论述就主要集中在这一篇里。

第二卷主要讨论地球的三种运动，即公转、自转和赤纬运动及其所引起的一系列现象，例如昼夜交替、四季循环等等。在这里，哥白尼把一些数学，例如三角学的基本规则用于解释行星与恒星的视运动——就是天体在我们观察者的视觉里的运动，并将太阳的运动也归于地球的运动。

第三卷主要是用数学的方法来描述地球的运动，其中包括岁差现象。地球的自转轴因为受到太阳与月球等的引力作用而产生移动，它会在天穹中画出一个圆锥形的轨迹。它也会造成地球的春分点，即黄道与天赤道的交点西移，这样就使得地球的回归年稍短于恒星年。二者间的差值就是岁差了。

第四卷专门讨论月球的运动。由于月球是距我们最近的大天体，我们最容易认识与分析它，因此哥白尼对月球进行了尽可能深入的观察研究。他认为月球并不在黄道上运动，而是有自己的轨道——白道。所谓白道是指月球绕地球公转的轨道平面。月球的运行速率并不均匀，哥白尼也对此进行了很好的解释。

第五卷与第六卷讨论的都是行星的运动，它在《天体运行论》整本书里占了最大的篇幅。哥白尼指出，行星的视运动并不是均匀的，其根本成因是地球的运动与行星本身运动的叠加。

以上就是《天体运行论》的大致内容。当然，实际上的《天体运行论》比我说的要复杂得多，这里说的只是大概内容。

《天体运行论》对于人类的意义是显而易见的。首先，它是一种科学的理论，虽然有其缺陷，但比当时流行的地心说要科学多了。而且，从某种意义上说，它在其他方面的意义甚至要超出科学方面的。这种理论的内容也具有特殊性，因为它是有关人类生活的地球与人类的一切的，与心灵、生命、历史都息息相关，因此当人们知道自己所居住的星球并非他们原来想当然认为的宇宙的中心时，他们所受到的打击之重可想而知。加之当时正处在基督教牢牢统治人们思想，愚昧与谬误被称为绝对真理的时代，哥白尼的学说无异于平地一声雷、当头一棒喝，使人们像沉睡良久的狮子，终于被唤醒，张开双眼去看真实的世界。

现在我们就来介绍一下哥白尼使人们睁开双眼的学说——日心说。

日心说的理论并不复杂，它主要包括以下几个要点。

第一，太阳而非地球，是宇宙的中心。

第二，金、木、水、火、土五大行星与地球一起都在环绕太阳公转，

哥白尼日心说体系（Andreas Cellarius, 1660年）

而不是像托勒密所说的是五大行星与太阳在围绕地球转。它们绕太阳公转的轨道是圆形的，速度也是均匀的。

第三，月球是围绕地球运行的，运行在以地球为圆心的圆形轨道上。

第四，地球每天自转一周，我们所见的天上的日月星辰每天的东升西落并非它们在绕地球转动，而是地球的自转所造成的。至于天空，就是恒星分布在上面的天穹，则是静止不动的。

第五，恒星，像行星一样，是运动的。为什么看上去不动呢？只是因为它们距我们实在太遥远了，比地球与太阳的距离要远得多，因此无法察觉这种变化。

这就是哥白尼日心说的核心主题。很容易看出来，他的体系虽然比托勒密的地心说要进了一大步，但也有一些明显的错误：一是将太阳视为宇宙之中心；二是认为行星运动的轨道是圆形且速度是均匀的。之所以这样认为，是因为哥白尼像托勒密或者毕达哥拉斯一样，认为一切形状中球是最完美的。

日心说提出之后，命运多舛。一开始，由于出版者加了那篇序言，读者可能以为它只是为了制订星表而做的一个假设，因此没多少人理会。加之它前面有一篇致教皇的献词，还有一位红衣主教的支持声明，教会也没有站出来反对它，只有马丁·路德反驳了几句。

几十年之后，著名的布鲁诺开始大力传播日心说，它在西方世界引起了巨大反响。由于这一理论明显违反基督教千年以来的许多基本信条，例如认为人类是万物之灵，是上帝的特创，因而人类所居住的地球也是宇宙的中心等，这令教会感到莫大的威胁，立即起来反击哥白尼及其日心说，对于其支持者与宣讲者也辣手无情。

1592 年，教会逮捕了布鲁诺，囚了他整整 8 年。由于他绝不肯放弃日心说，最后被处以残酷的火刑。1600 年 2 月 7 日，布鲁诺在罗马的鲜花广场上被活活烧死。

到 1616 年，教会公开宣布《天体运行论》是禁书，任何人信仰它、阅读它都是犯罪。

然而真理是不会屈服于强权的，也是大火烧不死的。日心说毕竟是真理，它终究取得了最后的胜利。

第十四章

第谷、开普勒：天文学革命的最佳拍档

文艺复兴时期，在自然科学各门类中取得最大成就的就是天文学。

除哥白尼外，这个时期还有许多人对天文学的发展作出了巨大贡献，其中首推三个人：第谷、开普勒与伽利略。他们的努力使得天文学产生了一场革命，从此天文学将牢牢奠基于科学观测和基于科学观测的科学推论。

这场新革命的开创者是第谷。

◎ 第谷：天空中最明亮的眼睛

天文学这门学科的特点之一，就是它不像数学那样是纯粹理论的沉思，而需要对天体进行实实在在的观测，天文学理论就是奠定在这些观测结果之上的。因此天文观测是天文学的基础，没有这个可靠的观测基础也就没有可靠的理论。就像哥白尼，他的日心说较之地心说要科学得多，这是因为他进行了比托勒密更加科学的天体观测。但他的理论里也有不少谬误，如他认为太阳是宇宙的中心。这些谬误产生的根本原因就是他的天体观测，无论是精度还是深度都不够，因此他的理论也就不可避免地带有许多错误。而新的、更为科学的天文学理论必须奠基于更为科学的观测。

这种科学的观测在文艺复兴时期首先是由第谷来进行的。

第谷生于1546年，丹麦人，出身相当高贵，他的家族在丹麦与瑞典都鼎鼎有名。他的父亲曾当过国王的枢密顾问，后来成为一座城堡的堡主，他有五个孩子，第谷是长子。

据说第谷从小就喜欢站在星空下仰望，对浩瀚星空充满了好奇。

第谷13岁时进入哥本哈根大学学习法律，这是当时的贵族子弟通常学习的科目，好为将来当官做准备。不过年轻的第谷对法律兴趣不大。二年级时他看到了日全食，从此就再也离不开天文学了。这次日全食正是在天文学家们预测的日期出现的，这在当时已经不是什么难事了，却让第谷惊讶万分。从此他经常白天上课，夜观天象，上的课程也不再是教会法之类，而是像亚里士多德的《物理学》、欧几里得的《几何原本》、托勒密的《天文学大成》等。

1562年，第谷转到了德国莱比锡大学，家里还派了一个家庭教师随他前往，负责监督。这样一来，第谷就不方便整夜看天象了，必须在深夜等家庭教师睡了才行。

到莱比锡的第二年，他观察并记录了一次重要的天象——木星合土星，这也是他一生巨量的天文观

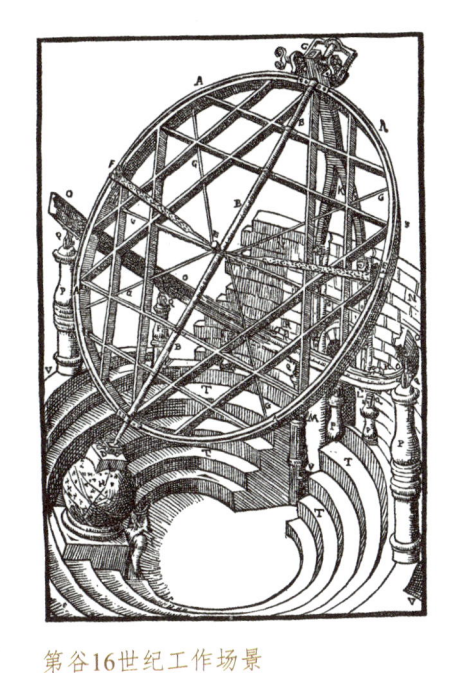

第谷16世纪工作场景

（Johann Louis Emil Dreyer，1890）

测记录之始。

也就是在那天,他发现那时手头所有的天文数据都非常不精确:他实际观测到的土星合木星出现的日期竟比根据当时流行的《阿尔丰索星表》所推算出来的差了整整一个月。这让第谷大为震惊,感觉这样的数据简直是对他心爱的天文学的亵渎,因此他决心投身天文学事业,做出更详细的观测,得到更精确的结论。后来他开始在欧洲各地游历,一边观测天象,一边学习天文学。

这样的日子过了多年,他到过欧洲许多国家,也进过多所大学,结交了许多天文学界的朋友。他与天文学家们交流通常是用这样的方式:第谷向他们学习天文学的一些新理论,他们则听取第谷的观测结果,有时还请他帮助制作一些天文仪器。第谷在这方面简直是天才,他制作的天文仪器之精良在当时无人能比。

就在游学的第二年,他与一个贵族发生了争执,按照当时流行的方式,两人以决斗来解决纷争,结果第谷被对手一剑削掉了鼻子。后来他用铜、金等制作了一只假鼻子,戴着它直到去世。

1570年他回到家乡,第二年父亲去世,他获得了一大笔遗产。他是长子,根据那时欧洲的继承传统,父亲的遗产大部分归他。

第谷移居到了斯卡尼亚,在那里定居下来。这是1571年的事。

第二年,第谷观测到了他一生中最重要的一次天文现象——超新星爆发。

超新星爆发是相当罕见的天文事件,这次超新星爆发比天空最明亮的金星还要亮。这让第谷大喜。直到1574年初这颗新星消失为止,在长达一年多的时间里,他进行了十分详细的观察与记录。此前一年他出版了《论新星》,对这颗新星以及什么是新星都进行了系统的分析,他的结论是新星乃是一颗与地球相距遥远的恒星。后来这颗新星被命名为"第谷超新星"。

著作的出版使第谷在欧洲天文学界声名鹊起，他成了著名的新锐天文学家。

此后第谷又开始了新一轮游历，这时他已经是闻名全欧的天文学家了，所到之处受到同行的热烈欢迎，他先后到了法兰克福、巴塞尔、威尼斯、罗马等地，直到1575年底才回家。

此前他已经接到德国一个大贵族的邀请，准备去那里建造一座大型天文台。由于这时候第谷已经是丹麦最有声望的科学家之一，为了留住人才，这时的丹麦国王弗雷德里克二世便将位于丹麦海峡的一座名叫汶岛的小岛赐给第谷，并拨出巨款资助他在那里修建了一座大型天文台。这是1576年的事。

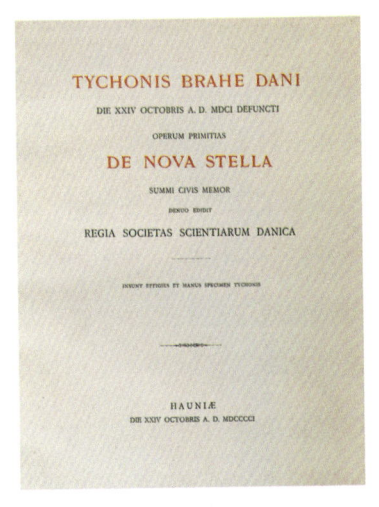

第谷《论新星》

从此天文台就成了第谷的家，他生活在这座堪称当时全欧最先进的"天文堡"里，每天都对诸天象辛勤地观测、详细地记录。

第谷不但是最优秀的天文观测家，也是最出色的能工巧匠，甚至称得上艺术家。他亲自建造印刷厂来装订印制他的书籍，亲自设计最巧妙的天文仪器，这些仪器许多都是由他自己发明的。

靠着这一切，第谷的"天文堡"成了整个西方世界的天文学研究中心。

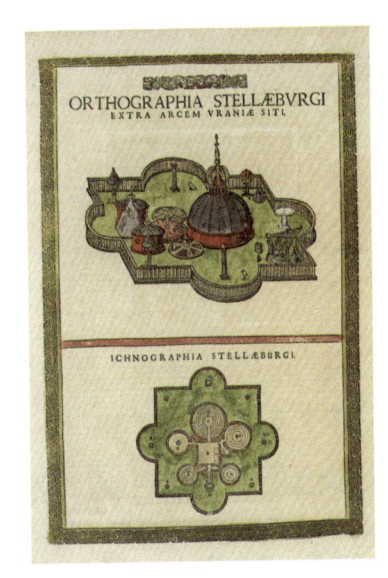

第谷《天文工程》插图

移居"天文堡"的第二年，第谷发现了一颗大彗星，他对它进行了细致的跟踪观测，并于11年之后出版了《论新天象》。这本书曾在17世纪时被来华的欧洲传教士翻译成中文，名叫《彗星解》。书中不仅对彗星做了比较深入的分析，还提出了他自己独特的宇宙观。但理论创造不是第谷的优势，他创立的宇宙观虽然后于哥白尼，但仍是一种地心说，他认为地球是宇宙的中心，太阳围绕地球转，其他行星则围绕太阳转。

就在《论新天象》出版的这年，十余年来资助他进行天文学研究的弗雷德里克二世死了，继位的新王不重视也不喜欢天文学，对他的资助日渐减少，由于进行天文研究所需的资金相当庞大，他只好转而寻求另外的帮助。他的寻求很快得到了回应，神圣罗马帝国皇帝鲁道夫二世答应支持他。于是，在1597年，第谷离开生活了20多年的汶岛。他得到神圣罗马帝国皇帝的青睐，被封为御前天文学家，得到了位于布拉格近郊的一座小山上的贝纳特屈城堡作为府第兼新天文台。

第二年他得到了一名新助手，就是开普勒。第谷不久便发现了他超卓的才华，十分欣喜，知道自己的事业后继有人了。遗憾的是，两人的观念时常发生冲突，因此关系颇为紧张。

到了1600年前后，第谷忽然染病，很快就去世了，年仅55岁。

此前，自知将不久于人世的第谷留下遗嘱，把所有天文观测资料赠送给开普勒，嘱托他将自己未竟之事业进行下去。

以上就是第谷的一生，可以看到第谷一生最伟大的贡献并不是提出了伟大的理论，而是积累了大量一手的精确的天文观测资料。这些资料是未来新天文学发展的基础，没有它们，西方天文学也许在相当长时期内还会是老样子；而有了它们，开普勒等人将会把天文学领入一个崭新的时代。

◎ 天空的立法者与著名占星家

开普勒是德国人，1571年生于德国符腾堡的魏尔市。父亲是个雇佣兵，母亲是个小酒店老板的女儿，经常受到丈夫的虐待。处在这样一个贫穷且不和睦的家庭里，加上从小体弱多病，身材瘦小，开普勒度过了一个不幸福的童年。

但开普勒从小就显示出过人的才智。本来，由于家境贫寒，他没有机会上学，但那时的符腾堡大公国十分重视国民的教育，特别为那些有天才的穷人孩子提供了丰厚的奖学金，使他们能够顺利完成学业。就是靠着这个好政策，开普勒才依靠自己的天资受到了相当完整而系统的教育。他先后在书写学校、拉丁文学校、阿代尔堡教会学校等学校接受教育，1587年进入图宾根大学。

在大学里开普勒是个出色的学生，入学仅一年之后就获得了文学学士学位，三年后又获得了文学硕士学位。他决定将来当一名牧师，于是又进入神学院就读。

直到这时，开普勒还没有想到自己将来要当一个天文学家。1594年，开普勒眼看就要在神学专业毕业了，这时发生了一件事。奥地利格拉茨地方一所路德派的高级中学的数学教师去世了，便向图宾根大学求援。大学评议会经过商议，认为开普勒适合这个职务，就一方面向学校大力推荐，另一方面又鼓动开普勒去。经过一阵犹豫之后，开普勒接受了这个职务。

不久开普勒到了自己的新任之地。这是一所规模不大的新教中学，课也不多，开普勒上课之余还有许多空闲时间可以思索。他开始思索一些天文学与数学问题，特别是与哥白尼的日心说有关的问题。据说某一天他上课时突然想到了这样一个问题：为什么太阳只有六个行星而不是七个、十个或者更多？还有，行星的轨道为什么大小会有变化？他又将这些问题与欧几里得的几何学、毕达哥拉斯与柏拉图的哲学联系起来思考，并写成《宇宙结构的秘密》。

著作出版之后，开普勒将它们分送给他所尊敬的天文学家们，例如第谷和伽利略。伽利略没理睬他，第谷则详细阅读了他的作品，虽然对作者的观点不敢苟同，却发现了开普勒了不起的数学与天文学才华，便诚心诚意地邀请开普勒到他位于布拉格附近的天文台去，与他一起研究天文学。

此前，1597年，他结婚了，对象是一个年轻貌美的寡妇，开普勒很喜爱她。然而他的婚姻生活却不幸福，主要是妻子对他的工作一无所知，也不想知道。更使他悲伤的是，他们生下的一儿一女都夭折了。这些令开普勒的生活充满了痛苦。于是当接到来自第谷的邀请后，他便欣然接受，前往布拉格，并于1600年到达第谷所在的贝纳特屈城堡的天文台。

最初，开普勒并没有得到第谷的充分信任，也未能接触观测资料。对于一个天文学家来说，这些资料是他的成果，也是他的秘密，就像现在的专利一样。后来经过一段时间的相处，第谷逐渐对开普勒有了信心，便向他开放了一些资料，尤其是有关火星的观测资料。这对开普勒的帮助极大，正是火星比较鲜明的运行特征使他得到了后来伟大的成果——开普勒行星运动三定律。

也许由于一开始与第谷并不能和睦相处，开普勒在布拉格待了仅四个月就走了，回到了格拉茨。但接下来的一场政治事件使他不得不再次回到第谷身边。当时格拉茨处在罗马教廷的控制下，教廷大肆迫害新教徒，把他们逐出了格拉茨，开普勒也在其中。这次驱逐使他几乎丧失了所有财产，包括妻子带来的丰厚陪嫁。被贫困严重威胁的开普勒不得不再次向第谷求助，第谷张开双手欢迎他归来，并且不再向他隐藏自己的观测资料，还准备与他一起编定他所向往的完整的星表。

然而天不遂人愿，第二年第谷突然病逝，临终前要求开普勒完成他们的未竟之工作。这是 1601 年的事。

第谷去世后，开普勒马上被任命为他的继承人，担任了皇家数学家和御前天文学家。

但他这个御前天文学家并不好当，主要是经济原因。开普勒不像第谷那样富有，他的收入只有薪俸，皇家还经常拖延给付，这给他的家庭生活造成了很大困难。虽然第谷将资料遗赠给他，但第谷的法定继承人却是其女婿，他根本不乐意将掌握在自己手里的资料爽快地交给开普勒，甚至漫天要价。

开普勒除了是一个伟大的天文学家，还是西方历史上最有名的占星家之一，他在《不列颠百科全书》里的身份也是"文艺复兴时期的天文学家和占星家"。开普勒发表的一部著作就叫《占星术的可信基础》。这个身份曾给贫穷的开普勒带来过不小的收益。

后来开普勒终于可以使用第谷的资料了，这些资料使得开普勒能够做他最擅长的工作：利用第谷的观测资料研究天体尤其是行星运行的规律。

经过长期研究与探索之后，开普勒于 1609 年出版了《新天文学》。

◎ 星星运动的法则

在《新天文学》里，开普勒提出了两个崭新的观念：一是其他行星也像地球一样是由物质构成的；二是行星运行的轨道不是正圆的，而是椭圆形的。这两个结论将古希腊以来直至哥白尼有关行星的理论都向前推进了一大步。这两个结论就是著名的开普勒行星运动三定律中的前两个，可以这样表述：

第一，行星的运行轨迹是一个椭圆，太阳位于它的一个焦点；

第二，太阳与行星的连线在相同时间内扫过的面积相等。

二者又分别被称为"轨道定律"与"面积定律"。

这两个定律的发现对天文学的意义几乎不亚于哥白尼的日心说，甚至更有创新性。要知道哥白尼的日心说虽然优越于地心说，但日心说早在古希腊就有人提出过。而且，除将宇宙的中心以太阳代替地球外，哥白尼日心说的其他内容与托勒密地心说并无本质区别，例如都认为行星的运行必须是正圆的轨道，运动也是匀速的。然而开普勒的运动定律根本性地否定了这些千年以来的传统观念：以轨道定律否定了圆形轨道，以面积定律否定了匀速运动。基于此，也有人说文艺复兴时期天文学的伟大革新起源于开普勒而非哥白尼，这种说法也是有一定道理的。

《新天文学》的副标题是"天体物理学"，这个名称也是革命性的。因为此前的天文学，从毕达哥拉斯、托勒密直至哥白尼，实际上都是一种天体数学；也就是说，从数学的角度出发去描述或者猜测天体的运行规律，这就是他们为什么执意认为天体运行的轨道是圆形的，只因为圆形是"最完美的几何图形"。开普勒此前也一度相信这个，也一度想用圆形去描述行星运行的轨道，最后他发现这样的描述与第谷实际观测得到的结果不相符才不得不放弃。

从这时候起，天文学不再迷信主观臆想的完美几何图形之类，而是用实际的观测去探求天体运动等规律，这不能不说是一场天文学研究方法的革命。

开普勒在布拉格工作的时间前后加起来长达 11 年。这 11 年也是他一生中成果最丰硕的岁月。

到了第 11 年，不幸又接踵而至。先是这年年初，他 6 岁的儿子染上天花夭折。几个月后妻子又染上伤寒逝世。他接连失子丧妻，其痛苦可想而知。这年，一直支持他研究的鲁道夫二世被迫退位。开普勒一下子没了靠山，新任皇帝虽然同样任命他为皇家数学家，但给的钱却很少，他简直没法儿过下去。结果，在布拉格生活了11年之后，他被迫离开。

他迁居到了奥地利北部的林茨。这是1611年的事。

在林茨，开普勒继续他的研究工作，并在1613年再次结婚，对象是一个木匠的漂亮女儿，这次婚姻比第一次要幸福得多。

1619年，也就是在《新天文学》发表整整10年之后，他又出版了《宇宙和谐律》，在这里他提出了有关行星运动的第三定律：所有行星公转周期的平方与它到太阳之间距离的立方成正比。也就是说，对于每颗行星，其公转周期与到太阳之间的距离之比乃是一个常数。

如此，开普勒就在时间与距离之间建立了巧妙的联系，结合上面的轨道定律与面积定律，开普勒终于完成了对于行星运行规律的描述。

这三大定律是那个时代人类对天体运行规律的漫长探索的总结，开普勒在这里扮演了一个集大成者的角色。他一方面总结了既往的天文学研究的精华，另一方面又为后来者——尤其是牛顿——的进一步探索打下了坚实的基础。

后来新皇帝斐迪南二世终于确认了他的皇家数学家身份并提供相应的资助，同时要求他完成《鲁道夫星表》。原来，早在第谷还在世时，他给开普勒的最重要的任务就是编出一张完整的星表，以替代原来不准确的老星表。后来由于种种原因，开普勒一直未能完成这项工作，直到现在，第谷已经去世20年了，在皇帝的敦促下，开普勒才开始全力从事这项艰巨的工作。

经过7年的努力，《鲁道夫星表》终于完成，并于同年在德国乌尔姆出版，其名字来源于支持第谷与开普勒研究事业的鲁道夫二世。这个星表无疑是到那时为止最为精确的星表，它是第谷与开普勒共同努力的

《鲁道夫星表》插图

结晶，它到现在还有使用价值。

虽然因出版《鲁道夫星表》一时得到了皇室的垂青，但开普勒还是感到他在宫廷的地位并不稳固，他得另找庇护人。这时候他遇到了A.冯·华伦斯坦，他是帝国的重要将领兼最大富豪之一，也是一个相信占星术的人。据说早在1608年开普勒就用占星术为他算过命，预言过他的未来。后来这些预言一一应验了，这使得他对开普勒佩服得不得了，当他又遇到开普勒时，便请求他跟着自己，并答应资助他的研究工作。正愁找不到庇护人的开普勒答应了，并于1628年携家眷到华伦斯坦的封地扎甘。

扎甘远没有布拉格热闹，也没有合适的天文仪器，开普勒在这里的生活枯燥、孤独且贫困。

有一天，由于家里穷得没米下锅，开普勒要去取他存在奥地利银行的两张期票的利息。在途中经过雷根斯堡时他突然病倒，不久就死了，时年59岁。

开普勒没有哥白尼那么有名，然而从许多角度来说，他都与哥白尼一样伟大，对天文学的贡献更是不亚于哥白尼。自他起，天文学才真正达到了科学的高度，完成了天文学领域内一场伟大的革命。因此，他不愧被称为"天空的立法者"。

第十五章

文艺复兴时期的数学复兴

西方古代的数学研究在欧几里得和阿基米德那里达到了巅峰，罗马帝国时代，以亚历山大城为中心的数学研究也从未中止过。不过，公元前46年，当凯撒焚烧停泊在亚历山大港的埃及舰队时，大火殃及亚历山大图书馆，这里是当时西方世界最大的图书馆，是西方人的精神家园，大火使得几乎所有藏书和近五十万份珍贵的手稿化为灰烬，这是西方历史上最大的文化悲剧之一。

罗马帝国崩溃后，西方历史进入了中世纪。对于数学，中世纪也是一个黑暗的时代，毫无新成就可言。进入文艺复兴时期，数学才有了一定程度的复兴。

◎ 一场难忘的数学争斗

文艺复兴时期发生了一场争斗，它是西方数学史上最令人难忘的事件之一。

1515年左右，意大利古老的博洛尼亚大学的数学教授费尔洛用代数方法成功地解开了不含有二次项的三次方程,也就是形如 $x^3+mx=n$ 的方程。得到这个重大科研成果后,他没有将之公开发表,而是秘藏起来,只传给了自己的学生菲奥尔。

二十来年后,另一位意大利人、靠自学成才的塔尔塔利亚宣称他发现了不含一次项的三次方程的解法,即 $x^3+mx^2=n$。这个塔尔塔利亚本名叫丰塔纳,因为有些结巴,人们就叫他"塔尔塔利亚",意思就是"结巴"。听到这个消息,菲奥尔不由得又惊又怒又不相信,于是他向塔尔塔利亚提出了挑战。塔尔塔利亚接受了挑战。两人在规定的时间内解相同数量的方程,结果塔尔塔利亚因为能够解开两种形式的方程而获胜。

不久后的一天,来了一个米兰人卡尔达诺,他是医生兼数学天才,他很可能在解三次方程的方法上请教了塔尔塔利亚,据说还发誓保守秘密,塔尔塔利亚便将解法教给了他。

又过了十来年,1545 年,卡尔达诺在德意志纽伦堡出版了《大术》,其中包括了三次方程的解法。塔尔塔利亚知道这件事后便公开指责卡尔达诺违背了保守秘密的誓言。卡尔达诺好像倒没怎么样,但他的学生费拉里却站起来为老师辩护,他说卡尔达诺根本没起过这样的誓,也没有从塔尔塔利亚那里获知解题的秘密,他是通过另一个人从费尔洛那里得到帮助的。他又反过来指责说是塔尔塔利亚从费尔洛那里剽窃过来的。这个费拉里也不是等闲之辈,他原来只是卡尔达诺的仆人,后来也成为了不起的数学家,并在老师的基础上发现了四次方程的解法,这也包括在《大术》中。

费拉里和塔尔塔利亚的争执在数学界甚至社会上都引起了广泛的争议。两人争执的最高潮是费拉里和塔尔塔利亚于 1548 年在米兰展开了一场充满火药味的公开大辩论。辩论之后,双方都声称赢得了胜利,但究竟孰胜孰负就不得而知了。

这场争论在数学史上留下了浓重的一笔，也许是中世纪和文艺复兴给数学史留下的最深刻的印记了。

但在数学史上更有名的，既不是费拉里也不是塔尔塔利亚，而是卡尔达诺。

卡尔达诺 1501 年出生于米兰，是个私生子。早年生活极为贫困，后来学习了一些医术，但直到 38 岁时才加入医师协会，成为正式的医师。此后他因为医术高明而声名远播。入医师协会仅仅数年之后，他就成了协会会长，也是欧洲最有名的医生之一。1543 年他在帕维亚成了医学教授，甚至有国王要请他去当御医，但他并不愿意接受这个大多数医生求之不得的职位。

卡尔达诺在医学方面誉满欧洲，同时他也是伟大的数学家。他的《大术》是代数学的奠基性著作之一。后来他又出版了《博弈之书》，在其中首创了概率论。他甚至是一位卓有成就的物理学家和哲学家，他的著作之一《事物之精妙》，其中包括他的许多物理发现和多项发明。

由于他大力宣传一些有违神学教义的科学理论，1570 年被宗教裁判所以"异端"的罪名逮捕，这时他已经是博洛尼亚大学的医学教授。他没有像布鲁诺那样坚守信念，而是向教会宣誓放弃原来的"异端邪说"，得以释放，但教会并没有完全放过他，他不但失去了在大学的教职，而且在教会的禁止下，他从此也不再著书立说了。但他在数学史上还是留下了自己的名字，例如现在三次方程的求解公式仍被称为"卡尔达诺–塔尔塔利亚公式"，即

$$x = \sqrt[3]{(n/2) + \sqrt{(n/2)^2 + (m/3)^3}} - \sqrt[3]{-(n/2) + \sqrt{(n/2)^2 + (m/3)^3}}$$

◎ "代数学之父"韦达

你现在从课本上看到的数学公式，例如 $ax^2+bx+c=0$ 之类，满是各

种各样的符号，代表各种各样的意义。这些意义与符号本身之间并没有必然的联系，只是一个代号而已，就像人的名字一样。在数学上能够用公式表达这些数字与符号，一样也能够用文字表达。例如，对于 $ax^2+bx+c=0$ 这个方程可以用文字这样表达："某一个已知数乘以某一个未知数的平方然后加上另一个已知数乘以该未知数再加上某一个已知数最后的结果是什么也没有。"

可不要对这种啰唆的表达法感到好笑，要知道从欧几里得到阿基米德，这些伟大的数学家就是用这种啰唆法子来表述数学命题的。一个典型的例子是古代西方一位文法学家所编写的数学著作《选集》，它是这样表述下面的数学问题的：某人一生，童年占四分之一，青年占五分之一，壮年占三分之一，还有一十三年是老年。请问他活了多少岁？

到另一个著名的古代数学家丢番图时，情形有了很大改变，他将几乎纯粹文字的代数学变成了一种简写的代数学，比原来的形式要简明多了。在他的名著《算术》中，他用了某些符号来代替文字。例如，他用 Δ^γ 来表示某个未知数的平方，用 K^γ 来表示某个未知数的立方，等等。虽然不那么好懂，但形式上比纯粹文字的表达要简单不少。

数学表达方式的第三个时代就是符号数学的时代，这也是我们所处的时代，就是用 $ax^2+bx+c=0$ 来表达方程的时代。

对这个时代的到来作出最大贡献的就是韦达。

韦达这个名字大家都很熟悉，中学课本中就有著名的韦达定理。它说的是，设有方程 $x^2-px+q=0$，x_1、x_2 分别为它的两个根，则 $x_1+x_2=p$，$x_1x_2=q$，它在解方程时非常有用。

韦达是法国人，生于1540年，死于1603年。他在家乡丰特奈勒孔特接受早期教育，后来到了法国中西部的普瓦提埃大学学法律，后来成了一名律师，还曾担任法国的王家顾问。他一生最有轰动效应的事便是破译了西班牙人的密码。当西班牙的天主教徒与法国的胡格诺教徒打仗时，西班牙人运用了一套在当时复杂得不可想象的军事密码，多达500个字母。他们以为这是不可能破译的，然而韦达却成功地破译了。这样，法国人就对西班牙人的军事行动了如指掌。西班牙人察觉后被吓坏了，觉得不可思议，更认为法国人用了妖术，于是向教皇提出控诉。

韦达是用什么方法破译密码的呢？当然是用数学方法。由此可见他的数学功底之深厚。其实他既非职业数学家，又没有受过正规的数学教育，只在业余时间研究些数学问题，其成就完全是靠自己的天才加勤奋获得的。

韦达对数学最大的贡献是提出了一种崭新的数学公式表达法。

在阅读古希腊的数学著作特别是丢番图的著作时，他对丢番图改进的表示法还不满意，例如丢番图即使在表示同一个未知数的不同次方时也用上了不同的字母。韦达对这种方法进行了很大的改进。他首先对代数学中的已知量与未知量的表达方式进行了统一，用元音字母来表示未知量，而用辅音字母来表示已知量。韦达主要是用元音字母 A 来表示未知数，而用 B、C、D 等来表示已知量。对于同一个问题中的同一个未知量或者已知量，他就用同一个字母来表示。当然，韦达并没有将代数式完全改成今日的模样，有些他也仍然用上了文字，如平方、立方等。

还是举个例子来看看韦达是怎么表示的吧。例如，他用 A、A quadratum、A cubum 分别表示未知数 A 的一次方、平方与立方。平方与立方他仍然是用文字表达，quadratum 和 cubum 分别是拉丁语平方和立方的意思。这样的表示法缺点还很明显，主要是仍太复杂，让人看不明白，对于比较简单的式子还好说，对于比较复杂的就难了。后来有许多数学家对韦达的表示法进行了完善，才有今日的模样。

在这些完善数学表示法的数学家当中，有一个人的名字我们是非常熟悉的，他用 a，b，c 来表示已知数，而用 x，y，z 来表示未知数，这种方法一直沿用至今。这个人就是伟大的法国哲学家、解析几何的创立者笛卡尔。

第十六章

伽利略：物理学真正的创始人

像天文学一样，物理学在文艺复兴时期也取得了夺目的成就，前面讲天文学时所讲到的成就，例如开普勒三定律，从某一个角度来说也是物理学上的成就，因为它们都涉及力学问题，因此那些伟大的天文学家也可以说是杰出的物理学家。其中最伟大的代表就是伽利略。

关于伽利略的伟大，爱因斯坦说过，伽利略是物理学真正的开端。换言之，伽利略是物理学真正的创始人。

◎ 年轻的发明家

伽利略于1564年2月出生于意大利的比萨。比萨是因比萨斜塔而闻名的城市。它还有一所好大学——比萨大学，建于14世纪，曾是意大利和欧洲很著名的大学之一。

伽利略的父亲出身贵族，以教授音乐为生，还通晓数学与天文学，后来迫于生计，在伽利略10岁时迁居到了经济繁荣的佛罗伦萨，伽利略在这里的一家修道院的附属学校里上学。两年之后伽利略因为生病休学回家。

在家里，伽利略开始自学。这时他已经爱上了自然科学，经常去城里的公共图书馆阅读相关书籍，甚至打算将来以此为谋生之道。但搞自然科学研究在那时是没什么前途的，对他这样一个家庭贫寒的人尤其如此。后来他听从父亲的劝告，改为学医，为此进了比萨大学医学系。

这时大学里教医学就像教哲学一样，只讲理论。上课时教授背书似的背诵人体各部分的器官名称，既没有

伽利略肖像（Justus Sustermans，约1640年）

图解，也没有尸体，甚至没有一个病人来进行示范。伽利略对这种方法提出了质疑，认为这种讲课法对实际治疗没多少用处，还不如去医院多看看病人。伽利略对当时的哲学课也有这样的看法，那时学医学的学生都必修哲学课，课堂所讲的全是亚里士多德那一套，教授将之看作神圣的教条，甚至宣称天地万物的所有问题在亚里士多德的著作里都可以找到答案。伽利略对此不敢苟同。

从伽利略对待这两门学科的态度上我们可以看出两种精神：重视实践的精神与敢于怀疑的精神。这两种精神将引导他走上未来的发现之路。

大学一年级时，他有一次去比萨大教堂，看见教堂的司事把吊在长绳上的灯点亮时，碰着了吊灯，吊灯便不停地左右摇摆。他发现，虽然吊灯摆动的距离会慢慢缩短，但每次摆动所花的时间几乎一样。这个平常无数人看见过的现象却令他有所顿悟，他立即着手研究这个问题。他找来不同的绳子，例如麻绳、细铁丝、铜丝、布带等等，将它们分割成不同的长度，再在下面挂上种类与重量不同的东西，例如小石头、铁块、

铅块，甚至苹果等，使之摆动，然后观察有什么结果。最终他发现了摆动的周期与摆的长度的平方根成正比，而与摆锤的重量无关。换句话说，长度相同的摆，周期相同，这就是摆的等时性。这是伽利略的第一个科学发现。后来他把自己的理论用于实践，发明了一种医学仪器——"脉搏计"，主要部分就是一个小摆，大夫能够用它来测定病人在一定时间内的脉搏次数。

一天，伽利略巧遇了一个精通数学的人——里奇。里奇发现伽利略既好学又有科学天才，于是经常找机会给他讲授数学、物理学等。在他的引领下，伽利略很快深入了科学的王国，那里的一切都令他着迷。他特别喜欢阿基米德的著作，尤其是他的《论浮体》，认为那才是真正的科学，阿基米德才是真正的科学家。

后来父亲的经济情况进一步恶化，渐渐地连儿子的学费与生活费都供应不上了，伽利略便退学回到佛罗伦萨。这是 1585 年的事。

回佛罗伦萨后不久，他在当地的佛罗伦萨学院当上了教师。他一边工作一边研究，不久后发表了一篇文章，叫《小天平》，文中提到了一种新的秤——"比重秤"的原理及设计制作的方法。比重秤是一种用来测量各种合金的比重的秤，又叫浮力天平。这很有实用价值，为当时对各种合金的不同比重而煞费苦心的商人、金匠、首饰匠解决了一个大问题。当时这些行业的规模都很大，伽利略的发明使他一时声名鹊起，名字几乎传遍意大利。

◎ 反驳亚里士多德

他的名声也传到了母校比萨大学。1589 年，比萨大学向他发来了聘书，请他担任讲师，不过是私人讲师。

在比萨大学，伽利略一边教学，一边积极地进行物理学研究。他首先关注的就是亚里士多德。亚里士多德提出了一个有名的理论，即"比例定律"，核心就是认为物体的下落速度与其重量成正比。这个"比例定律"在漫长的岁月里一直是神圣教条，无人敢怀疑，也没人想到要去检验一下。

伽利略做了一些简单的实验，例如同时丢下一块大石头和一块小石头，就发现它们是同时落地的，与重量无关，于是勇敢地公布了自己的怀疑。他的怀疑一开始便遇上了白眼——无名鼠辈竟敢怀疑亚里士多德，简直可笑！

伽利略没有退缩，决定用实践来证明一切。1592年的一天，他来到了比萨斜塔，因为塔是斜的，所以物体坠落时会直接落到地上。由于事先就有许多人知道一个狂妄的人竟然想在斜塔与伟大的亚里士多德作对，因此不少人过来看热闹了。

只见伽利略双手分别捏着大小迥然不同的两个球，一步步登上了高高的斜塔，它共有八层，伽利略爬到最高一层后，将双手伸出栏杆，同时一松，两个大小分明的球顿时往下坠去。不久，"呼"的一声落到了地上。不错，是"呼"的一声，不是两声，因为两个球同时着地了。

亚里士多德的理论在这简单的实验面前破碎了。

然而，驳倒了亚里士多德对于他在比萨大学的境遇一点好处也没有。一方面由于他那些新奇的科学研究方法，另一方面由于他那经常与权威顶撞的倔强个性，他很快在大学里不吃香了，不久后他便到了不得不辞职的地步。

辞职后，他回到了佛罗伦萨的家里，但家里等待他的是他那辛苦了一辈子的父亲去世了。这样一来，养活一家老小的担子顿时落到了他这个长子的肩上。他只得赶紧找工作，他给几所大学写了自荐信，由于他这时已经在科学界小有名气，也有些著名的科学家欣赏他，他的申请得到了回音，1592 年，帕多瓦大学请他去担任教授。

帕多瓦位于意大利北部，帕多瓦大学在当时也颇有名气，哥白尼曾在这里留过学。到了帕多瓦大学后，伽利略继续他的科学研究，特别是力学研究。他提出了一个重要的概念和一条重要的定律，即加速度概念和自由落体定律。

在伽利略之前，人们早已经有了速度的概念，但只认识到匀速运动。伽利略则进一步将运动分为匀速运动与变速运动两类，并精确地定义匀速运动为"在任何相等的时间间隔内，通过了相等距离的运动"。

在这个基础上，伽利略进一步说，如果要考虑一个运动是不是匀速运动，只要看它是否在相等的时间内经过了相等的距离，如果在相等的时间内经过的距离不同的话，那么它就不是匀速运动，而是变速运动了。更进一步地，如果在任何相等的时间间隔内有相等的速度增量，就可以认为这种运动是一种匀加速运动。从这里伽利略确立了经典力学中的一个基本概念——加速度。

伽利略另一个重要的物理学发现是自由落体定律。

自由落体运动是初速度为零的匀加速直线运动，物体下落的距离与所经过的时间的平方成正比。

在研究自由落体运动的同时，伽利略还研究了抛射体运动。

我们随手扔出一块石头，它就成了一个抛射体。更典型的抛射体是从炮口里飞出来的炮弹。伽利略发现，只要不受外力的影响，抛射体运动所经过的轨迹是一条抛物线。而且，抛物线运动由两种运动合并而成：一种是垂直向下的自由落体运动，另一种是沿水平方向的匀速直线运动。这一观念也直接冲击了亚里士多德关于不可能同时有两种运动的旧观念。

这时是 1604 年，伽利略已经在帕多瓦大学待了十二年。

◎ 天文大发现

这年的冬天，意大利南部的天空中突然出现了一颗人们从未见过的明亮的星星，它在天穹闪烁着，直到第二年秋天才消逝。这个不寻常的现象使伽利略暂时放下了物理学研究，转到天文学方面来。

早在这之前，伽利略已经对天文学很有兴趣。而且，凭着他那了不起的科学直觉，他认为哥白尼是对的，太阳才是宇宙的中心。不过他那时对这个问题并没有深入研究，更不敢公布自己的观点。但这个问题始终萦绕在他心头，现在，他打算趁这个机会好好研究一下。

他先是用肉眼和那时已有的天文仪器观察天象，但那些仪器都不好用。有一天他突然想到，要是有一架仪器能够把天上的星星看得更清楚该有多好！后来他听说有人制造出了一架能够看清楚远处的小东西的新奇仪器，其主要设备就是两块呈凸状的玻璃片，他喜出望外，立即自己动手磨起镜片来。伽利略一向喜欢自己制作实验仪器，他有双一般专业工匠也比不上的巧手。镜片很快磨好了，他将之配成一对，然后装到一个圆筒里，再用它去看远处的物体。一看不由得大喜，因为他真的看到了，而且看得很清楚，好像就站在它的旁边一样。

这个东西就是望远镜。他第一次制作的望远镜能够将物体放大3倍。但他还不满意，继续改进。到1610年，他做了一架能放大32倍的望远镜，这种望远镜如今还被称为伽利略望远镜。

伽利略用这架望远镜搜索天空，实现了一系列了不起的天文发现。

那时候，对于人类来说，天空就像一片从未开垦然而满是宝藏的处女地。伽利略用望远镜这么一瞧，便捡到了许多宝贝。例如他发现月亮的表面根本不是人类以前所设想的那样光滑且平整，而是凹凸不平的，有许多像倒扣着的碗的山峰，后来这些山峰被称为环形山。他还发现月亮不是自身发光的，而是靠反射太阳光而发亮。他发现银河系不是一长条云雾，而是由无数颗星星组成的星之河。他发现木星有四颗卫星。他还发现许多原来以为是一颗的星星其实不是一颗，而是几颗甚至好多颗合在一起，例如猎户座星团。伽利略甚至还绘了一张表来标记这些星团，这是最早的星团表了。这些现象在当时的人们看来似乎都是不可思议的，但又无可怀疑，因为伽利略给大家看的不是一个理论或者推理，而是实实在在的天象。

1610年他出版了《星际使者》，向世人报告了这些发现。

望远镜的发明对天文学的重要意义是不言而喻的，它等于给了天文学家们一双新的比肉眼厉害百倍的"千里眼"，凭此他们可以比以前更为深入地探索星空。

伽利略展示望远镜（亨利·朱利安·德图升，1900年）

伽利略的新发明像一阵风一样传遍了整个意大利，达官贵人们也都想看一下神秘的太空，他们大大地赞扬了伽利略。伽利略顿时成了意大利甚至全欧洲的名人，也成了王公贵族们的宠儿。他制造了上百架望远镜，把它们

1964年发行的伽利略诞辰400周年邮票

分送给欧洲各地的王公贵族、著名学者，让他们大饱了眼福。那些目睹了伽利略伟大发现的威尼斯议员决定授予他帕多瓦大学终身教授的职位。这对于一个进行学术研究的人来说是最好也是最荣耀的职位了，等于他的一生都有了保障，他可以无忧无虑地搞自己的学术研究了。

但是伽利略没有接受这个上好的提议，而是离开帕多瓦大学，担任了托斯卡纳大公的"首席哲学家和数学家"。他之所以这样做，主要是因为这样一来，他可以不承担繁重的教学任务，而能专心于科学研究。

◎ 向地心说宣战

离开帕多瓦大学后，他的生活就不那么平静了，因为他即将投入一场严酷的斗争。

这场斗争又包括两个分战场：第一个分战场的对手是亚里士多德的追随者们；第二个分战场的对手则是更为强大的教会。

我们先来看第一个分战场。

早在伽利略还是比萨大学的讲师时，就已经公开批判过亚里士多德。现在伽利略进一步通过望远镜看到了月亮表面并非平如镜清如水，而是一个布满了凹凸不平的坑斑的丑陋之地，甚至太阳上也有黑子，这一切都与亚里士多德声称的"天体完美无缺"大相径庭。

经过一番犹豫之后，伽利略决心直接对亚里士多德展开批判。他深知亚里士多德思想乃罗马教廷的御用哲学，要公开反对必须先疏通一下关系。于是，他在1611年亲自去了罗马，请教廷的主教们、红衣主教们亲眼看看他的望远镜。这些人对伽利略的发明很感兴趣，对他的成果也表示了部分肯定，并且延聘他为教廷的最高学术机构——林琴学院的研究员，这在当时算得上最崇高的学术职位之一了。

伽利略认为这下他可以大胆宣扬自己的观点了。于是，1612年，他发表了第一篇公开抨击亚里士多德的文章——《论停止在水中的物体与在水中运动的物体》，猛烈抨击了亚里士多德的许多错误观点。例如亚里士多德认为冰能浮于水面不是因为冰比水轻，而是因为冰的形状合适，因为它是平坦的薄块。亚里士多德的隔世弟子们硬是由此妄称木片会浮在水面而木球会下沉。伽利略对此进行了针锋相对的批判，并提出了科学的论点：物体之所以能浮于水面，是因为其比重小于水，而比重大于水的物体则会下沉，与其形状无关。

由于伽利略的论文思路清晰、论点明确，而且是用那时已经比拉丁文更为流行的意大利文写成的，立即引起了热烈的反响，赢得了大批追随者。亚里士多德的追随者们当然不能坐视不理，许多信奉亚里士多德的大学教授联合起来反击伽利略。

他们还看到，如果伽利略的理论是正确的，那么将对基督教的教义产生巨大冲击，因为原来护卫基督教教义、论证其合理性的正是亚里士多德学说，若亚里士多德的理论成了谬误，基督教教义岂能安稳？他们赶紧将其危险性报告给罗马教廷。

教廷的许多人也有同感，便开始有人站出来抨击伽利略，他的第二个分战场便这么被开辟出来了。

这时，伽利略的另一个"薄弱面"表现了出来，那就是他对哥白尼日心说的信仰。

早在 1597 年，伽利略就收到了开普勒寄给他的《宇宙结构的秘密》。阅读之后，他开始坚信哥白尼日心说的正确性了，相信是太阳而不是地球才是宇宙的中心，认为如果仅为了要地球保持静止，却让整个宇宙都运动是不合理的。后来，当他发明望远镜之后，通过对诸天象的仔细观察，更加坚信日心说，并且在与许多人包括一些高级教士的通信中公开了自己对哥白尼学说的赞同。

1613 年，他出版了《关于太阳黑子的认识》。在这本书里，伽利略公开表明赞同哥白尼的天体学说。

伽利略的这些行为在教会甚至教廷中激起了极大的不满，后来宗教裁判所出面了，指控伽利略违背基督教教义，传播异端思想。在那个时代，这是十恶不赦的大罪，足以叫他掉脑袋，或者像布鲁诺一样被活活烧死。为了保护自己，1615 年冬天，他被迫赴罗马为自己辩护。一开始教廷并没有太为难他，只是要他公开声明放弃对已经被公开判定是异端邪说的哥白尼学说的信仰。

伽利略被迫接受了这样的要求，宣誓放弃对哥白尼学说的信仰。但这种妥协让他感到耻辱，于是他在此后相当长的一段时间里沉寂了，好像从科学界乃至这个世界消失了一样。

但他仍默默地进行科学研究。1623 年他出版了《分析者》。

《分析者》虽然只是本小册子，但十分精彩，引人入胜。在书中伽利略说出了那句名言："大自然的书……是用数学语言写成的。"

伽利略将这本书献给了新任的教皇乌尔班八世。这个乌尔班八世长久以来是伽利略的朋友兼庇护人，他高兴地接受了伽利略的奉献。

这又激起了伽利略的雄心。他想，也许新教皇能够解除以前对哥白尼学说的禁令。于是，次年他再赴罗马。

在罗马他受到了新教皇的热情接待。乌尔班八世对这位老朋友十分友好,与他进行了多次友好的交谈。不过,教皇由于所处的地位及对这个问题的敏感性,不可能答应伽利略提出的请求。但他同意让伽利略写一本新书来不偏不倚地介绍哥白尼的日心说与托勒密的地心说两个体系,在书中伽利略绝不能表态支持或同情哪一种学说。伽利略答应了。

这次在罗马还有一个小插曲,伽利略看到了根据他的望远镜原理制作成的一架显微镜,虽然二者同样是放大对象,但一者看远,一者看近。伽利略看到这架显微镜后,立即明白了它的原理,随即设计了一架更加完善的显微镜。

1624年,伽利略回到佛罗伦萨,开始埋首写他得到准许的新作。

◎ 一部杰作带来了苦难

此后的六年时间,伽利略都在写这部新作,其间的辛苦自不待言。1630年,他的新作终于完成了,名叫《托勒密和哥白尼两大世界体系的对话》(以下简称《对话》)。

书中参加对话的共有三个人:第一个叫辛普利丘,是一位虽然受过教育但有点傻头傻脑的人,是地心说的信奉者;第二个叫沙格列托,是提问题的人,属于中立者;第三个叫萨尔维阿蒂,主张哥白尼的日心说。他们在位于威尼斯的沙格列托的宅第中会齐了,经过简短问候之后,便对托勒密与哥白尼两种学说到底孰对孰错展开辩论。全书的情节就围绕这个问题展开。

辩论一共进行了四天,第一天讨论天体的组成与性质,第二天讨论亚里士多德的运动学说,第三天为地球绕日运行进行了答辩,第四天讨论了海洋潮汐的形成问题。

书完成之后,伽利略先将之送到了罗马,那里有一个专门检查出版物是否违背教义，是否属于异端邪说的机构。经过机构的审查后，该书终于在 1632 年正式出版。

《对话》一出版立即产生了巨大影响，第一版很快被抢购一空，人们争相传阅，意大利一时洛阳纸贵。不久欧陆其他地方也响起了一片赞誉之声。伽利略不但是杰出的科学家，其文字表达能力也很出色，对神学与哲学都有深入的研究，因此书中的语言优美且思想深邃。《对话》被认为是融科学、文学、哲学于一体的杰作。

但这对于伽利略来说并非好事。由于《对话》影响太大，很快有人向教廷控告。控告的理由很充分，虽然作者的标题没有表明他信奉哪种学说，但文中却振振有词地为哥白尼的日心说辩护，其论据之充分、论证之有力使托勒密地心说毫无招架之力，只能衬托出它是何等荒谬。那些提出控诉的虔诚的教士说，它对天主教的危害甚至大过路德与加尔文的新教！教皇一听这些控诉，顿时大怒，立即下令彻查此事。

1632 年 8 月，《对话》被禁止出版，距它问世不过半年时间。同时，伽利略还被要求去罗马受审。

这时伽利略已年近七十，身体也有病，但教廷告诉他：要么自己去罗马，要么被铁链绑着去。

伽利略只得自己去罗马。到达罗马之后不久，残酷的审讯开始了。教廷的人对伽利略展开了轮番猛烈的攻击，但也有人同情他。后来经过妥协，加上伽利略自己也认罪了，于是他最终得到了这样的惩罚：

一是他必须公开声明放弃这种信仰；

二是在各地焚烧他的《对话》，同时他的所有著作都被列为禁书，不准再印；

三是他必须被终身监禁。

伽利略接受了判决，他宣誓不再信仰哥白尼学说，还宣誓"放弃、诅咒并痛恨"过去的错误。

据说这时已经老态龙钟且疲惫得快要倒下的伽利略，在朋友们的搀扶下慢慢走出宗教法庭时，嘴里仍在叽叽咕咕地说："但地球的确是在转动的呀！"

看到伽利略已经屈服，本来就对他有所同情的教皇宣布把对他的终身监禁改为终身软禁，并且将软禁地点定在伽利略在佛罗伦萨附近的自己的家中。

这是1633年6月的事。这年年底伽利略回到了家，从此家就成了他的牢狱。

所幸的是负责看管他的锡耶那大主教是他的学生和朋友，他对伽利略十分照顾，甚至鼓励他继续进行科学研究。

在这种情形下，伽利略很快又振作起来，开始研究少有争议的力学问题，并继续撰写著作，所用的方式仍然是对话。被软禁约一年后，他完成了另一部著作——《关于两门新科学的对话》。这部著作的手稿被悄悄运出意大利，1638年在荷兰的莱顿出版。

遗憾的是，这时伽利略已经不能亲眼看见他的著作是什么样子了，因为1637年他已经双目失明了。

目盲并没有妨碍他继续进行科学研究，他的生活也不寂寞，经常有一些人来看望这位已经名满天下的老科学家，例如伟大的英国诗人弥尔顿和法国著名的哲学家伽桑狄等。

后来他甚至被准许接收学生，这些学生中包括托里拆利，他后来也成了著名的物理学家。

伽利略死于1642年1月。由于怕教廷怪罪，他像一个最普通的人一样被草草葬于当地的圣十字教堂。

第十七章

两个乌托邦

关于文艺复兴,最后要讲的是思想的复兴。

文艺复兴时期,古希腊形而上学式的哲学并没有得到多大的发展,但另外一些非形而上学式的哲学,例如政治哲学与自然哲学,则取得了不小的成就。

在政治哲学方面,文艺复兴时期更是取得了相当瞩目的成就,涌现出了好几个著名的政治哲学家,如托马斯·莫尔、康帕内拉、马基雅维利等。

自然哲学主要是出现了伟大的自然科学成果,如前面讲过的哥白尼、开普勒、伽利略,他们的成果其实也可以算作自然哲学方面的,他们伟大的思想对后来的哲学产生了巨大的影响。文艺复兴时期最重要的自然哲学家则是布鲁诺,他在哥白尼日心说的基础之上建立起了自己的思想体系。

在文艺复兴时期的政治哲学思想中,最有特色的是"两个乌托邦"。

所谓乌托邦,是指一种幻想式的社会制度,在这种社会制度下人人平等,尤其是财富公有,没有贫富差距,大家共同劳动、共同消费,构成一种原始的共产主义生活场景。

最早提出这种思想的也许是柏拉图的《理想国》，但柏拉图的理想国和乌托邦有着本质的区别。乌托邦的核心是两个平等——财产平等与身份平等，但理想国中没有这两者。

在文艺复兴时期有两个人提出了这样的乌托邦思想，那就是托马斯·莫尔和康帕内拉。

◎ 托马斯·莫尔的《乌托邦》

1478 年，托马斯·莫尔出身于伦敦一个富人家庭，父亲曾是英国皇家法院法官。他在儿子身上寄托了很大的希望，希望他将来能出人头地、光宗耀祖。为什么呢？因为他发现这个儿子有着超凡出众的天赋。

莫尔没有辜负父亲的希望，他 14 岁就进入了牛津大学，而且成绩出类拔萃。本来他学的是古典文学，但他父亲想让他继承父业，在法律界发展。莫尔只得听从父命，16 岁时转学法律，毕业后在伦敦执业做律师。

做律师后，他便开始了律师们通常要走的另一条路——从政。26 岁时他竞选众议员成功，这时候当政的还是亨利七世。此后由于才能优越，他的仕途相当顺利，先后担任副财政大臣、下议院议长，并在 1529 年被任命为皇家最高法院大法官，成了英国政界举足轻重的大人物。

这时候当政的已经是亨利八世了，他于 1509 年继位，算得上英国历史上的明君。不过他是典型的马基雅维利式的明君，为了自己的利益不顾一切，杀起人来向来十分利索、毫不犹豫。

亨利八世在英国掀起了一场新教革命。天主教和新教的主要区别就是天主教尊崇罗马教皇，罗马教皇在所有天主教国家一直像太上皇，国王都要受他的节制。但新教却承认宗教隶属于国家，往往君主即是教主，这当然对国王有利。当时的英王亨利八世就对新教情有独钟，宣布自己是英国国教的最高首领,要他的大臣们承认这一点,并且宣誓效忠。

莫尔却是一个虔诚的天主教徒,他反对亨利八世这种离经叛道的主张。这样一来他的日子就不好过了,先是被迫辞职,接着被逮捕,投入伦敦塔。又过了一年,他被审判定罪,审判十分不公,莫尔之前被公认为道德的楷模,现在却以莫须有的叛国罪名被处斩首。这年是1535年,他才57岁。

据说莫尔面对死亡时十分地从容,甚至玩起了幽默,他对刽子手说:"打起精神来,不要对你所尽的公职畏缩。因为我的脖子很短,请注意别出错,以免丢丑。"头上了砧板后,他又说:"等我把胡子挪开再动手,至少胡子没有犯叛国罪。"真是何等的英雄气概啊!

《乌托邦》中的幻想世界

莫尔是以空想社会主义而闻名于世的,他的空想社会主义思想主要体现在他的名作《乌托邦》中。

《乌托邦》描述了一个幻想的世界,在这里,人人平等、没有压迫和剥削,大家共同劳动、共同消费、按需分配,过着共产主义的美好生活。后来马克思的共产主义思想有相当一部分就来自托马斯·莫尔的乌托邦思想。

《乌托邦》的全名是《关于最完美的国家制度和乌托邦新岛的既有益又有趣的金书》,出版于1516年。

全书分成第一部和第二部,都标明是"杰出人物拉斐尔·希斯拉德关于某一个国家理想盛世的谈话,由英国名城伦敦的公民和行政司法长官、知名人士托马斯·莫尔转述"。当然,这只是一种写作手法而已,实际上是托马斯·莫尔自己写的。还有,这里的许多词汇很有意思,都有一些隐喻。如"乌托邦"的意思是"没有的地方",即"乌有之乡";

"希斯拉德"则是由"空话"和"见多识广的"两词组合而成的；还有其中给乌托邦当雇佣军的塞波雷得人，意思是"急于出卖自己的人"。这些词都来自希腊语，明显意有所指。

在第一部里，莫尔对当时的社会现实进行了相当尖锐的批判。当时英国在亨利八世的统治下，工商业得到了很大的发展，但社会不平等现象却有增无减。特别是这时候由于国外对英国优质羊毛的大量需求，于是许多贵族地主不再将土地租给佃农，而是圈起来养羊，造成了大批佃农流离失所。这就是英国历史上臭名昭著的"圈地运动"。这样的情形使莫尔愤怒不已，于是他在《乌托邦》里说出了这样的话：

> 你们的羊一向很驯服，容易喂饱的，据说现在变得很贪婪、很凶蛮，以至于吃人，并把你们的田地、家园和城市都践踏成废墟。全国各处，凡出产最精致贵重羊毛的地方，无不有贵族豪绅，以及天知道什么圣人之流的一些主教，他们过着闲适又奢侈的生活，对国家毫无贡献，还觉得不够，横下一条心要对它造成严重的危害。他们觉得祖传地产上惯例的租金不能满足他们了。于是使所有土地不能耕种，把每寸土地都围起来做牧场，房屋和城镇都被他们毁掉了，只留下教堂当作羊栏，把百姓们用于居住和耕种的每块地都弄成一片荒芜。他们还把原来种地的佃农赶走，用欺诈和暴力手段剥夺了他们所有的财产，使他们流离失所，一无所有。

莫尔用这样的话猛烈地抨击了那些统治者，如贵族和主教，对被压迫的人们表现出了深深的同情，其中所体现的勇气与仁心令人敬佩。

他甚至对国王也提出了这样的看法：老百姓选出国王，不是为国王，而是为老百姓自己；老百姓有资格要求国王辛勤从政，使他们可以安居

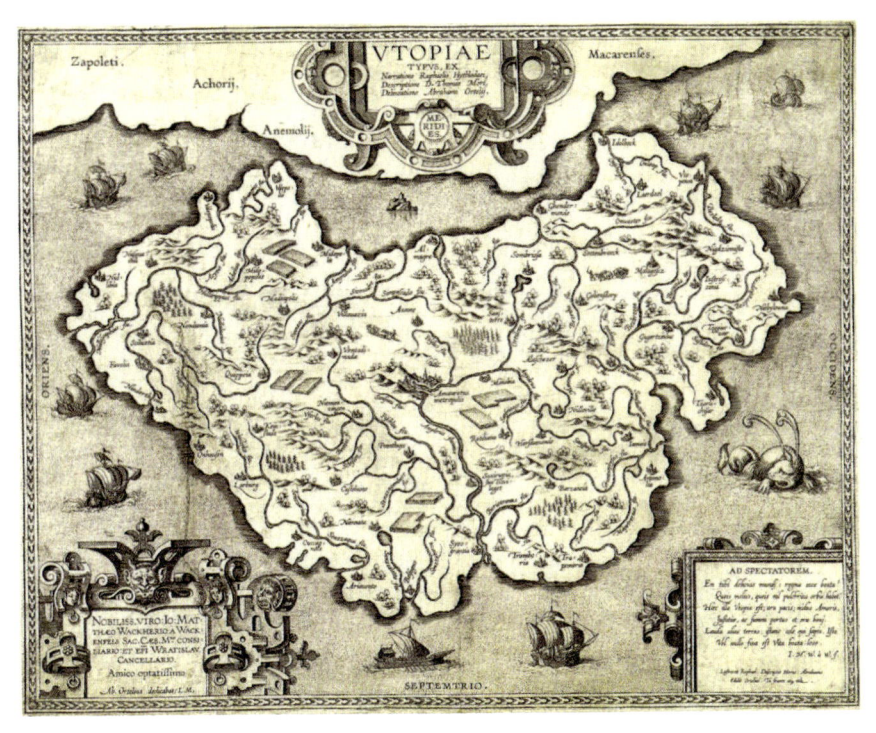

亚伯拉罕·奥特柳斯为《乌托邦》一书绘制的地图（约1595年）

乐业，不遭受欺侮和冤枉；国王应该更加关心老百姓的幸福而不是他个人的幸福，就像牧羊人的职责是喂饱羊，而不是喂饱自己。

正是基于对当时现实的强烈不满，莫尔在《乌托邦》里提出了他理想中的国家的样子。例如他说波斯有"波利来赖塔人"，他们的国家很大，治理得宜，除向波斯国王缴纳年税外，他们过着自由、平静的生活，享受默默无闻的快乐。这也是一种莫尔很称赞的理想生活。

但这还不够理想，真正理想的生活方式是乌托邦。莫尔在《乌托邦》中大谈特谈的是乌托邦的社会和政治制度，以及在这个制度下人们的美好生活。

《乌托邦》第二卷这样描述乌托邦：

> 乌托邦是一个大岛，外人很难进入，因为它的港口出入处很险要，布满浅滩和暗礁，因此外人不经乌托邦人领航是很难进入的。即使乌托邦人自己也要小心，他们进出乌托邦要依据那些只有他们能看懂的标志做指引才行。这些标志还是可以移动的，不管敌人有多么强大的舰队也很容易被那些浅滩和暗礁毁灭。

正是这种易守难攻的地形，使乌托邦人能发展出一套独特且堪称完美的制度。

在乌托邦，首先没有私有财产。在莫尔看来，没有私有财产是一种美好社会制度的最基本前提。因为一个国家只要有私有制存在，所有的人就会凭现金价值衡量一切，变得唯利是图。结果就是极少数人将瓜分大部分财富，其余大部分人穷苦不堪，这样的国家是不可能有正义和繁荣的。

这里主要的产业是农业，而且所有人，不分男女，都要干活。人们从小就一边在地里学着干农活，一边在学校里接受相应的理论教育。

乌托邦里也有农村和城市，但没有城乡差别。因为城市和农村是所有人轮流居住的，城里的房子大家都有机会住，农村的土地也是大家公有的。具体来说，农村中的房子和城市中的房子每隔十年就轮换一次，所有人都有机会在城乡生活、住任何的房子，而且所有房子的结构也都差不多，都是一样的舒适宜居。此外，由于没有私有财产，在乌托邦里当然是没有什么防盗设施之类的，例如门锁门闩都是没有的，是真正的夜不闭户、路不拾遗。

乌托邦里没有商品，连物物交换都没有，因为这里大家共同劳动、共同消费。例如收割时，城市人会组织收割大军去乡下帮助收割。这些收割大军迅速按指定时间到达后，几乎在一个晴天就会飞快地把庄稼全部收割完毕。收割来的粮食加上城市生产出来的东西都是所有人共享的，大家各自拿取自己需要的部分，用不着交换。

这里连吃饭都是一起吃的，都吃公共食堂。虽然乌托邦的人有权利领取食材后自己单独做饭，但公共食堂里的饭菜十分美味可口，当然不必在家吃饭了。而且这里已经形成了一种传统，认为不吃公共食堂是有失体统的，所以人人都吃。

乌托邦既然是一个组织严密的社会，当然必须有官员。这是靠民主选举产生的。每三十户每年选出一名官员，叫飞拉哈，这是最基本的官职。每十名飞拉哈又由一名首席飞拉哈管理，另外全体飞拉哈通过秘密投票的方式选举出总督。总督除非有阴谋实行暴政的嫌疑而遭废黜，否则终身任职；首席飞拉哈则每年选举，连选可以连任；飞拉哈则是一年一选。

这些被选出来的官员本来是可以豁免劳动的，但他们并不肯利用这个特权，而是依然以身作则地劳动，以带动别人一起劳动。他们的生活也和普通百姓一样，没有私有财产，也吃公共食堂。

在乌托邦，还有一些人也是可以不劳动的，那就是学者，他们可以把所有时间用在各种各样的学术研究上。

不要以为大家的劳动很辛苦，是被迫劳动。事实上根本不是这样。在乌托邦里一昼夜均分为二十四小时，只安排六小时劳动。午前劳动三小时，然后是进午饭；午饭后休息两小时，又接着劳动三小时；最后就是吃晚餐、休息睡觉；睡觉是八小时。

在这样的安排之下，乌托邦的人们每天都有八小时用来娱乐，他们夏天在花园中、冬天在厅馆内，或是演奏音乐，或是彼此谈心消遣。掷骰子赌博等有害的游戏在乌托邦是从来没有的，人们甚至不知道有这些东西。人们最多的娱乐是进行学术探讨，也就是听学者们做各种演讲。

这时候书中又提出了一个问题：是不是每天工作六小时太少了一些，不够生产足够多的生活资料呢？答案是当然不会！接着书中指出了当时的社会现实。简而言之，就是在别的一般国家，只吃饭不干活的人在全国人口中占有极大的比例，创造人们全部日用必需品的劳动者数量远比大家所想象的要少得多；而在乌托邦里，由于绝大多数人都要从事劳动生产，当然大家就都不辛苦了这是很有道理的。

包括病人、老人等在内，乌托邦里所有人都得到了很好的照顾，过着幸福无比的生活。

最后要说的两点是乌托邦人对金银财宝和宗教的看法。

在乌托邦，金子是很多的，但他们绝不把金子当成什么好东西。人们饮食所用的是铜器和玻璃器皿，制作考究但并不值钱。至于公共厅和私人住宅等地方的马桶、溺盆之类用的倒是金银。乌托邦也会有人犯罪，套在罪犯身上的脚链手铐也是用金银做的。那些犯了罪或者有什么可耻行为的人才会被迫戴上金耳环、金戒指、金项圈以及一顶金冠。乌托邦人就是这样用尽心力使金银成为可耻的标记。

这样的结果是金银在别的民族那里万分宝贵，如果丧失它们就会悲痛；但在乌托邦，即使全部金银都被拿走，也没有人会感到有任何损失。

书中举了一个例子，某些外国使者为显示身份的尊贵，身上戴着黄金链子来到乌托邦，然而他们却被当成罪犯受到轻视。有些乌托邦人对那些金链有诸多挑剔，说太细，不合用，容易被罪犯挣断，并且太松，罪犯可任意挣脱、溜之大吉。他们对使者那些没有金银装扮的仆人却十分尊重，仆人被当成主人受到热情接待。

乌托邦人还对金银和细羊毛制成的衣服大感奇怪。他们说一个人可以仰视星辰和太阳，它们是何等明亮，但小块珠宝只是微光细闪，有什么值得重视的呢？他们说有人因为身上穿的是细线羊毛衣就以为自己更加高贵，那就更奇怪了，因为不管羊毛质地多么细，原来是披在羊身上的，羊终归还是羊。

仔细想想，乌托邦人这样的思想的确是有道理的。要知道黄金珠玉饥不可食、寒不可衣，难道比粮食和布匹更重要吗？当然不。它们也不能比水与空气更重要。水与空气都是最平常的东西，但这些最平常的才是最宝贵的。

至于宗教，乌托邦人是信教的，他们将人生的幸福与宗教紧紧联系在一起，并且又与善联系在一起。也就是说，在他们看来，幸福、宗教、善是三位一体的。

在乌托邦的人们看来，人人都应当追求幸福，但他们的幸福可不是指肉体的纵欲，而是一种高尚的幸福与快乐，是与善良的品德有关的。也就是说，这是一种和善良有关的幸福。其具体的内容则又与自然有关。在他们看来，倘若要追求幸福与道德，就要使生活符合自然之道。自然之道的核心就是理性，要听从理性的指导，理性会指导人们应当如何生活。

这是乌托邦宗教一些总的原则。乌托邦的宗教还有另一个重要原则，就是信仰自由，每个人都可以信仰自己的神。

但信仰自由的原则同时又是受到很大限制的，人不能任意信仰什么，而是有一些必须信仰的原则，例如必须相信人是由上帝创造的，人的灵魂是不灭的，有地狱和天堂，如果行善修德死后就会上天堂，如果为非作恶死后就要下地狱受到惩罚。只要不违背这样的原则，大家就都有信仰自由。

◎ 康帕内拉的《太阳城》

康帕内拉是意大利人，他比莫尔要晚差不多一个世纪。他生于 1568 年，死于 1639 年。

康帕内拉写了一部名作，叫《太阳城》。虽然也是名作，但就水平而言不能与莫尔的相比，甚至文笔也不能相比，其影响也远远不及莫尔。但二者的相似之处很多，例如基本主题是一致的，都追求一种理想的社会制度与社会生活，其中的生活方式也大体一致，因此在这里只简单说说。

康帕内拉肖像（弗朗切斯科·科扎，17世纪）

在太阳城，也是没有私有财产的。在太阳城的人们看来，世上那些所有制之所以能形成和保持，主要是由于每个人都有自己单独的住房、自己的妻子和儿女。自私自利就是由此产生的，因为人们都想使自己的儿子得到更多的财富和光荣的地位，都想把大批遗产留给自己的后代。在这样的制度下，每个人为了成为富人或显贵，总是不顾一切地掠夺国家的财产，而在他还没有势力和财产，还没有成为显贵的时候，就都是吝啬鬼、叛徒和伪君子。这是外面世界的情形。接着太阳城的人们说，如果大家能摆脱自私自利，就会热爱他们的公社制度了。

也就是说，外面的社会之所以会有那么多坏人和坏事，根本原因在于有私有财产，私有财产是道德败坏的根源。而太阳城没有私有财产，因此没有这样的败坏，这是太阳城的立社基础。

至于人们的生活，总的来说在太阳城里也像在乌托邦里一样，大家共同劳动、共同消费，而且工作时间都不长，太阳城甚至比乌托邦的工作时间更少，每天只有四小时，其余的时间用来休闲与进行高尚的娱乐。例如愉快地研究各种科学，开座谈会、阅读、讲故事、写信、散步，以及从事各种有益身心的活动。

具体的生活方式也差不多。例如太阳城也是吃公共食堂。食堂的餐桌摆成两排，每张桌子的两边连排成两行座位，一行是男人的，一行是女人的，大家保持肃静，安静地用餐，但在用餐前要听教士念经。每人有自己的一份饮食，简单但足够。

这些东西太阳城与乌托邦都是差不多的，但也有不同的地方。

一是关于婚姻。在乌托邦里，青年男女裸身相见，然后有正常的婚姻生活。但在太阳城却有很多奇怪的规矩，例如女子如果初次和男子结合但没有受孕，便会被配给另一个男子，如果多次与男子结合仍不受孕，就会被宣布为"公妻"，受人蔑视，这样做是为了防止某些女子因贪图欢乐而有意避孕。

二是太阳城里还有残酷的死刑，这是乌托邦里所没有的。这里的死刑也要大家一起去执行，他们一起把犯人打死，或者用石头砸死。还有一种办法，就是授权犯人自杀，让他自己把一些装有火药的小袋子挂在身上，自己点燃火药。

三是太阳城与乌托邦最大的差别也许在于宗教。太阳城里宗教的地位极为重要，实际上实行一种教权统治制度。这里的最高统治者是一名祭司，叫"太阳"。他是所有人的首脑，一切问题和争端都要由他做出最后的决定。在他的下面有三个领导人，分别叫"篷""信""摩尔"，可以译为"威力""智慧""爱"。太阳城甚至还有人祭制度，杀人来祭祀神。

显然，太阳城里的宗教是比较原始甚至野蛮的，因此康帕内拉的"理想国"其实并不理想；相反，莫尔的思想则充满了人道主义与普世的关怀，这些宽怀与远见都是康帕内拉所不及的。

第十八章

布鲁诺：被烧死的伟大思想家

前面说过，文艺复兴时期主要有两种哲学，一种是政治哲学，另一种是自然哲学。前面讲过了政治哲学，现在来讲自然哲学。

文艺复兴时期最著名的自然哲学家是布鲁诺，他也是最具文艺复兴特色的哲学家。

◎ 走上火刑场的哲学家

1548年，布鲁诺生于意大利南部那不勒斯附近的小镇诺拉，父亲是一名小贵族，也是一名军官。布鲁诺从9岁开始学习一些人文学科知识，如逻辑、修辞、辩论术等，17岁时进入那不勒斯的多明我会，成了修士。但他似乎天生就有异端思想，据说从18岁时起就开始怀疑基督教义中最主要也最深奥的思想之一——三位一体。

到23岁时，他的异端思想已经很明显了，于是被罗马的宗教法庭召唤去，但这次平安无事，第二年还顺利成了神甫。

此后，他在讲道之余，继续利用修道院中丰富的藏书广学博览。到

1575 年，27 岁的布鲁诺又成了神学博士，熟悉了传统的中世纪哲学家如托马斯·阿奎那、波纳文德等人的思想。倘若他这样下去，本可以成为一名传统的经院哲学家，说不定也会得享大名，但他对于异端思想的兴趣越来越大，其中包括基督教史上最有名的异端——阿里乌教派的思想。

布鲁诺对自己的观点一向不加掩饰，很快就引起了他人注意。他知道这样下去大事不妙，于是离开了修道院，也离开了那不勒斯，甚至离开了意大利，从此过上了一种流浪的生活。

一直到 1591 年，他被宗教法庭逮捕。在这漫长的十五年里，他几乎走遍了欧洲各国。

他先在意大利各地漫游，又从意大利到了法国，再从法国到了瑞士。在瑞士他与统治这里的加尔文派发生了冲突，他被

布鲁诺肖像（Caterina Piotti Pirola，1837 年）

送上了宗教法庭，还被关了几天，后来认罪才得以离开。1582 年他到了巴黎，在巴黎大学开讲《论神的属性》，大受欢迎，连法国国王亨利三世都欣赏他，任命他为皇室神学教师，但据说他最打动法国国王的不是哲学，而是惊人的记忆力。事实上，这时候布鲁诺的第二个身份就是记忆力研究专家，他在巴黎还出版了一本书叫《理念的影子》，认为人的记忆就是理念的影子。他还有第三个身份，就是魔法和巫术研究专家，甚至称得上魔法师和巫师。他还出版过一本书叫《刻尔刻的咒语》，就是这方面的著作。

1583 年，他持着亨利三世的介绍信到了英国，在牛津大学开讲。他开始大力宣扬哥白尼学说，不久就被驱逐。他到了伦敦，据说多次见到

了伊丽莎白一世女王，他为宽宏大量、美丽有为的女王所倾倒，经常在著作中赞美她。但这时女王已经信奉了新教，与罗马教廷为敌，布鲁诺对女王的赞美自然更为他的将来增添了麻烦。

1584年，布鲁诺一连出版了好几本重要的著作，包括《圣灰星期三晚宴》《论原因、本原与太一》《论无限、宇宙和诸世界》《驱逐趾高气扬的野兽》，第二年他跟着法国驻英大使卡斯特尔诺离开英国，回到了法国。在英国的几年是布鲁诺流浪生涯中少有的安稳岁月。卡斯特尔诺对布鲁诺帮助良多，布鲁诺对他也深怀感激，将好几本重要著作题献给了他。

在巴黎待了一段时间，他同时受到天主教与亚里士多德势力的排挤，便又来到了德国，但是一样过得不顺。1590年，他出版了《论魔术》和《魔术论文》。

第二年，据说是应意大利一名年轻贵族莫塞尼戈的邀请，布鲁诺在离开祖国意大利十五年后又回来了。他先到了东北部的水城威尼斯。据说莫塞尼戈是为了要向布鲁诺学习记忆术才请他来的。但不久布鲁诺提出要走，他为了留住布鲁诺，就向宗教裁判所告发了他。据说他还亲自带人冲进了布鲁诺的住处抓住了他，将他扭送到了宗教法庭。

从此布鲁诺失去了自由。

一般情况下，当时的宗教法庭断案是很快的，但布鲁诺的案件却拖了整整八年。主要原因是两个：一是布鲁诺不肯认罪；二是宗教法庭不想杀他。

这样说也许听上去有些不可信，但事实上就是这样。对此只要简单逻辑推论一下就可以了。倘若布鲁诺认罪，宗教法庭很快就会放了他，或者判他几年刑了事，就像他们对待伽利略那样。倘若宗教法庭想杀他，那早就杀了，用不着关八年之久。在这八年期间，教廷想尽一切办法要让布鲁诺承认有罪并且悔改，但布鲁诺断然拒绝，丝毫不肯妥协。

就这样，到了1600年，布鲁诺终于被正式宣判为异端，其中包括不承认三位一体等八大罪状，但宗教法庭并没有判处他具体的刑罚，而是把这事交由世俗法庭处理。

1600年2月16日，两名多明我会修士最后要求布鲁诺承认错误，但布鲁诺仍断然拒绝。

这样一来，那最可怕的后果就难以避免了。他被世俗法庭宣布处以火刑。

据说当听到这样可怕的判决时，布鲁诺毫无惧色地回答道："你们在宣布判决时或许比我领受它还恐惧。"

1600年2月19日，在罗马的鲜花广场，布鲁诺被活活烧死，时年52岁。据说他临死前说过这样的话："火，并不能把我征服，未来的世纪会了解我、知道我的价值的！"

◎ 从宇宙无限到对立统一

布鲁诺的思想也是很重要的，尤其对文艺复兴这个特殊时期而言。他的思想影响了17世纪的科学和哲学。18世纪以来，许多近代哲学家都吸收了他的思想。此外，作为思想自由的象征，他也鼓舞了19世纪欧洲的自由运动，成为西方思想史上的重要人物之一，甚至对现代文化都产生了重要影响。

下面将分四个部分简单地谈谈布鲁诺的重要思想，即宇宙无限、单子论、万物有灵、对立统一。

第一个重要思想是宇宙无限，这也是布鲁诺最基本的思想。

宇宙无限，简而言之，就是说宇宙是无限的。布鲁诺所说的无限是一种最为广大无边的无限，人们所能够想象的一切的一切通通位于这个无限的宇宙之内。

具体来说，这个无限的宇宙大致具有以下几个特点。

第一，宇宙是统一、无限、不动的。这三点实际上是合为一体的。所谓统一，是说只有一个宇宙，这一切的一切统称为宇宙，正因为它囊括一切，一切都在它之内，因此它不但是无限的，也必然是统一的。倘若是有限的话，那么在它之外还有别的东西，而那个东西不属于宇宙，这当然是不可能的了，因为与布鲁诺对宇宙的基本规定不符。宇宙是不动的，这也很好理解，因为这个宇宙囊括了一切，也就是说，整个的空间都充满了这个宇宙，没有任何的空间不属于这个宇宙，那么这个空间能够动吗？当然不能。就像如果在一间屋子里塞满了石头，一点空隙都没有，这些石头如何能够移动呢？任何物体的移动至少需要一点空间或空隙，倘若没有任何空间或空隙，是不可能移动的。宇宙就是这样的情形，它囊括了一切空间，也塞满了一切空间，当然是不动的。

第二，宇宙是无边无际的。作为无限的宇宙当然不能有任何边际，因为它占有全部的空间。倘若宇宙有边际的话，就完全可以问这样的问题：在这个边际之外是什么呢？像有一种说法：当我到了宇宙的"边"时，朝那"边"的外面伸出一根拐杖，结果会怎样？

第三，这个宇宙是没有中心的。这也是从宇宙的无边得出来的。由于宇宙没有边际，因此也不可能有中心。当然，反过来也可以说它有中心，那就是处处都是中心。因为从宇宙的任何一处往四周延伸，其距离都是"一样的"，即都是无限的。所以从这个角度说，宇宙的每一个点都是中心。

布鲁诺将这囊括一切的无限宇宙称为"太一"。布鲁诺将"太一"形容为广阔无边的空间本身，而构成宇宙的万物就是存在于这个"包裹"之中，并且这个"包裹"之内即宇宙之中的一切都在运动。

布鲁诺还提出了一个很有意思的观点，即在这个宇宙之中有许多个

"世界"，有许多个甚至无数个像地球、太阳这样的星球。

对于上帝是创造了一个世界还是多个世界，这一直是基督教神学的重要论题之一。早在古希腊时代的德谟克利特就提出了这样的思想，认为除了人类的世界，原子还构成了许许多多的其他无数个大小不同的世界。在有些世界里既无太阳，也无月亮；在有些世界里太阳和月亮比我们这个世界中的太阳和月亮要大；还有些世界不止有一个太阳和一个月亮；有些世界正处在鼎盛时期，有些世界在衰落之中，这里的世界产生了，那里的世界毁灭了，它们是因彼此冲撞而毁灭的；有些世界没有动物、植物，也没有水；如此等等。在德谟克利特看来，有许多世界就像有许多座房子、许多头牛羊一样。这些世界就像牛羊一样，有些正在生长，有些已经衰老，有些互相冲突战斗，于是被毁灭了。总之，世界就像人，有生有死。没有永恒的世界，只有永恒的原子。

德谟克利特的这些思想都被布鲁诺继承了。例如布鲁诺也认为有许多太阳，我们看到的天上的星星就是像太阳一样的恒星，它们都和太阳一样是火团，许多行星围绕着它们在旋转。

布鲁诺提出的道理也很简单：既然上帝是万能的，我们就没有理由要限制上帝的万能。或者说，既然我们说上帝是万能的，就不能说上帝不能创造多个世界而只能创造一个世界，这是自相矛盾的，也是对上帝万能的亵渎。

基于这样的思想，布鲁诺对神也有他自己独到的理解。

首先布鲁诺并不是有些人所想象的那样是一个无神论者。神在他那里还是有地位的，当然神对于他和对于一般神学家是不一样的，他的神类似自然，他的思想是一种泛神论。也正因为如此，虽然他不否认神的存在，但这样的神对于传统的基督教而言当然是属于异端思想了，是应该被强烈批判的。

与宇宙无限相对应的是单子论,这是布鲁诺的第二个重要思想。

单子论也可以说就是原子论。布鲁诺认为,人的身体是由原子构成的,原子也是构成人体的基本单位,因此可以称为单子。

这些单子的注入就构成了人们身体的生长,流出就形成了身体的衰老,而当流出与注入相等时人就处于一种不再发育也不再衰老的状态。布鲁诺以单子的注入与流出的方式,阐述人体的生长发育与衰老死亡。

布鲁诺的第三个重要思想是万物有灵。

布鲁诺是从万物都有生机开始讨论灵魂的。他首先认为万物都是有生机的,包括那些一般认为不具有生机的东西。例如他说:"我的鞋、我的拖鞋、我的勒子、我的马刺、我的戒指和我的手套都是有生机的。"有生机就意味着有灵魂,因此好些僵死的物体都是有灵魂的。

当然,这里的有生机并不是说其本身具有生机,而是与有生机的东西结合在一起,例如与有生机的人结合在一起,因而其也具有了生机。比如拖鞋和人结合在一起就有了生机。

在布鲁诺看来,万物都是物质与形式的组合。这里的形式指的是与物质相对的精神,也就是说,万物之中都有精神。这种精神也是与生机相联系的,但这种联系所指的并不是一种现实,而是一种可能性,即万物都是有可能拥有生机的。就像他在一句诗中所言:"精神充溢大地,塞满大地,它蕴涵着一切。"

这里的精神换言之就是灵魂,这样一来,万物之中有精神也就是万物之中有灵魂了。在布鲁诺那里,精神、灵魂、形式、生机在实质上都是统一的概念,并且都是居于万物之中的;而与它们相对的概念就是物质。至于两者之间何者更重要,布鲁诺的态度是很明确的,他认为精神重于物质或者说形式重于物质。这从他称形式为"太一"就可以看出来。

对于人这种特殊的物质与形式的组合体,布鲁诺也提出了他的观点。

在他看来，人是由灵魂与肉体组成的，缺一不可；但由于二者都是永恒的，所以我们无须畏惧死亡。他甚至说大自然在高声疾呼，向我们保证无论是灵魂还是肉体都不必畏惧死亡，因为物质也好，形式也好，都有永恒的本原。

关于形式，就像前面所说的，它实际上是一种可能性，即它可以变成各种各样的"形式"。形式或者可能性，可以简洁地理解为"形状"，即物质变成各种"形状"的"可能性"。例如现在有块方形的木头，方形是木头的形状或者说形式，但它可以变成桌子，然后就具有桌子的形状或者说形式了，当然还可以有各种各样其他的形状或者说形式，例如圆木、树干、凳子、柜子甚至柴火等。而且，虽然它可以变化成各种不同的形式，但其"物质"当然是没有变的，还是原来那个物质——木头。

我们最后来看布鲁诺对于对立统一的理解。这是他的第四个重要思想。

对立统一可以看作布鲁诺对宇宙的另一种认识，即宇宙不但是无限的，而且是对立统一的。

对立统一指的当然就是对立面的统一了。在布鲁诺看来，宇宙就是对立统一，具体而言，那些看似对立的概念实际上是统一的，统一于宇宙之中。为了证明这个统一，布鲁诺还举了数学的例子。例如几何图形中的圆周与直线，看上去是对立的，但实际上却是统一的。为什么呢？这可以从最大的圆周去理解，它实际上与直线是一样的，因为将圆周无限扩大之后它就无限地接近直线了。又为什么呢？只要想象一下地球就是了。地球是一个球体，因此倘若我们在大地上铺一根看上去笔直的纸条，它实际上是曲线而非直线，因为它铺在地面上，而地面是弯的。如果它一直铺下去，就会虽然看上去一直是直的，但回到了原来的起点。它的整体当然就不是直的而是一个圆了。这就像布鲁诺所言："难道你看不出，圆周愈大，它实际上也就愈加接近直线了吗？"

布鲁诺的这个思想是极其深刻的，他已经在实际上想到了这样一个问题：所谓理想的直线是不成立的，实际上的直线乃是曲线。而这个思想在数百年后将促成一种崭新的数学思想的产生，那就是非欧几何的两种基本形式之一——由黎曼所创立的黎曼几何。在这里就顺便再谈上几句，以彰显布鲁诺"神一般"的预见性。

黎曼几何学的出发点是认为在同一平面上，任何两条直线一定相交。或者也可以说成：世界上并不存在无限延伸的直线，任何直线都是有限的。

这样的原因很清楚：因为地球是一个球体，因此那些我们在地上画出来的直线实际上并非直线而是曲线。当我们顺着地球表面延伸时，它走过的路实际上有如地球的一条经线或纬线，这样当然必定相交。与直线相类似，由直线的一部分线段构成的三角形也差不多，例如在纸上画一个三角形，看上去好像是由三条直线构成的，实际上不是。由于它们是画在一张纸上的，而纸是铺在大地上的，而大地表面可不是理想的平面，而是一个球面，因此那三角形也就是一种"球面三角形"。

这种球面三角形有什么特点呢？它的主要特点就是三个内角之和大于180°。这就是黎曼几何学得出的另一个独特的定理，并且由此提出了一种"黎曼空间"。这个空间的主要特点就是它有"曲率"，也就是说，空间是可以"弯曲"的。这听上去有点不可思议，但事实就是这样。这后来还被爱因斯坦的相对论证实了。

由此看来，布鲁诺称得上非欧几何的天才预言家！

布鲁诺进一步认为，不但圆周与直线是对立统一的，其他似乎相互对立的概念，如最大与最小、产生与消灭、爱与恨、友谊与敌对等也是一体的。总而言之，一切对立面都是统一的。

关于对立统一要特别注意的一点是，在布鲁诺看来，对立统一固然是重要的，但同样重要的是那个"对立统一"最后的"一"，即对立统一之后所达到的结果。这结果就是"一"，就是对立面的融合，而这种融合才是最完美、最值得欣赏的东西。

因此，当一切对立面统一起来后，那结果就是"一"，这是一个包罗了一切复杂性的"一"，一个简单而统一的"一"。这个"一"就是"太一"。

在布鲁诺看来，"太一"才是最高的善、最高的向往对象、最高的完美、最高的幸福，无疑也是认识一切的关键之所在。

"一"就是布鲁诺全部思想的总结。它虽然只是一个最简单的"一"，但倘若理解了这个字，就理解了整个世界，也理解了布鲁诺的整个哲学。